DIOS EN LAS CÁRCELES DE CUBA

Novela testimonio

COLECCIÓN CANIQUÍ

EDICIONES UNIVERSAL, Miami, Florida, 2001

María Elena Cruz Varela

DIOS EN LAS CÁRCELES DE CUBA

Novela testimonio

EDICIONES UNIVERSAL

Copyright © 2001by María Elena Cruz Varela

Primera edición, 2001

EDICIONES UNIVERSAL
P.O. Box 450353 (Shenandoah Station)
Miami, FL 33245-0353. USA
Tel: (305) 642-3234   Fax: (305) 642-7978
e-mail: ediciones@ediciones.com
http://www.ediciones.com

Library of Congress Catalog Card Nº: 00-110546
I.S.B.N.: 0-89729-936-1

Composición de textos: María C. Salvat-Olson
Diseño de la cubierta: Luis García Fresquet
Dibujo en la portada: Arnold Méndez Cruz

Todos los derechos
son reservados. Ninguna parte de
este libro puede ser reproducida o transmitida
en ninguna forma o por ningún medio electrónico o mecánico,
incluyendo fotocopiadoras, grabadoras o sistemas computarizados,
sin el permiso por escrito del autor, excepto en el caso de
breves citas incorporadas en artículos críticos o en
revistas. Para obtener información diríjase a
Ediciones Universal.

AGRADECIMIENTOS

Este libro no pudo haberse escrito sin la colaboración de sus principales protagonistas: mujeres que permanecieron en el Presidio Político cubano desde 1959 con sanciones que oscilan entre los diez y los treinta años de cárcel, y sin el apoyo logístico, en cuanto a material de archivo y entrevistas a las implicadas, de Mary Paz Martínez Nieto, de quién partió la idea de reunir estas historias para darlas a conocer al mundo. Para ella, nuestro sincero agradecimiento. El de todas las mujeres cubanas que hemos sido víctimas de la brutalidad castrista.

Agradezco a la doctora Ana Lázara Rodríguez; a Carmina Trueba, Cristina Vals, Albertina O'Farrill, Clara Berta Cantón, María Márquez, Nenita Caramés, Polita Grau, Bienvenida Cúcalo Santana y la doctora Isabel Rodríguez que hayan pasado, otra vez, por el horror de remover historias que, de un modo u otro, aparecen plasmadas en estas páginas. Las alteraciones son sólo las pertinentes para que el esfuerzo no se quede en la inmediatez anecdótica o testimonial; no hay en este libro más adulteración que pequeños detalles que puedan achacarse a la necesidad de la literatura de crear su propio espacio para escapar a los estrechos márgenes que cualquier otra modalidad le impondría. Si con esto alguna de las testimoniantes se siente lastimada, de antemano le ofrezco mis disculpas aunque, en honor a la verdad, confío en el sentido de propósito que todas tenemos respecto a nuestra patria.

Agradezco a doña Pilar Ariño la solidaridad y el entusiasmo con que acogió este proyecto y agradezco también la participación, presente o futura, de todo el que alguna vez tenga este trabajo entre sus manos. Es especial, quiero patentizar mi gratitud a Elena Barrios, el «Ángel de los opinantes» del periódico *LA RAZÓN*. De no ser por su sabia lectura del manuscrito y por el estímulo de sus pertinentes críticas, este libro quizá no hubiera llegado a serlo. A todos y todas, gracias.

María Elena Cruz Varela
Madrid. Último Invierno del Siglo XX

A las mujeres que padecieron y padecen el presidio político en Cuba desde 1959.

A mis hijos Mariela y Arnold.

A Lázara, mi madre.

A Lilibeth, Gabriela, Adriana y Rodolfo César, porque no sé si
                    volveré a verlos.

Especialmente, a Alejandra, mi mayor alegría en libertad.

INTRODUCCIÓN

El avión, como si tuviera conciencia de la fragilidad del terreno, se posa suavemente sobre la pista del aeropuerto internacional José Martí en La Habana, Cuba. Es el día 21 del mes de enero del año 1998.

La escotilla se abre, y apoyado en báculo de plata, envuelto en alburas talares, encorvado y tembloroso por los años, el constante trasiego y el peso de la responsabilidad, Karol Wojtyla desciende los escalones que lo ponen en contacto, por primera vez, con la superficie de la isla. Juan Pablo II ya no puede arrodillarse para besar el suelo que lo recibe tímido, cauteloso. Todavía no es el momento de la verdadera catarsis, tendrán que pasar algunos años y muchas cosas antes de que el caudal de dolor y el arrepentimiento, acumulados durante décadas, sea expuesto libremente y esté en condiciones de recibir el anhelado perdón. De un modo oscuro y silencioso los habitantes de Cuba sabemos, dentro y fuera de la isla, que primero debemos perdonarnos a nosotros mismos.

Cuatro niños –dos hembras y dos varones; tres blancos y un negrito– se acercan con una bandeja y se la entregan al Sumo

Pontífice, quien simbólicamente posa los labios sobre los montoncitos de tierra cubana. A su lado, soberbio, disfrazado de civil dentro del elegante traje, maquillado el rostro en un loable esfuerzo de restauración, Fidel Castro Ruz, Comandante en Jefe de la Revolución, Jefe del Ejército, del Consejo de Estados y de Ministros, Primer Secretario del Partido Comunista (el único partido); secretario general del Buró Político y del Comité Central del mismo partido, plenipotenciariamente envejecido por los abusos de poder y los excesos de protagonismo en la historia mayúscula y minúscula de este país que una vez, hace ya bastante tiempo, creyó ser el centro de la historia.

Su anatomía geográfica, semejante a un caimán adormilado bajo el tórrido sol; apelativos tales como «Perla de Las Antillas» y «Llave del Golfo», le insuflaron a esta isla cierta manía de grandeza. Para rematar, graciosa, displicente y además creída, dejó que le cargaran la farragosa responsabilidad de ser «La primera revolución socialista de América». Es evidente que no sabía a ciencia cierta lo que esto significaba, pero conociéndola un poco, sé que eso de ser la pionera en algo de lo que no tenía ni puñetera idea, la llenó de tremenda ilusión.

Los seres humanos padecemos de esas humanas debilidades, y si nacimos en una isla cocodrilo acodada en el Trópico, ¿qué podemos añadir? Que somos coloquiales, grandilocuentes; nos fijamos primero en lo bonito que habla una persona antes que en su fea manera de actuar. Caer «pesao» es la mayor de las desgracias, porque se te cierran todas las puertas, hasta las del infierno. Tener «pico de oro» es una virtud en toda regla. Por ahí se nos coló la inmundicia porque, románticos al fin y al cabo, gustamos de las grandes causas y pasamos por alto los motivos miserables o pequeños. Ahora sufrimos las grandes y graves consecuencias de esta manera de ser.

Tal como somos, merecíamos otro destino, no éste, que me hace pensar en esos cuatro niños entregándole a Juan Pablo II muestras terrenas de las catorce provincias en que fragmentaron el país política y «administraidoramente». Con la memoria, «la proteína histórica» distorsionada, esos muchachos tienen sólo una vaga información acerca de quién es ese ancianito rubicundo de mano acosada por el mal de Parkinson, vestido con deslumbrante blancura. Ignorantes de la intrahistoria de los puñados de tierra que portan en bandeja que no es de plata, si el mundo continúa empeñado en dar la espalda a las múltiples y deformes verdades con que se amasó la leyenda del archipiélago mayor de Las Antillas, nunca llegarán a saber quiénes somos y qué no fuimos. Seguirán la tradición que nos ha transformado en un paradigma holográfico.

Durante generaciones nos acostumbramos a recibir la visita de sucesivos Jefes de Estado. Presidentes, ministros, cancilleres que periódicamente se suceden en sus propios países y que en Cuba son recibidos por el mismo, el que cambia para no cambiar, el que envejece contra viento y marea obnubilado por el *delirium tremens* de ser el máximo gestor de su ruina y la de su feudo. Para la mayoría de los jóvenes, adolescentes y niños que viven en Cuba, los acontecimientos en La Habana este 21 de enero de 1998 son un espectáculo más del circo sin pan al que deben asistir por inercia, por obediencia debida o, en el mejor de los casos, por curiosidad. Lo sé, puedo hablar de ello porque también fui niña que, pañoleta azul y blanca al cuello, soportó estoica el hambre y la sed durante horas bajo la aplastante resolana en el recibimiento de dignatarios extranjeros. Semidioses saludones, la mano en alto oscilando de derecha a izquierda, mecánicamente viceversa; de pie dentro de preciosos coches descapotables, escoltados por hombres fornidos y mal encarados que nos apuntaban con armas largas, poderosas. Entonces yo no sabía que de verdad podían habernos disparado en caso de que sucediera cualquier cosa que escapara a su comprensión, por lo general escasa.

Después fueron mis hijos, pañoletas azules o rojas, el único uniforme al que tenían derecho durante el curso cien veces remendado, quienes cantaron en el recibimiento a uno de los tantos presidentes africanos que visitaban Cuba cada dos por tres: «Julius Nierere, Julius Nierere, venimo′a recibirte/ y ni sabemo′ quién ere/ Bienvenido sea′ bienvenido′ sea′ Julius Nierere...» Al golpe del rítmico, contagioso y sabrosón tan-tan-tan de los tambores que, siglos atrás, provenientes de África, llegaron a nuestras medio vírgenes playas en el vientre de los barcos negreros.

«Amados hijos de la Iglesia católica en Cuba: sé bien cuánto habéis esperado el momento de mi visita y sabéis cuánto lo he deseado yo. Por eso acompaño con la oración mis mejores votos para que esta tierra pueda ofrecer a todos una atmósfera de libertad, de confianza recíproca, de justicia social y de paz duradera. Vengo como peregrino del amor y la verdad, con el deseo de dar un nuevo impulso evangélico que, pese a las dificultades, la Iglesia cubana ha sabido mantener...» «Que Cuba se abra al mundo con todas sus magníficas posibilidades y que el mundo se abra a Cuba».

Habla el Papa en el aeropuerto José Martí y nosotros intercambiamos miradas. En las pupilas de quienes me rodean hay un brillo esperanzado. En las mías, razón de tierno desasosiego en mi madre, una lupa húmeda de lágrimas. No creo que se produzca ningún otro milagro. Por ahora, digo, sólo tenemos derecho a éste. Dios dirá. Me duele ver el desconcierto en los ojos de mis seres queridos por la dureza de mis pronósticos.

«No tengáis miedo de abrir vuestros corazones a Cristo...» Con estas mismas palabras Wojtyla inició su Pontificado el 16 de octubre de 1978. Ése fue el mantra que resquebrajó el muro en Europa del Este. Veinte años después de su iniciación, el Papa las repite en La Habana ante las barbas de un Castro camaleónico, sereno, consciente de que lo tiene todo atado y bien atado.

Le corresponde al Comandante en Jefe de la arrugada revolución caribeña hacer «abuso» de la palabra. Inagotable en su capacidad para sorprendernos, su intervención es una finta apocalíptica-no integrada fuera de contexto. Más que ante el Máximo representante de Dios en la tierra, parece estar frente a un Embajador de las Cortes españolas quejándose por los excesos de las tropas. Experto en evadir el aquí y ahora, su versión histérica de los hechos se remonta a quinientos años atrás, desempolvando los huesos de Hatuey, Cuautémoq, Caupolicán, Nicarao... Todos los buenos muertos que le sirvan para alejarse del sangrante presente y del pasado inmediato. Lacrimoso. Patético. Ahistórico. Lleno de rencor.

Las diatribas de Castro no son el argumento principal de estas páginas, la historia, tal como él lo pidió, será la encargada de juzgarlo, condenarlo o absolverlo. Todo a su debido tiempo, cuando se aplaquen las pasiones, cuando la mesura y la razón resplandezcan en medio de tanto fuego fatuo.

El Papa Juan Pablo II, el polaco que hizo saltar por los aires la cortina de hierro de la Unión de Repúblicas Socialistas Soviéticas y sus satélites del Bloque del Este, esparce sus aires benéficos sobre los despojos de «la tierra más fermosa que ojos humanos vieran», según el Almirante.

Cuba, antes de que Castro se hiciera con el poder, fue el país más próspero de Iberoamérica, a pesar de la abominable dictadura de Fulgencio Batista y Zaldívar, otro «alzado con el poder» desde 1952 hasta 1959, año en que Castro lo desalojó a sombrerazos del Palacio Presidencial, litros de sangre inocente y, otra vez, cifras adulteradas.

Derrocar una dictadura no autoriza legal ni moralmente la instauración de otra que, para colmo, supera a la anterior en tiempo y crueldad. No es la primera vez que la especie se equivoca mayoritariamente y otros, por lo general las víctimas, tienen que «desfacer el entuerto» desmontando la iconografía, porque los hombres, genéricos, no quieren aceptar que sus elegidos como símbolos ideológicos tengan las piernas flacas y los pies de barro.

Mientras el anciano Papa y el viejo dictador intercambian discursos distintos en forma y contenido, a doce millas de las aguas territoriales, en medio del mar Caribe, un grupo de cubanos a bordo de un barco tratan de aproximarse al magno e irrepetible acontecimiento, pero no pueden, no se les permite llegar a la isla porque de allí fueron catapultados treinta y nueve años atrás. El mensaje de apertura y reconciliación anunciado por Su Santidad como «Aires de Adviento soplan sobre La Habana», no alcanzó a todos por igual.

Cerca de dos millones de isleños nos vemos obligados a calzar trajes españoles, norteamericanos, franceses, alemanes, suecos, italianos, o cualquier otra variante de nacionalidad existente en el planeta, muchos de ellos por razones estrictamente religiosas: Dios y sus seguidores eran incompatibles con las aspiraciones maximalistas, no marxistas, del líder dispuesto a no compartir cuotas de poder con El Padre, El Hijo y El Espíritu Santo. Demasiada competencia –pensó el mesiánico aprendiz.

A donde quiera que llegues, sin quitarte el polvo del camino; antes de preguntar dónde se come o se bebe, corres el riesgo de ser sorprendido por el acento cantarín y servicial: «Pue´mira, chico, eso´e pan comío; no te preocupe, déjame´so a mí, stamos pa´ servirno». En la primera loza, el primer adoquín, el primer trozo de asfalto, arena, piedra o tierra donde plantes la suela de tus zapatos, puede que estés pisando las huellas de algún exiliado cubano.

Una vaga esperanza fundada en promesas no cumplidas no significa tener algo o perderlo. De ser sencilla y llanamente, pasamos a ser gusanos, traidores, vendepatrias, agentes del enemigo. Así nos llaman, aún sin conocernos, los que defienden intereses económicos y politiqueros.

Su Santidad El Papa continúa recorriendo el «último bastión del comunismo», falsa y estúpida etiqueta.

A esta visita Pontificia, mi madre, mi hijo Arnold y yo en Madrid; mi hija Mariela y mi hermano en Puerto Rico; mis otros dos hermanos, mi padre y mis sobrinos en Cuba; mis tías y primos en Miami, Louisiana y Nueva Jersey; mis amigos de antaño en Washington, París, Londres, Tokio, Singapur, Las Palmas, Colonia, Amsterdam, Caracas, San Juan, Bogotá y todos los etcéteras imaginables, asistimos con seis, nueve, once, catorce, veinte o media hora de diferencia.

Nosotros, los abortados por el vientre de la Patria y otros lugares comunes, escuchamos las homilías en diferido, recibimos la Bendición Papal de segunda mano a través de la pantalla de la televisión y desde la distancia real, moral y emocional que conlleva ser un exiliado político. No obstante, son cinco días de gloria que no podrán arrebatarnos dentro o fuera de la isla. Los que creemos en

Dios sabemos que ése es el milagro al que tenemos derecho y acceso, al menos por el momento.

Quienes asistieron a la deportación de Dios apenas la Revolución recién nacida empezó a afianzarse, contemplan esta misión religiosa encabezada por el Papa polaco, como es lógico, llenos de sentimientos contradictorios.

Sabemos que todo pasará y que muchas cosas terribles quizá nunca lleguen a saberse. Por eso decidimos recoger en este libro algunas de las historias del Presidio Político femenino en Cuba, del que tan poco se conoce. Esta fisura en la férrea maquinaria desinformativa del régimen nos permite hurgar un poco en su intrincada maraña de horrores.

Por lo pronto, no podemos apartar los ojos, los oídos, la piel, de lo que sucede en esta visita de Juan Pablo II a Cuba, treinta y nueve años después de que Fidel Castro se propusiera «Tapar a Dios con un dedo».

TAPAR A DIOS CON UN DEDO

(PRIMERA PARTE)

0

No seré yo quien escriba. Escribiremos todas, incluso las que han muerto. Como en cualquier conversación, nos arrebataremos la palabra de la boca. Los recuerdos se nos montarán unos sobre otros. Iremos del presente al pasado y al posible futuro.

Todo lo que aquí se cuenta es verdad, el pedazo de verdad que nos corresponde. Si estos testimonios se escriben de esta forma es por muchas razones. Quizás tengan que ver con los famosos mecanismos de defensa del inconsciente, o con la necesidad de adoptar un lenguaje que nos permita narrar sin herir la sensibilidad ajena, cubrir sin esconder nuestras desnudeces, al fin y al cabo, muchas aún estamos vivas, somos profesionales, hasta hemos logrado formar una familia o reencontrarnos con la que ya teníamos formada. Somos supervivientes en toda regla y eso nos condiciona a defendernos.

Protagonistas en carne viva del lado oculto y oscuro de los hechos, apelamos a la memoria individual y colectiva más que a la Historia misma, tan lábil. Cada cual aportará el retazo que le tocó vivir. Tejeremos un manto que sería imposible sin la presencia del uno. Uno del cual parten todas las formas y sin el cual, sería inviable el infinito. Uno más uno más uno más uno...

Sabemos que el mundo ignora nuestra presencia aquí. Sabemos que quienes saben algo prefieren ignorarnos, pasarnos por alto. Se aferran al cartel de contrarrevolucionarias que el régimen nos ha colgado como estigma y así evitan caer en cuestionamientos profundos.

¡Es tan fácil distanciarse de alguien que está contra una revolución y más si es esta, la cubana, con la cual medio mundo anda embrutecido o enamorado, o ambas cosas, que en el fondo son lo mismo.

Pasará mucho tiempo antes de que la gente se entere de la existencia del presidio político cubano, y dentro de ese presidio político, el de nosotras, las mujeres.

Cuando todo pase, porque también pasará, muchos querrán cubrir esta etapa con un tupido velo. Ninguna de las que aquí permanecemos, víctimas de las torturas físicas y psicológicas a las que nos someten a diario, está segura de que pueda llegar con vida hasta el final, pero las que sobrevivan no nos dejarán mentir.

Otra buena razón para remover nuestras heridas es que las Sagradas Escrituras no dicen que el perdón lleve implícito el olvido.

Recordar es lo único que podemos ofrecer a nuestros descendientes para que no se vuelvan a equivocar del mismo modo. Nunca más podrán alegar desconocimiento a la hora de evadir responsabilidades.

La diferencia entre nuestra no-vida aquí dentro y la del resto de los mortales es grande. Demasiado grande como para dejarla pasar así, como si nada hubiera sucedido. Queremos y debemos hacerla constar en estos papelitos que, ojalá, encuentren la resonancia necesaria.

Estos son testimonios, no son una apología de la venganza ni un vivero de odio, que de por sí está más que sembrado en la sociedad y no precisamente por estas manos de reclusas sin expectativas. Todos tenemos derecho a contar nuestra historia, y si lo escrito en estos capítulos no fuera verdad, el daño no sería privado, sino público. Se trata del daño que se le ha hecho a una parte del género humano con la complicidad, implícita o explícita, de otra parte nada desdeñable del mismo género.

Ésto sucede mientras el mundo baila, va al cine, al teatro, al ballet, se pasea en yates, asiste a campeonatos de invierno o de verano.

Mientras hombres y mujeres, tan de carne y hueso como nosotras, se enamoran, se casan, tienen hijos, fracasan, se caen, se levantan, vuelven a empezar, hacen planes... Saben qué actor, actriz o cantante está de actualidad, qué color será el de moda la próxima temporada, qué nuevo edificio se construye en la ciudad y cuál se ha derrumbado. Mientras los hombres libres hacen cálculos políticos o financieros, y las mujeres libres van a los salones de belleza, eligen un vestido, pasean con sus hijos, preparan tesis, reuniones altruistas o, sencillamente, se hacen la manicura y leen revistas del corazón. Las familias se reúnen los domingos alrededor de una piscina, beben cervezas bien frías, whisky sobre la roca, vodka con zumo de lima, esgrimiendo razones para dictaminar si el mundo va bien o mal. Dejan caer sus opiniones creyendo que realizan valiosos aportes al desarrollo de la humanidad. Una parte considerable del gremio se emplea a fondo en tertulias que descargan su conciencia de complejos de culpa o sentido de la responsabilidad.

Para nosotras la vida se detuvo como un resorte defectuoso. Justo en el momento en que el boxeador daba su mejor golpe sobre el polichinela, se rompió la maquinaria y así quedó: ¡pom, pom, pom!, golpeando sin parar.

Algunos, no todos, viraron las espaldas e hicieron como si nada de lo que aquí contaremos estuviera pasando.

No queremos dejar caer nuestras penas como fardos de culpas sobre el hombro de nadie. Sólo pretendemos dar a conocer nuestras motivaciones y la inquebrantable fe en Dios, presente en cada una de nuestras acciones aunque no siempre tuviéramos conciencia de ello.

Tarde o temprano, los acontecimientos que no entendemos empiezan a tomar forma y entonces se nos revela el por qué y el para qué de tantos infortunios. El bien y el mal existen, la elección es parte del libre albedrío que Dios pone en manos del hombre.

Afirmamos que la «unanimidad desde el principio», el apoyo absoluto al Gran Líder, es totalmente falso. La resistencia empezó desde el instante en que aparecieron los primeros indicios de que nos habían engañado. De esto darán fe las estadísticas el día que se abran los archivos y el mundo sepa cuántos fueron fusilados siendo inocentes o por causas que en cualquier país civilizado pasarían inadvertidas; cuántos llenaron cárceles que, como el Presidio Modelo de Isla de Pinos, fueron cercadas con dinamita bajo la amenaza, mejor dicho, el chantaje, de ser voladas con miles de personas inermes dentro.

Cuántas mujeres han pasado por esta misma cárcel, y por las que se han ido construyendo a toda prisa, porque no dan abasto desde 1959. A cuántas hemos visto cumplir sus condenas, morir de enfermedades contraídas en presidio, o ya fuera, perecer por las secuelas de los sufrimientos y las torturas ocasionadas por los valedores del régimen.

Durante mucho tiempo, las cifras de presas políticas hacinadas dentro de estas paredes (¡que, si pudieran hablar...!) oscilaban entre las ochocientas y las mil. Nunca por debajo de estos números.

—Por eso escribimos este testimonio. Porque no pudimos ver crecer a nuestros hijos.

—Porque a algunas nos fusilaron al marido, al padre, a un hermano, a un pariente...

—Porque tuve que pasar por el dolor extra de saber que mi madre y yo estábamos en la misma prisión, y no se nos permitía tener ningún contacto. La información sólo nos llegaba por vías clandestinas.

—Porque mi padre y mi hermano estaban presos y no me dejaban recibir noticias de ellos.

—Porque cuando algún ser querido se enfermaba de gravedad, o moría, teníamos que suplicar o sublevarnos para que se nos dejara asistir a su enfermedad o a su mortuorio, eso sí, bajo estricta vigilancia.

–Porque, no obstante los esfuerzos de nuestros carceleros, estábamos más que seguras de la presencia de Dios junto a nosotras. Ése fue nuestro único espacio de libertad durante quince y hasta veinte años.

–Porque pasé lo mejor de mi juventud sin saber lo que era una cita de amor, una caricia, una frase de ternura.

–Porque día a día vi cómo mi piel se marchitaba, cómo mi corazón se encogía, cómo me iba llenando de arrugas. Cómo perdía dientes y muelas en las golpizas.

–Porque cada día me es más difícil andar. Mis piernas no responden, no logran reponerse a la lesión neurólogica irreversible producto de la carencia de vitaminas.

–Porque mis manos se hicieron grandes, toscas, de tanto trabajo forzado en los campos de las prisiones, de sol a sol, sin tener después ni a mi madre, ni a un niño, ni a un hombre para acariciar, consolar o ser consolada.

–Porque pasaron demasiados años sin sentir la presencia del amor, de otro cuerpo en mi cama.

–Sólo conozco hombres que me golpean, me ofenden, me obligan a defenderme de igual a igual contra ellos. Hombres que se ensañan conmigo:

Cuando salgas de aquí no vas a servir para tener hijos. Ni los perros te van a querer para mear...

Y yo:

–Cuando salga de aquí, los perros que van a quedar son como tú. Yo no quiero que los perros como tú me orinen...

Él levanta el puño para ejercer el único poder que tiene sobre mí, el de su fuerza física. Yo vuelvo siempre a la carga.

–Claro, claro que me vas a pegar ¿qué otra cosa puedes hacer? Tú no eres más que un esclavo. Tú cumples órdenes...

Y la bota que pisa la punta de mis zapatillas medio rotas, y el puño que se aloja en mi mentón y me impulsa hacia atrás, después hacia adelante, donde otra vez me espera el puño. Y la boca que comienza a sangrar y los ojos a hincharse.

¿Cuántas veces el mismo espectáculo? No lo sé. Han sido tantas, que no me he preocupado en contarlas. A lo mejor son ellos los que llevan las estadísticas.

—Porque es probable que mi cuerpo no pueda soportar y no llegue a ver el final de esta tragedia. La certeza de que la litera que ocupo nunca estará vacía y que siempre, mientras exista la tiranía, en estas mazmorras, en este mismo camastro, se acostarán otras «Yo», me oprime el pecho y, a la vez, me da fuerzas para seguir adelante.

Da igual cómo nos llamemos en realidad, porque aquí, en estos testimonios que entre todas escribiremos, está la mujer. La mujer cubana que se lanzó a la manigua a pelear hombro con hombro junto a los mambises, se enfrentó a las dictaduras de Gerardo Machado y Fulgencio Batista y, consecuente con su tradición, se enfrenta al tirano de turno, el peor que nos ha tocado en la joven historia de nuestra nación.

Somos la mujer que lucha y la que se arrodilla para rezarle a Dios, el único valor inalterable, pidiéndole que nos guíe por el camino de la justicia, la sinceridad, el mejoramiento y la conservación de la especie humana, creada a Su Imagen y semejanza. A pesar de estar encerradas entre rejas y razones que aparentan lo contrario, el Hombre, con mayúscula, saldrá victorioso en la eterna batalla entre la luz y las sombras.

I

«Padre nuestro, que estás en los cielos, Santificado sea Tu Nombre. Venga a nosotros Tu Reino...» Mis dedos van desgranándose uno a uno encima del dedo pulgar. No es un movimiento mecánico. Con los ojos cerrados concentro toda la atención en mis dedos y en las palabras que no salen de mi boca... «Hágase Tu Voluntad, en la tierra como en el Cielo...»

El ruido de las rejas al abrirse y el vocerío de las mujeres, apresurándose en poner orden ante el imprevisto, me sacan del precario estado de concentración. Mi alma se escapó unos pocos minutos y demora en tomar posesión del lugar en que se halla mi cuerpo.

Allí están. Otra vez.

Las reclusas se ponen de pie en el acto. Yo, absorta, reacciono con lentitud, con torpeza.

La oficial, seguida por la «llavera», se detiene frente al camastro que ostenta la marca de mis glúteos. Una huella visible, delatora. Dos medias lunas que gritan ¡aquí se ha cometido una infracción!

Mis dedos continúan pasando sobre el dedo pulgar, trato de continuar la oración al ritmo de mi corazón desordenado. «PadrenuestroqueestásenloscielosSantificadoseaTunombre...»

—¡Eh, tú, hazme el favor de bajar de la nube! —Dice la oficial dirigiéndose directamente a mí—. Párate firme y deja de mover los dedos. Vamos, quítate de ahí. Tenemos orden de hacerte una requisa a fondo.

Me quedo helada. No es la primera vez que hacen requisas, pero nunca a estas horas de la tarde cuando ellas, por lo general, se dedican a oír las radionovelas y nosotras tenemos un respiro.

Sonámbula, me aparto del camastro y cercada por el denso silencio de las otras mujeres, contemplo a la llavera destrozando sábana y funda. Almohada y colchoneta quedan con las tripas colgando, parecen cadáveres de cerdos atropellados en la carretera. La ropa íntima puesta a secar en el respaldo de mi litera, colgando del tubito que hay debajo, llegando al suelo, queda expuesta a la vista pública en toda su miseria.

La llavera se dirige a mi taquilla. Rasga, soba, revuelve y se detiene sólo cuando mis escasas pertenencias se hallan igual que mi mente, en desorden. Pensamientos y calcetines están regados, fuera de su sitio.

—Nada, mi oficial. No encuentro nada —dice y levanta los hombros con gesto de impotencia.

—Tú —ordena la oficial— acompáñamos.

La sigo sin comprender aún qué sucede ni por qué. Mis dedos comienzan a moverse y mi cerebro eleva una súplica a Dios, Padre Todopoderoso.

—Hagan lo que hagan, Padre —ruego apretando los puños a mi espalda— no permitas que mis piernas flaqueen. No permitas que me doblegumen...

Llegamos ante la puerta de las oficinas del Director. La oficial golpea sobre la superficie pintada de gris verdoso y aguarda con las manos apoyadas en la pared y mirándose la punta de la bota. Apoyado en el talón, mueve el pie de un lado a otro, como si negara a su cabeza. La llavera, me observa con una expresión de intriga no exenta de burla.

Un joven ordenanza nos abre la puerta desde dentro y avanzamos en fila. Primero la oficial, como es lógico. Yo, la reclusa, en el medio, y cerrando la imposible escapada, la llavera.

El director, detrás del buró, revisa una impresionante montaña de papeles. Sus entradas, bastante pronunciadas, anuncian una prematura calvicie. Es un hombre todavía joven quien levanta la vista del revoltijo de papeles y me mira por encima de la montura de sus gafas de aumento. Estoy de pie, con las manos cruzadas a la espalda, –así debe permanecer una prisionera cuando está frente a un oficial de cualquier rango o graduación–. Él continúa mirándome severo, y mis dedos eternizan, por su cuenta, la implorante letanía comenzada dos horas atrás. Mi interminable diálogo con Dios.

No me mandan a sentar y eso me mantiene en tensión. Los interrogatorios de pie suelen convertirse en una trampa. Uno de los guardias te pisa la punta de los zapatos mientras otro (u otra) oficial te asesta un trompón en la mandíbula. Te balanceas igual que un tente-en-pie, uno de esos muñecos que se llaman «porfiados», pero no te caes. La inercia te empuja hacia delante, y te vuelven a aporrear en el rostro, o en el abdomen, depende de las ganas o los hábitos de quien esté en el turno. Pero no, hoy no lo hacen. Me libré de ser convertida en un péndulo con la boca sangrante.

El director termina su detallado escrutinio de mi persona y me ordena ocupar la butaca colocada frente a él.

Me siento en el bordecito, con la manos ocultas tras la espalda.

–Siéntese cómoda. Haga el favor de poner las manos donde yo las vea. Puede que tengamos para rato. Depende de usted –dice, quitándose las gafas para frotarse los ojos, opacos de cansancio.

–Usted está violando el reglamento de esta cárcel. Y usted no ignora la gravedad de esa violación. Eso le pude costar muy caro. Lo sabe, ¿verdad?

–No sé, en estas condiciones y con la vigilancia a que nos tienen sometidas día y noche, cómo puedo estar violando el reglamento de esta cárcel. Revise sus fuentes, no parecen fiables porque... –no me deja terminar la frase. Se pone de pie hecho una furia. Cierra sus manazas, curtidas por trabajos no precisamente burocráticos. Aprieta los dedos y mi cuello se encoje, adivinando la presión de esos dedos gordos, tan rabiosos como las apretadas mandíbulas de su dueño. Por unos segundos me faltó el aire y lo supe capaz de ahorcarme sin contemplaciones.

–¡Señor Director! ¿Me entiende? Usted tiene que dirigirse a mí diciendo Señor Director –redondea los labios para subrayar la importancia de las mayúsculas–. Usted es una presa, sólo una reclusa más, y aquí, Su Amo Soy Yo.

–Sí, Señor Director –digo entre dientes– Aquí sólo soy una presa.

–Y está violando el reglamento –continúa el Señor Director– porque sabemos, y de muy buena fuente, quién organiza sesiones religiosas donde rezan el rosario y explican la biblia. ¡Hasta tienen un misal! Sabemos quién distribuye hostias y se atreve a oficiar, haciendo misas con la participación de otras reclusas.

–Nunca he ocultado mis creencias religiosas. Debe estar por ahí, escrito en mi expediente: soy católica, y lo tengo a mucha honra –respondo tranquila– pero no puedo oficiar misas. El Señor Director sabrá que sólo los ordenados, los sacerdotes, están autorizados para hacerlo. No sé si estará al tanto, pero la Iglesia no ordena sacerdotisas y como ve, yo soy una mujer. ¡Ni siquiera las monjas pueden ofrecer ese servicio religioso, Señor Director!

Trato de disimular la satisfacción por haberlo dejado fuera de balance, desnudo en su ignorancia.

–Por lo visto está empeñanda en tomarme el pelo –su rostro es un tomate maduro y estallará en el próximo minuto presionado por el contraste del traje verde olivo–. Queremos saber cómo, y quiénes introducen en esta cárcel esas porquerías. Dígame dónde tiene escondido el misal y el rosario –hace una pausa, toma una larga bocanada de aire y, en un franco ataque de solemnidad, continúa–. Esta Revolución no se hizo para que dios campeara por su respeto en las calles –el nombre de Dios, entre sus labios, suena a minúsculas– y mucho menos aquí, donde vienen a pagar la deuda contraída con la sociedad, con esta Revolución, tan benévola que les ofrece la oportunidad de recapacitar, de rehabilitarse. Por su bien y por el de sus amigas, hable, se lo aconsejo, porque las cosas pueden irle mucho peor.

–Le agradezco su buena intención, Señor Director, pero tenga en cuenta que la oficial requisó todas mis pertenencias y no encontró nada –digo con cautela.

–No entiendo su obstinación, reclusa. Tiene una larga condena por delante, dentro de un tiempo, ni su dios se acordará de usted. A él parece no importale que ustedes se estén pudriendo encerradas aquí. Dígame cómo logran entrar sus basuras, dónde las esconden, y le prometo hacer todo lo posible por mejorar su situación.

Está colérico, las venas del cuello le quieren explotar, no obstante, se nota su esfuerzo por parecer amable, comprensivo y dispuesto a negociar. Pero no voy a hablar. No voy a decir nada. No se va a enterar por dónde, ni quién, trae la Sagrada Forma a este lugar. No le daré el gusto de escuchar que el único rosario está en las yemas de mis dedos. El ordinario de la misa hace tiempo lo copio de memoria en los papeles de las compresas sanitarias que nos reparten mensualmente (por suerte, porque antes no nos daban compresas y usábamos trapitos). Si se enteran de este nuevo «vehículo religioso», nos quitarán las compresas, volveremos a la recolección de trapos infectados con la orina de las ratas que pululan por doquier, y eso será lo que usemos en los días de nuestras menstruaciones.

Bajo la cabeza obstinada, terca. Intento seguir con mis oraciones para no oír la diatriba revolucionaria martillándome el cerebro. Habla y habla. Aprieta el gatillo de una ametralladora ideológica al frente de un pelotón de fusilamiento verbal.

–Esta Revolución se hizo para el pueblo...
–Creo en Dios Padre, Todopoderoso...
–Y gente como usted se pone al servicio del enemigo...
–Creador del cielo y de la tierra...
–Traicionando los principios, la dignidad, la memoria de los mártires...
–Y en Jesucristo, Su único Hijo, sin pecado concebido...

–Usted no merece haber nacido en este país. No merece llamarse cubana...
–Creo en la Santísima Trinidad: Padre, Hijo y Espíritu Santo...
El Señor Director detiene en seco su sermón, percatándose de que apenas lo escucho. Se pone de pie, resollando para no perder el escaso control. Respira hondo otra vez, se pasa las manos por la incipiente calva, exhala despacio y vuelve a sentarse, mirándome con aire de triunfo.
–Tendrá tiempo suficiente para pensar y acordarse, se lo prometo. Pasará una temporada en la celda de castigo. –Eso sí lo oigo y no puedo evitar un frío de muerte galopándome sobre el espinazo. Entrar en las tapiadas es abandonar el mundo de los vivos. Un anticipo espectral del infierno prometido a nosotras, las presas contrarrevolucionarias.
–¡Oficial! –grita el Señor Director– ¡Llévensela al corredor de los muertos. Le hace falta recuperar la memoria y el habla! Una sola ración de agua y comida al día –me mira con sorna–. Reclusa, párese y pídale una audiencia a dios. Veremos cómo la salva de ésta.
Me pongo de pie, tensa, con las manos detrás de la espalda. Permanezco esperando el golpe. La oficial ordena con sequedad:
–¡Sígame!
–¿Recojo algunas cosas? –Pregunto para disimular el temblor de mis piernas.
–¿Para qué? Allí no le harán falta, y si las necesita, pídaselas a su dios –responde burlón el Señor Director–. Ya nos veremos, ¡si es que logra salir de ahí...!
Las escaleras conducen a las celdas de castigo hundiéndose en la oscuridad. Estō es sólo un presagio, un avance. El redondel de luz producido por la linterna de la oficial en cabecera, va indicando dónde debemos poner los pies. Abajo, siempre hacia abajo. Dos oficiales delante, yo en el medio y dos oficiales detrás. El pasillo está más oscuro aún. Con la difusa luz de la linterna percibo, a cada lado del túnel, las chapas de metal de las tapiadas. Las engavetadas no pueden vernos, pero sienten nuestros pasos y gritan para llamar la atención. La voz *uno* suena débil.

–Guardia, me estoy muriendo, tengo diarreas. Necesito un médico, porque ya no puedo levantarme del suelo.

La voz *dos* suena más fuerte, ahuecada por la resonancia del sótano.

–¡He! ¿A quién traen ahí? Habla para saber si te conozco...

No logro identificar las voces de ninguna. Somos tantas, que es imposible conocernos entre todas. La oficial jefe de la expedición se molesta.

–¡A callar todo el mundo si no quieren doblar la dosis!

Se ahonda el silencio y crece el retumbar de nuestros pasos. No, no son mis pasos los que retumban. No llevo botas militares. Mis pasos, de zapatillas con suela de goma, se pierden entre los toc-toc-toc de las asexuadas botas de soldado.

Caminamos –toc-toc-toc– y no quiero pensar en nada concreto, no quiero adelantarme al no-futuro. Busco dentro de mi cabeza recuerdos felices del pasado.

El abuelo me pone en la muñeca mi primer reloj de pulsera. He terminado la escuela primaria con buenas notas y ese es su premio. Medio cegato, trata de encestar en el agujero de la manilla.

–Déjame a mí, abuelo, yo puedo...

Y él, empecinado:

–¡Mocosa! ¡No sabes ni amarrarte los cordones de los zapatos y ya quieres enseñarle a uno cómo poner un reloj! –Pero no atina a pasar el pin por el agujerito.

Aparece mamá, preocupada por mi renuencia a aprender rezos. Yo no soporto ir al catecismo. Allí me aburro, no comprendo ni pío de lo que hablan.

Un día los tambores amanecieron con su tam-tam rítmico, atávico, estremeciendo los techos de zinc en todo el barrio.

–¿Oyes eso? Es un bembé. Ve hasta allí a mirar, a ver si crees en algo, aunque sea en los santeros. Hija, la vida es dura, y sin creencias se hace insoportable...

Ésas palabras, mamá, jamás las he olvidado. Me acompañarán mientras viva.

Allá me fui. Veo cosas que me ponen la carne de gallina. Una mujer flaquita, con menos de cinco pies de estatura, tiene cargada en alto, como si fuera una bandeja con botellas de vino, a otra mujer. A una negra del tamaño del armario de mi casa. La flaquita baila con la grandota por sobre su cabeza y no parece pesarle nada. Me impresiona mucho, igual que cuando el hombre con «el santo» montado se atraviesa la lengua con unas agujas grandes. Creo en lo que estoy viendo porque está pasando delante de mí, pero es como en el circo, y en el fondo, tampoco significa nada. Dentro de mi corazón no nace ninguna semillita. Lo cierto es que no me seduce la idea de tener que bailar cargando a una mujer tan grande y tan gorda...

En ese momento nos detuvimos. La llavera se adelantó, la pesada ristra de llaves suelta sus notas de metal fundido al ser levantada a la altura de sus ojos. Ésa es su arma, su fusil en ristre.

Con plena conciencia de lo que me espera, me sorprendo discurriendo en otro plano. ¡Sé que voy a estar enlatada como una sardina, emparedada en una tumba, y me da por pensar en el significado que adquieren los objetos cuando cambian de escenario. ¡Así de complejos somos! Por ejemplo, las llaves no son simplemente llaves. Al abrir la puerta de mi casa, la llave que busco revolviendo el bolso es el talismán salvador, la herramienta mágica e inofensiva que me separa de los peligros del mundo, abriendo la puerta de mi paraíso particular. Mi casa cálida, acogedora. Lugar que ni siquiera el sol se atreve a invadir sin mi permiso. La llave de tu casa es quien te conduce a despojarte de todo lo molesto, de los zapatos incómodos, del sudor pegajoso, de las bacterias, que se hunden por el agujero del lavabo empujadas por el contacto suave, amoroso, del agua que brota del chorro del grifo, y en perfecta armonía se une al jabón perfumado para que nazca la espuma blanquísima. ¡Vaya sensación de bienestar!

Mientras la llavera maniobra, miro la otra llave, la grande, negra y hostil, con que abrirá la puerta por la cual entraré al polo opuesto, al sitio a donde van a parar todas las inmundicias; el vertedero de una sociedad que ya no nos acepta. La bacteria ahora soy yo.

Con la destreza propia de la práctica, la mujer uniformada, dueña de mi destino inmediato, abre un candado enorme, auroleado por la luz de la linterna. Apartándose, me dejan pasar. Entro en lo negro, acompañada sólo por mis disquisiciones.

Ellas cierran tras de mí la puerta de hierro, y de pie, me entretengo en escuchar sus pasos –toc-toc-toc-toc-toc– alejándose.

–Bueno –me digo en voz alta– a esperar. Tus ojos se acostumbrarán a la oscuridad.

Poco a poco voy distinguiendo contornos. ¡Total, para lo que hay que ver!

No puedo evitar la sonrisa ajena, sarcástica, de la otra YO con quien compartiré este encierro. Sí, porque para no volverte loca, debes invitar al personaje que más te gustaría ser, incorporarlo y traerlo contigo a las mazmorras. Te ayudará, proporcionándote las respuestas necesarias. Las buenas respuestas que nos gusta escuchar.

Por primera vez pienso en las muchachitas. Deben estar muy preocupadas por mí. Siempre sospechamos que en la galera había una soplona, ahora ya no cabe la menor duda. Hasta creo saber quién es, pero no tengo manera de alertarlas.

–¡Ojalá Dios no permita que esa infeliz continúe haciendo daño! ¡Ojalá ilumine su corazón!

Empiezo a hablar con la otra yo –por pudor me callaré su nombre, no es cosa de andar mostrando mis debilidades–. Ya se irá acostumbrando. Dentro de unos días le preguntaré y me responderá amable, dispuesta a esclarecer mis dudas, a contarme historias sobre personajes famosos, a describirme paisajes jamás vistos. Si no lo hago así, la soledad y la incertidumbre acabarán conmigo, minando voluntad y raciocinio.

Los dedos, autónomos, comienzan otra vez a rozarse con el pulgar.

–Padre, otórgame el don de perdonar. Derrama sobre mí Tu infinita virtud para, como Tu único Hijo, no odiar, ni envenenar mi alma con rencor. Perdóname y perdona a estas personas que nos están haciendo tanto daño...

II

La hilera de mujeres, colocadas en perfecto orden, parece que nunca tendrá fin. Una tras otra van entrando, agarran la bandeja de campaña, la cuchara de calamina y el vaso, también de calamina. Bandejas, cucharas y vasos están grasientos. En los dedos queda la sensación pegajosa dejada por los utensilios que no se han fregado con detergente. Ponen la bandeja sobre el mostrador de cemento empotrado en la pared, que tiene tres agujeros rectangulares. Detrás de cada agujero aparecen manos revolviendo ollas enormes. Cuando la mujer de turno llega al agujero, las manos apuradas que permanecen sin rostro detrás de la pared, dejan caer en la parte más honda de la bandeja un cucharón de caldo verdoso.

–¡Vamos, que es para hoy –dicen con enojo las manos sin rostro, mientras la mujer que está del lado de acá del muro avanza, arrastrando su bandeja hacia el otro agujero.

Allí, otras manos sueltan, en la parte llana, un pegote de macarrones con puntos amarillentos y negruzcos. La mujer llega al tercer rectángulo, desde donde, pinchada con un tenedor, le dejan caer en el hueco vacío una patata con cáscara que suena ¡pum!, de puro tiesa. Ya agarró el pedazo de pan zocato y llenó el vaso con el agua, tibia por el endemoniado calor, que al final del mostrador espera dentro de un tanque de cincuenta y cinco galones cuyas paredes sin protección dejan ver zonas de óxido y moho. Después se voltea, buscando dónde acomodarse. Una tras otra, las manchas pardas de la interminable fila repiten el mismo ritual.

Sólo se escuchan el entrechocar de cucharas y bandejas de calamina y la voz de apuro de las «sin cara» que reparten la pitanza del otro lado de la pared.

El comedor es más largo que ancho. Las mesas son también de cemento, se diferencian de las paredes en que tienen el repello algo más fino. Los bancos son como las mesas, pero más bajos y más estrechos. Por cada extremo del comedor se pasea una pareja de guardias designadas para cuidar el orden.

Por lo menos ya no tienen que comer sentadas en el suelo y las bandejas, sucias y todo, son mejores que los «platos de perros» en los que comían hasta hace poco, o los que dejaban caer por un agujero, en medio de la absoluta oscuridad, dentro de las celdas del G-2.

En el centro de la línea de mesas, ocupando una de las esquinas que da al pasillo izquierdo, un grupo de mujeres de distintas edades, todas con las cabezas inclinadas sobre sus respectivas bandejas, intentan en susurros, mientras extraen los puntos amarillentos y negruzcos del pegote de macarrones, mantener una conversación.

—Deben haberla mandado a los corredores de la muerte. —Dice una mujer madura que, a pesar del burdo traje y la evidente falta de cuidados personales, conserva una belleza aristocrática, de esas que no desaparecen ni cuando llega la ancianidad.

—¿Pero por qué? —Pregunta otra de pelo corto rojizo— No ha pasado nada. Ella no ha hecho nada. Esto huele muy raro...

—¿Qué, la comida? ¿Y cuándo no? —Trata de bromear una muchacha delgadísima, de pelo negro liso y nariz larga que se posa sobre unos labios bien trazados.

—Déjate de bromas, que «el agua no está para chocolate». Tiene que haber sucedido algo nuevo. No sé, quizá algún chivatazo... —El comentario, que sale de una inclinada melena cobriza, hace que se sobresalten las que forman el racimo cabizbajo en el extremo izquierdo de una de las mesas centrales.

–Ya no hay dudas –interviene de nuevo la delgada de nariz larga y pelo negro liso– sabemos que debe haber una chivata entre nosotras, por gusto no nos meten a las comunes en la misma galera, aunque tengamos que turnarnos para dormir...

–¿Y si ahora mismo pedimos ver al director para exigir que nos explique dónde la han metido? –Propone una mujer joven de esas que los cubanos llaman «envuelticas en carne».

–¡Mira, hazme el favor! –Protesta la mujer madura de belleza aristocrática–. Tú menos que nadie puedes meterte en esas cosas. Sabes muy bien que dos pisos más arriba de donde dormimos está presa tu madre; a tu hermano y a tu padre ni siquiera sabes dónde se los han llevado. ¿Qué quieres, que metan a tu vieja en una celda de castigo? Así como están las cosas y las tienen incomunicadas.

–Vamos, entreguen las cucharas –ordena la oficial. Llegó sin hacer ruido, asustando al grupo de mujeres.

–Vamos, Vamos, denme las cucharas –repite impaciente la oficial–. Ahora tendrán que comer con los dedos, señoritingas. Ustedes saben que el reglamento prohíbe las conversaciones en el comedor.

La delgada de pelo negro liso intenta protestar, pero la que está a su lado, una señora de unos cincuenta años, que usa gafas de grueso cristal y armadura de plástico, remendadas con alambre de cobre, le da un ligero puntapié en la pantorrilla, extiende su mano hacia la oficial y es la primera en entregar la cuchara. Las demás, silenciosas y contrariadas siguen su ejemplo sin chistar. Como si se hubieran puesto de acuerdo de antemano, colocan los brazos debajo de la inhóspita mesa de cemento y optan por no comer.

El caldo verde-baboso, el amasijo de macarrones con gusanos y gorgojos, la patata dura, helada... No, esa bazofia no merece hacerlas pasar por la humillación de comer con las manos haciendo montoncitos con los dedos.

—¿Qué, se van a declarar en huelga de hambre? —Indaga burlona la oficial.

—No, oficial. No pensamos hacer huelga de hambre. No se hace huelga de lo que ya se tiene —responde la mujer madura de porte aristocrático— pero no queremos comer con los dedos, no somos asiáticas. Hemos violado el reglamento que ustedes han impuesto, así que...

Algunas de las reclusas que están en el comedor comienzan a reír por lo bajo, dándose codazos unas a otras.

III

Las guardias de turno han hecho el recuento y lanzado la orden.

—¡Para toda la población penal: hora de silencio!

En el pequeño cubículo, hacinadas y revueltas con las prisioneras comunes están, por suerte juntas, las «muchachitas» del incidente del comedor. Prefieren identificarse así entre ellas para evitar llamarse compañeras, nominación impuesta por el régimen a los ciudadanos cubanos no con intenciones de igualdad, si no de vulgar igualitarismo.

La tensión les impide conciliar el sueño.

—¿Quién nos va a hacer el ordinario de las misas? ¿Y la Sagrada Forma?... ¿Quién se va a ocupar de que nos llegue la Sagrada Forma? —Pregunta en la penumbra una voz que es casi un silbido.

—¡Chist! —ordena silencio la que está más cerca de su litera—. Eso ni lo menciones. Acuérdate que aquí hasta las colchonetas oyen. Siempre nos queda la mente, razar para dentro. No pueden impedírnoslo y, a lo peor, es lo que más duele... —Hablar susurrando no le resta autoridad a la voz.

–A mí lo que me asusta es pensar qué estará pasando con ella. Ella es fuerte, pero todo tiene un límite. ¡Ojalá no la hayan golpeado! Cada vez que me acuerdo de la última golpiza que le dieron, y de que no pudimos hacer nada porque nos redujeron a todas para que miráramos el espectáculo y nos sirviera de escarmiento, se me hiela la sangre– añade, casi inaudible, otra voz en el segundo piso de la litera tres.

Todas callan. Cada una se concentra en sus pensamientos. Buscan el sueño, única forma de evasión que a veces, como ahora, tampoco llega, negándoles el efímero remedio de huir por varias, pocas horas.

En el segundo piso de la litera dos, la mujer madura de porte aristocrático cruza los brazos bajo su cabeza. Con los ojos cerrados revive pasajes del «antes de». Sí, alguna vez tuvo una vida. Una vida de verdad.

Estar ahora en el infierno que unos cuantos hombres han fabricado para su país, le permite saber que hace ya bastante tiempo vivió en su propio paraíso. Un dosel de plata que sus padres, y después su marido, construyeron para ella, protegiéndola de los dolores y de la fealdad del mundo sin evadir la realidad y los problemas ajenos. Entonces se sentía fuerte, capaz, internamente sólida en su formación cristiana y podía, no desde la lástima, sino desde la comprensión y la piedad, ayudar a aquellos con quienes otros seres humanos –no la vida, jamás Dios– se mostraban implacables, negándoles por razones mezquinas los derechos más elementales.

Revive épocas del pasado, roto por un burlón manotazo de las circunstancias. Piensa en sus ancestros, en cómo las historias se diferencian sólo por los estilos que marcan cada época. Se ve ahora, vestida con el burdo traje de reclusa, ajada, enferma, sostenida únicamente por su inquebrantable fe en Dios, el Supremo Creador, y en Jesús, crucificado porque los hombres no entendieron su mensaje de amor y de perdón. Ella, la descendiente de un hijo del mismo corazón de Irlanda, Rey de Comaiene hasta que la isla (otra,

¿será casualidad?) después de una larga y tenaz resistencia, cayó en manos de Enrique II de Plantagenet, Rey de Inglaterra.

CU REUBA. –Piensa la mujer, y en la oscuridad, esboza una sonrisa torcida por la tristeza–. CU REUBA, así, como suena, escrito en el antiguo lenguaje de los celtas. Es el lema del escudo de armas de sus lejanos antecesores, Rompe las ligaduras traducido al español. CU(REU)BA. CUBA, Rompe las ligaduras. Se enlaza el secreto sentido de las palabras, confiriéndoles un significado que escapa al razonamiento cotidiano y la trasladan a los orígenes. «En el principio fue el verbo».

–Padre, ¿estaré siguiendo los trazos de Tu mandato invisible? –Se cuestiona la insomne–. Que en mí se cumpla Tu Voluntad Divina.

Su mente vuelve a volar, huye, para verse en brazos de su marido, ataviada con un hermoso traje de noche, bailando.

No es Cenicienta, no tendrá que escapar antes de que la carroza se convierta en calabaza. En su soñar despierta, reanima retazos de su fragmentada vida. Recuerda la difícil decisión de separarse de sus hijos para ponerlos a salvo de lo que podía sucederles si permanecían en la isla.

Va recordando rostros, nombres de hombres y mujeres a los que ayudó a salir del país cuando estaban perseguidos o condenados a muerte de antemano.

–¿Que será de él? –En su memoria aparece el rostro demacrado de su actual marido–. Recuerda cuánto tiempo la tuvieron engañada, diciéndole, con una seriedad escalofriante, que por su culpa, por ser «su cómplice», lo habían fusilado. Ella lo creyó y casi se muere, porque él era tan inocente como un niño. Su única complicidad fue casarse con ella. Pasó mucho tiempo antes de que se descubriera la mentira. Él estaba preso, injustamente preso, pero vivo. Recuerdos. Recuerdos malos y buenos. ¡Han pasado tantas cosas! Sabe que debe preservar la memoria.

Siente que las muchachitas, aunque ya no cuchichean entre sí, tampoco duermen.

—Las muchachitas —dice en un susurro. Y ahora centra sus pensamientos en ellas, sus compañeras de infortunios. Piensa en sus carreras, sus familias, sus condenas insólitas: quince, veinte, treinta años de cárcel... Muchachitas de futuro truncado, pero enteras.

Si al menos tuviéramos un cura para confesarnos, para aliviar las dudas, los temores... —Suspira, tanteando el borde del camastro para voltearse, a ver si el sueño llega de una vez.

El ruido que producen las llaveras al golpear las rejas y las chapas de metal mientras gritan: «¡Para toda la población penal, de pie!», advierten que llega el nuevo día. Empieza a girar la noria y sólo son las cinco de la madrugada.

Tendrán que ir al campo a cavar en la tierra, a sembrar o a desembrar, a lo que toque. Tendrán que estar al sol, con hambre, con sed, bajo la constante vigilancia de las carceleras, que pueden propinarles una paliza sin ton ni son, cuando les venga en ganas.

Comienzan los rumores del despertar en la galera, la fila para el baño —¡digo baño!— el agujero abierto en el suelo por donde, sin ninguna privacidad, tienen que hacer sus necesidades. Las provocadoras, las más vulgares, sueltan sus ventosidades entre carcajadas y escupitajos. Toser, expectorar y escupir haciendo alarde de puntería al dar sobre el cuerpo de una infeliz, es la diversión favorita de un grupo de prisioneras por delitos comunes. A la elegida le tocará pasar una jornada doblemente tenebrosa en el particular calendario trazado por la «Primera Revolución Socialista de América». La Revolución «de los humildes, por los humildes y para los humildes».

—Dios —dice en voz muy baja la mujer madura de belleza aristocrática— te encomiendo mi día y el de mis muchachitas. Protege a mis hijos, a mi madre, a toda mi familia. Protégenos, Padre, ayúdanos a soportar esta carga. Perdóname cuando siento odio hacia nuestros verdugos.

Con mucho esfuerzo, a causa de ese dolor bajo el costillar derecho que no la abandona nunca, logra descender del segundo piso de la litera.

IV

Ya ni saco la cuenta de los días que llevo aquí. ¿Para qué? Pensé hacer marcas en la pared, como el Conde de Montecristo cuando estaba prisionero en el castillo de Iff, pero apenas veo las paredes. ¡Y eso que están cerca unas de otras! Hasta para ir a la letrina tengo que adivinar el agujero.

¡Me gustaba tanto leer El Conde de Montecristo cuando era chiquita! Quién me iba a decir que yo también acabaría en una cloaca como aquélla. ¡Pero aquí no aparecerá ningún viejito que me diga dónde está enterrado el tesoro!

Debo tener una peste a todo... ¡Si pudiera bañarme, darme una ducha calientica, con mucho jabón. Si pudiera tomarme un café con leche! ¡Bah! ¿Para qué exprimirme los sesos y la barriga pensando boberías?

¿Qué estará pasando allá afuera, con las muchachitas? ¿Habrá entrado alguna nueva? Si pudiera dormir a pierna suelta, aunque sea en esa cama de cemento sin colchón ni nada... ¡peor que las camas de los chinos!

Dicen que los chinos duermen en el suelo, sobre una estera, con un rollo de no sé qué bajo la nuca. Eso se lo oí decir a... ¿a quién? Ya ni me acuerdo. Fue en la Universidad. ¡Pensar que ya podía estar graduándome!

Quisiera dormir a pierna suelta, pero las ratas no me dejan. A las cucarachas ya no les tengo miedo, ¡pero a las ratas!, a las ratas sí. Si me muerden y me da rabia o lectospirosis, me dejarán morir. No se tomarán la molestia de llevarme al hospital.

Siento pasos que se acercan. Son varios, hombres y mujeres. ¡El oído sí que se afina cuando estás metida en este hueco. La nariz y el estómago terminan anestesiándose, pero el oído no.

Que yo sepa, ya me trajeron el rancho, y el agua también... ¡Coñó (perdón) están ahí mismito!

La llave trastea el candado. En la puerta, que se abre hacia afuera, aparecen unas siluetas. Sí, son varios. Distingo siluetas, pero los contornos me dicen que no me equivoqué, son hombres y, por lo menos, dos mujeres.

—¡Puaf! Esto huele a establo —dice una voz de mujer.

—¡Ja, ja, ja! ¡A establo de yegua contrarrevolucionaria. ¡Apestan aunque se bañen todos los días! —Esa voz sale de un hombre.

—¡Reclusa, póngase de pie! ¿No sabe que el reglamento dice que cuando entra un oficial hay que ponerse firme y saludar? —Esa voz la conozco bien, pertenece al jefe de la cárcel. Me enfocan con la luz de la linterna y la mantienen clavada en mi cara. No puedo abrir los ojos. Aún con los párpados cerrados el rayo luminoso me lastima.

Me pongo de pie, pero no saludo ni digo ¡firme! Con disimulo, busco la forma de desviar el rostro del doloroso aro de luz, pero la linterna me persigue con obstinación.

—Sí Señor Director, sé lo que dice el reglamento, pero yo no soy militar. —Respondo sin alterarme, levanto la mano y la llevo hasta mis ojos cerrados. De un manotazo, alguien me la hace bajar. Acercan más la linterna. ¡Dios, cómo duele! Los globos oculares, desesperados, revolotean bajo los párpados.

—¡Así que todavía boconeas! ¿Ya recuperaste la memoria? —Agrega el Señor Director.

—¿La memoria? ¿Qué memoria? ¿A qué se refiere el Señor Director? Donde estoy, no puedo recuperar ni perder nada. —No puedo evitar burlarme.

Colérico, el director ordena:

—¡Saquen a esta inmundicia para el pasillo!

Entre dos me arrastran hacia afuera. Por lo menos ya no apuntan con la linterna y logro abrir los ojos en una fina ranura. Allí, en el pasillo, hay otra silueta que empuña algo en las manos. No distingo qué, pero no me dan tiempo a adivinar. El chorro de agua me pega por sorpresa en el estómago, lanzándome de bruces contra la pared. Trato de protegerme la cara, la cabeza, pero la presión del agua es tanta, que no me permite mover los miembros por voluntad propia. El agua me golpea, doy vueltas sobre el piso pedregoso, siento las dentelladas de las piedras filudas. Todo es vértigo. Mi única preocupación es no dejarme ahogar por la enorme cantidad de agua que me zarandea como a un pelele. Lo último que recuerdo es mi cabeza, descontrolada junto con todo mi cuerpo, estampándose en las rocas del muro. Todo fue oscuridad real, de adentro hacia afuera.

Cuando volví en mí ya no se ocupaban de mi «aseo». Me habían llevado a una celda. Del techo colgaba una bombilla de luz amarillenta que parecía tan radiante como el sol.

Tenían varias sillas, y en una de ellas yo, desvencijada, como si hubiera dormido una larga borrachera. Chorreaba agua por todos los costados y por todos los agujeros. Sentía frío y me dolían las magulladuras, sobre todo la cabeza.

—Bueno, tu dios nos dijo que te quería limpiecita, así que, ya le complacimos... Oía llegando desde lejos hueca, burlona, la voz del Señor Director.

Me dolía todo, pero la sorna del director me sublevó, y llena de rabia, sin poder contenerme le grité:

—¡Usted no es hombre! ¡A usted no pudo parirlo una mujer! ¡Deje tranquilo a Dios, porque el diablo también existe y puede que sea su padre!

El primer trompón me lo dejó caer en un costado, me sacó el aire y de la silla. No sé cuánto tiempo estuvieron golpeándome. Al principio, me quejaba: ¡Ay!, ¡Ay!, cada vez que una bota marcaba un tanto en mis huesos. Desde el suelo los veía inmensos mientras mi tamaño se reducía cada vez que la bota, ¡pommm!, acertaba en cualquier lugar de mi anatomía.

Escapé, sí, huí de mi cuerpo y era como si estuvieran golpeando un saco de arena ante mis propios ojos. Cuando mi cuerpo no pudo más, también se fue. Se apagó el sol y ya no supe qué más hicieron con el saco de arena. Estaba, era, vacío en el vacío.

¿Volví en mí? No lo creo. Después de una golpiza uno no vuelve así como así. Tiene que pasar tiempo para que cuerpo y alma se reencuentren. Tengo la vaga idea de que me han convertido en un guiñapo humano. Quiero abrir la boca, quiero gritar. ¡Dios! ¿Dónde estabas Tú mientras pasaba esto?

Cuando al fin logro separar los labios para articular la primera palabra, de mi boca, tumefacta, escapan dos trozos duros. Son dos piezas dentales. Dos dientes que, sin fuerzas para escupir, dejo yacer en la comisura de lo que, antes de, fueron mis labios.

Por encima de los dolores del cuerpo siento un cosquilleo. Deben ser las ratas aprovechándose de mi indefensión. Por encima de los dolores del cuerpo, del cosquilleo y del miedo a las ratas, que corretean sobre mí a su libre albedrío, me duele el alma. Creo que Dios me ha abandonado, nos ha abandonado a todas. Él también, maltratado, se ha ido del país.

De mis párpados hinchados comienzan a brotar, suaves, las lágrimas. Cuando las lágrimas, suaves, pasan por las heridas, me arde la cara, el cuello, la soledad. A duras penas logro hacerme un ovillo.

En posición fetal, sin poder ni querer ya contener las lágrimas, soy una niña que para sus adentros clama: ¡Mamá! ¡Mamá! ¡Mamá...!

V

Las muchachitas están concentradas a mi alrededor, alguna que otra llora silenciosa.

—¡Por Dios, cómo te han puesto esos hijos de p...! –dice la mujer de gruesas gafas de aumento, mientras se sienta a mi lado en el camastro y me envuelve en un maternal abrazo.

Las dejo hacer porque no saben cómo ni con qué demostrarme su cariño y tratan de disimular la lástima que debe inspirarles mi estado. Sé que debo estar de miedo, pero no tengo energía, ni ganas de explicar nada. Estoy rota por fuera y por dentro. Me siento observada por mí misma desde lejos; fuera de mí observo compasiva ese esqueleto que está en los amables brazos de su compañera de galera. Ese osario debo ser yo. Sin embargo, en algún recóndito lugar de mi calavera, una vocecita débil no deja de repetir: «Esto también pasará. También pasará. También...»

—¿Cuánto tiempo me tuvieron allí? –Pregunto desde lejos, muy lejos de mi boca.

—Sesenta y nueve días–. Responde la muchachita «envueltica en carne» y no puede evitar un sollozo. Hipando, con la nariz mocosa, intenta sacarme del hueco donde sabe que sigo recluida.

—Han traído a unas cuantas nuevas, digo, nuevas aquí, porque una estaba en la prisión de Guanabacoa. Aquélla —señala con la cabeza hacia el rincón más apartado del cubículo–, la más jovencita, no sabemos de dónde la traen. Desde que llegó está tirada en la litera y no ha dicho una sola palabra. No habla con nadie. Tampoco quiere comer nada. Así lleva tres días...

—¿Y los guardias lo saben? —No sé cómo ni por dónde viene, pero desde que me dejaron a rastras en el suelo de la galera es la primera vez que siento moverse algo en mi interior. ¿Curiosidad? ¿Piedad? ¿Intuición? Quizá todo junto.

Más adelante sabré que la intuición predominaba sobre lo demás. Por ahora es bueno lo que pasa, porque empiezo a recorrer el mínimo entorno con la mirada y paso, deteniéndome, sobre la mujer que dicen viene de Guanabacoa. Tiene todo un lado de la cara ennegrecido.

Mis ojos van hasta el camastro donde apenas distingo un cuerpo de espaldas, una cabeza encorvada, cubierta de pelo castaño, largo y muy crespo.

—¿Los guardias lo saben? —Vuelvo a preguntar, apuntando hacia ella con mi propio cráneo, al que siento como si los indios de no me acuerdo dónde hubieran reducido.

—No hemos querido decir nada. Tenemos miedo de que la vayan a coger con ella. Tú sabes, si se imaginan que es una perreta o una huelga de hambre, lo puede pasar peor todavía —explica la muchachita de nariz larga y cabello liso negrísimo–. Por ahora nos turnamos a ver si podemos sacarla de ese estado. A lo mejor es que es muy reciente lo de ella y necesita un poco más de tiempo —dice con un dejo de amarga ironía.

—Bueno, y ¿cuándo vamos a empezar otra vez con las misas? —Indagan a mis espaldas.

Reconozco la voz, pero no quiero voltearme para responder. En el fondo, además de herida, estoy muy enojada. ¿Con la vida?

¿Conmigo misma quizá? ¿Tal vez con Dios? Me doy cuenta de que estoy odiando.
Dentro de mí crece la semilla de un odio devastador. Me da miedo mi odio. Ya no me asusta la idea de que Dios me haya abandonado, sino de que el otro, el demonio, que puede vivir a sus anchas dentro de este infierno, se esté apoderando de mí.
Cierro los ojos. Mis muchachitas se dan cuenta de que son demasiadas voces, demasiada luz, demasiado todo después de sesenta y nueve días de aislamiento, en compañía sólo de ratas, cucarachas y guardias que de vez en cuando iban a interrogarme, a azotarme con la manguera y a jugar balompié con mi cuerpo y sus botas.
Discretamente se apartan hasta donde la obligada promiscuidad lo permite.
Con los ojos cerrados trato de representar mi aspecto exterior. Me estoy muriendo encerrada aquí dentro y a nadie le importa. Si me matan, quizá dentro de unos años se enteren en la ONU y hagan una protesta pero, ¿y eso de qué me sirve ahora?
Como un hilito, débil primero, casi imperceptible, una luz se va abriendo en mi mente. Soy un alma única, cada uno en sí es un alma única: eso es lo que hay que defender.
Por primera vez durante esta eternidad, en aquel otro departamento del infierno, siento que un sueño profundo comienza a subirme por las piernas flacas y doloridas. Al menos podré dormir con menos temor a la invasión de ratas.
Los días pasan y me voy recuperando. El cuerpo se recupera mejor que el alma, que se remienda como Frankestein. Todo está ahí, mal cosido con hilo tosco, pero ahí. A veces las piezas no encajan bien unas con otras. Tengo que reconstruirme. Todas tenemos que reconstruirnos todos los días para poder soportar.
Al volver de mi letargo me doy cuenta de que la muchacha que vi el día que me trajeron está delgadísima, pero ahora por lo menos está sentada en el borde de su cama.

—¿Puedo sentarme? —Indico con un ademán la orilla de su litera. Ella se encoje de hombros, me mira a la cara y baja la cabeza; se queda mirando la punta de sus pies.

En silencio, me siento a su lado. Pasa un buen rato y, por pudor, no me decido a romper su mutismo. Llegan las demás, sucias, desbordadas de barro de pies a cabeza. La muchacha, con un gesto, señala hacia la entrada de la galera.

—Mira, ahí están tu amigas —dice, y agrega de inmediato—, te quieren mucho.

—Nos queremos mucho —rectifico—, pero no todas somos amigas. Aquí también las hay que son, cómo decirte, nuestras «queridas enemigas».

—Claro, seguro que ustedes se conocían de antes.

—¿De antes de qué?

—De antes de estar aquí por... contrarrevolucionarias —contesta con timidez.

—Algunas sí nos conocíamos de antes —no puedo evitar una sonrisa por el término contrarrevolucionarias, que la joven emplea con cierta vergüenza—; otras llevamos muchos años compartiendo penalidades. Las desgracias y Dios nos han unido.

—¡Dios! —Dice con amargura y parece hundirse más dentro de sí misma—. Yo creo en Dios —añade, levantando la vista hacia mi cara. El dolor que veo en sus ojos es infinito—. Yo creo en Dios, pero parece que Él dejó de creer en mí, y de quererme.

—¿Has comido algo en estos días?

—Ellas, tus amigas, me obligan a ir al comedor. Yo voy por complacerlas, porque conmigo también son muy buenas. A veces logro tragar un poco de caldo, pero a la verdad, la comida no logra pasarme de aquí —se pone los dedos a la altura de la garganta—. La parrafada me estimula a seguir.

—Debes vivir, eres muy joven, y negarse a vivir es ofender a Dios.

—Ya te dije que a Dios parece que yo no le importo mucho.

—No digas esas cosas. Mira, yo también me he enfadado con Dios. También he sentido como si me abandonara o mirara hacia otro lado, indiferente, cuando me han estado pateando, pero eso pasa, después te das cuenta de que hay más opciones que Dios o el diablo. Quizá el diablo sea la prueba más fuerte que Dios le pone al hombre, para que pueda dominarlo y crecer.

Mientras hablamos, las muchachitas han terminado con el simulacro de aseo que nos permite la escasez de agua y se van acercando a la litera donde estamos la joven y yo.

—¡Vaya! menos mal que has vuelto en ti, o por lo menos, lo parece —comenta alegre la muchachita de nariz larga y pelo negro liso.

Con ellas viene la nueva, la de Guanabacoa que tiene un lado de la cara ennegrecido.

—¿Y a ti que te pasó? No me digas que tu marido te pega —trato de bromear, pero la broma no resulta del agrado de la aludida, y las demás carraspean. —Vaya, creo que he metido la pata, pienso.

La mujer se sienta en la otra esquina del camastro. En medio de las dos, la joven de cabello ensortijado vuelve a bajar la cabeza y concentra su dolor en el suelo, justo sobre la punta de sus pies.

—Discúlpame —le digo a la media cara ennegrecida —¿Cómo te llamas?

La muchacha joven, absorta, toda escondida bajo su largo pelo ensortijado, cree que es a ella a quien pregunto, y sin dejar de mirar al suelo, dice:

—Teresa —a secas, y continúa descifrando sabe Dios qué mensajes en la punta de sus toscos zapatos.

—Yo me llamo Magda. ¿Y tú? —Interviene la del medio rostro tumefacto.

—Ana —contesto—. Supongo que ahora tendría que decir: «Encantada de conocerte, Magda. Mucho gusto. Estás en tu casa»... pero ya ves la situación protocolaria en que nos encontramos —agrego con un gesto de la mano que se mueve abarcando apenas el lugar. Mis ojos, indiscretos, no pueden controlarse y vuelven al mismo sitio. La pregunta sale inevitable.

—¿Por qué tienes ese lado de la cara así? Digo, si no es una indiscreción...

—¡No, qué va! Ya estoy acostumbrada a que me pregunten.

Comienza a narrar. Se monta en la máquina de los recuerdos y en su cara, mitad día, mitad noche, se crea esa oquedad regresiva, anestésica, de quien quiere contar sin que le duela mucho.

—Estábamos en la prisión de Guanabacoa. Éramos unas cincuenta presas políticas y, de verdad, teníamos aquello revolucionado. Sabíamos del «presidio plantado» de los hombres y no dejábamos de alborotar exigiendo que se nos tratara con la dignidad que merecíamos, no solamente por ser políticas, sino mujeres, personas.

Cada dos por tres formábamos un alboroto dentro de la prisión. La primera medida que tomaron los jefes de la cárcel fue hacer circular rumores de que iban a «ensayar represalias sin precedentes contra nosotras si seguíamos alborotando el gallinero».

Pocos días después (cinco o seis, no me acuerdo bien) llegaron a buscar a ocho de las del grupo para procesarlas en un «Juicio Popular». Las querían juzgar en el parque de la ciudad, someterlas a las críticas públicas. Allí cualquiera puede decirte lo que le venga en ganas, ofenderte, humillarte. Los funcionarios políticos te inventan lo que se les ocurra, lo que políticamente les convenga.

Cuando nos enteramos, diecisiete de nosotras salimos para acompañar a las ocho elegidas. Nos fuimos al patio de la cárcel y empezamos por demandar que aquel «Juicio Popular» no podía realizarse. Primero, porque ya estábamos condenadas —y muchas, como yo por ejemplo, a veinte años de cárcel— no se nos podía juzgar otra vez. Y segundo que, por ser prisioneras políticas, rechazábamos ese tipo de procedimiento judicial que ellos utilizaban, porque no daban un mínimo de garantía legal.

No pasaron ni diez minutos cuando llegó la guarnición. Traían alambres de púa, palos, cables, cabillas de hiero corrugado... todo lo que encontraron a mano y que sirviera para hacer daño.

Yo estaba discutiendo con uno de los carceleros y llegó «Siete pisos», le decíamos así porque era más largo que una vara de «puyar cocos». El «Siete pisos» éste me dio una clase de trompón en el sentido, que me tiró de flay contra la reja. El candado de hierro *fue a darme justicio aquí.* —Señala el lado oscuro de su cara—. *No veo de ese ojo* —vuelve a señalar—. *Con el golpe, se me lesionó la mácula y perdí la visión.*

A mis otras compañeras les fracturaron dedos, piernas, brazos, costillas, cabezas... Aquello era una guerra, pero de ellos solitos contra nosotras, que no podíamos ni teníamos con qué defendernos.

Después que terminó la paliza, nos metieron en otra galera. Nos tiraron en el suelo sin camas, sin luz, sin nada con qué taparnos. Ni siquiera me llevaron al médico para que me viera el ojo.

—Ya ves, ahora tendré que buscar el pueblo de los ciegos para poder ser la reina tuerta —Magda intenta bromear, quizá para restarle un poco de tensión al ambiente. Sacude la cabeza como si quisiera quitarse un pesado sombrero—. Vamos a ver —dice— si por lo menos se me borra la marca de la cara...

Teresa ha seguido atentamente la narración de Magda y dos lagrimones abren canales en sus mejillas, cetrinas ya por la falta de alimentos y por el sufrimiento moral.

—A mí fue él quien primero me torturó. —Explota en un sollozo de cántaro roto. El ruido parece salirle del mismo fondo. Literalmente se ahoga en llanto, como si durante todo el tiempo que lleva en su calvario, no hubiera podido llorar con libertad.

Instintivamente abro los brazos y allí se deja caer Teresa con todo su equipaje de dolor por revisar. No permito que ninguna de las muchachitas intervenga. Hay que dejar que se desahogue.

«Y pasó el tiempo y pasó / un águila por el mar» —como dicen los versos de Martí—, hasta que Teresa se fue calmando. Ya sus hombros tiemblan menos. Los espasmos que contraen su cuerpecito de casi adolescente son menos intensos, más espaciados.

Exhausta, acaba de vaciar su barril de penas y se sale de mi abrazo. Se limpia la nariz y los ojos en la manga de la tosca camisa y nos mira una a una. Es evidente que siente vergüenza y alivio al mismo tiempo.

—*Él era mi novio* —comienza a decir para sorpresa nuestra—. *Éramos novios. Ya hablábamos de casarnos. Me decía que estaba* reuniendo para comprar los materiales y hacer nuestra casa. Me decía que quería tener tres niños nada más.

Lo conocí al principio, cuando empezábamos, bajito, a protestar entre los grupitos de la escuela y en la Iglesia. Él decía que al barbudo había que cargárselo de un tiro. Nosotros nunca estuvimos de acuerdo en eso. Yo le decía que la muerte es cosa de Dios. Ya bastantes muertos hemos tenido.

Cuando formamos el grupo para salir en manifestación a la calle, ya éramos novios formales, le había pedido mi mano a papá y el domingo antes se apareció a visitarme con el anillo de compromiso.

Aquí hace una pausa, respira, respira, respira. Traga aire para alejar el llanto que otra vez se le viene encima. Hasta que se controla y continúa.

–Asistía a todas las reuniones, nos ayudaba en la organización. Queríamos nosotros (él no) que la manifestación fuera pacífica, religiosa, sin consignas, en total silencio. Sólo nos proponíamos salir a la calle con la imagen de la Virgen.

Esa noche yo no podía dormir, tenía miedo y estaba muy nerviosa. Como a las dos de la mañana tocan a la puerta y me pego un susto de Padre y muy Señor mío. ¿Quién podrá ser a estas horas?

Para que no se vayan a despertar mis padres voy corriendo a abrir yo misma. Abro y allí, en el centro de la puerta, vestido de verde olivo, acompañado por cuatro militares más, está él. Todavía lo escucho decir:

–Teresa, quedas detenida en nombre de la Revolución, mientras los otros cuatro entran y empiezan a poner la casa patas arriba. Yo no puedo creerlo.

Mis pobres padres están en la sala, tiritando, no entienden nada de lo que sucede.

Él mismo me lleva a empujones hasta el carro del G-2. Cuando llegamos al cuartico de los interrogatorios, él es el primero que empieza a hacerme preguntas sobre mis «actividades contrarrevo-

lucionarias» y a exigirme que le diga el nombre de los jefes de *«arriba».*
Él me da los primeros golpes. Él, cuando ya estoy en el suelo, me parte los labios de un puntapié. Los labios que él mismo decía que eran lo que más le gustaba de mí...
Vuelve a su habitual mutismo, unido al espeso silencio que inunda la galera. Todas, comunes y políticas, nos quedamos colgando de un hilo, más bien con el hilo y la Espada de Damocles colgando sobre nuestra cabezas y en nuestros corazones.

Teresa se tiende en la cama. Magda y yo tenemos que levantarnos para que la muchacha vuelva a poner su historia de cara a la pared.

VI

Nada más cierto que aquello de que «el que hizo la ley, hizo la trampa». Por mucho que los carceleros se esfuerzan en las requisas o en los registros cuando nos toca la visita cada seis meses, o cuando nuestra familia viene de donde sea para traernos la «jaba» trimestral con lo que pudieron conseguir de comida, siempre encontramos la forma de burlar la estricta vigilancia para sacar o recibir alguna carta escrita con letra microscópica, envuelta en un pedazo de nylon y sepultada en los lugares menos fáciles de hurgar.

Llegamos a convertirnos en expertas, y aunque nos desnudaran y nos pusieran a hacer treinta cuclillas, muy pocas veces el cuerpo nos traicionó. Dentro de sí guarda los mensajes que logramos enviar a un mundo que ignora, que se empeña en ignorar lo que está sucediendo en las cárceles cubanas.

A mi entender, parte de este mundo estaba formado por el clero. Al principio yo creía que era sólo el clero local, pero estaba equivocada.

Transformado en una bolita apenas visible lograron pasarme un artículo que venía publicado en una revista religiosa. Un grupo de jóvenes seminaristas se había negado a hacer el Servicio Militar Obligatorio y, como castigo, los mandaron a las canteras de Isla de Pinos. Los condenaron a trabajos forzados.

En el mismo pedazo de papel venía una carta en que el obispo auxiliar comentaba el hecho y decía, criticando a los jóvenes: «No quiero que cojan complejo de mártires». Eso, en puro cubano, suena muy despectivo, es una ofensa. Me indigno tanto que, sin comentar nada con las muchachitas, le escribo una carta al mismísimo obispo auxiliar. La preparo bien, y por el «canal correspondiente» logro sacarla de la cárcel. Es mi hermana quien se encarga de entregarla en las oficinas del señor obispo.

Le digo —entre otras cosas— que todavía yo estoy dispuesta, como lo han hecho los verdaderos cristianos desde el comienzo, a dar la vida por la Iglesia y por Cristo. Que eso también le corresponde a él como ministro ordenado, pero que, como él, era evidente, no está dispuesto a morir, ni siquiera a defender con dignidad la Santa Fe y los Sacramentos, debía al menos ser más honesto y abandonar antes de continuar con lo que está haciendo.

No hubo respuesta. En la próxima visita le pediré a mi hermana que vaya a verlo personalmente.

VII

No sé si fue algún ruido de esos que no se escapan en el duermevela, si fue intuición o si, sencillamente, reaccioné a algún aviso. El caso es que, sin razón aparente, me lancé del camastro y sacudí a Bely, quien dormía en la planta baja de mi litera.

Sin entender qué pasaba, medio dormida aún, pero siguiendo su instinto de médico, se dejó arrastrar por mí. Todo estaba en silencio y la oscuridad era casi absoluta. Evitando tropezar la guié hasta la cama de Teresa. El bulto estaba allí, no horizontal como le correspondía a una durmiente. No, un bulto largo colgaba de la barra de la litera superior.

Todavía tuve una chispa de esperanza y palpé el lugar donde debía estar acostada. Entonces lo supe, lo que colgaba era un cuerpo, su cuerpo. Bely reaccionó gritando.

—¡Por Dios, enciendan las luces! ¡Llamen a las guardias! —Forcejeaba con el cuerpo tratando de suspenderlo para que no colgara por su propio peso.

La doctora Bely, tan delicada siempre, gritó fuera de sí:

—¡Busquen algo con qué cortar esta mierda!

Todo me parecía irreal. Nos parecía irreal. Las guardias no tardaron en llegar y ordenaron que fuéramos hacia nuestras camas, pero no nos movimos.

Bely sostenía el cuerpo desmadejado de Teresa. Con un cuchillo cortaron las tiras de sábana que iban desde el cuello de la infeliz muchacha hasta el hierro de la litera. La tendieron en el piso, allí mismo.

Bely se lanzó sobre ella de bruces y comenzó una lucha a brazo partido contra el color azul violeta del rostro de Teresa, agravado por la escasa luz amarillenta. Luchaba contra la lengua negruzca, colgante. Le presionaba el pecho, le hacía la respiración boca a boca...

Las guardias, aunque impresionadas, no le dejaron hacer por mucho tiempo. Impaciente, la jefa del turno dijo:

–Vamos, deje eso ya. Ésta se mudó pal'otro barrio.

Pero Bely no la escuchaba. Toda su vida estaba concentrada en sus manos friccionando el cuello, apretando el pecho. Su oxígeno se perdía en la nada. Entraba en la boca azul negruzca de la muchacha, para salir después acompañado de baba sanguinolenta. La guardia esta vez no pidió, ordenó.

–Sancionada. ¡Párese firme!

Dos de las custodias que la acompañaban agarraron a la doctora Bely y, por la fuerza, la separaron del cadáver. Ella, fuera de sí, se debatía tratando de zafarse de las famosas «llaves de reducción» que con tanta destreza saben aplicar las guardias.

–Ustedes –dijo la jefa dirigiéndose a las militares– recojan el cadáver.

La envolvieron en la misma sábana rotosa y medio sucia que cubría su cama. Como si se tratara de un saco de tierra o de cemento, se llevaron el cuerpo muerto de Teresa. Sólo Dios sabe por dónde andaría su alma en aquellos momentos.

Antes de marcharse con su carga, la jefa de turno se volvió, nos abarcó a todas con la mirada y dijo en tono amenazador:

–Apagando las luces y a dormir. A la primera voz que sienta, toda la galera saldrá a pasar la madrugada en el patio. Aquí no ha pasado nada. ¿Entendido?

Claro que no dormimos. Claro que había pasado algo terrible. Claro que se pudo, siempre se puede hacer algo por salvar una vida o un alma. ¿Pero qué? Todas estábamos consternadas por el asombro y el dolor. Nadie había escuchado nada. Nadie supo en qué momento fue armando su soga con pedazos de sábanas que, desgraciadamente, resistieron el peso de su menguado cuerpo.

En un rincón, la doctora Bely llora lenta, desconsoladamente. Tina, la mujer madura de belleza aristocrática, parece haber caído en trance catatónico. Ella, sobreprotectora por naturaleza, había hecho una transferencia emocional con Teresa.

Paula, estupefacta, no hace más que frotar los cristales de sus gafas de aumento. Caty, la de nariz larga y pelo negro liso, está abrazada a Sara, la de melena rojiza, y tratan de consolarse la una a la otra. Nana, la «envueltica en carne», está sentada al borde de su camastro, tiene los brazos sobre los muslos y absorta, juega a hacer muelle apoyando los dedos cada uno contra su correspondiente de la otra mano. Los estira y los encoje empujándolos entre sí.

Yo me acurruqué en el suelo con la frente apoyada en las rodillas.

Me siento culpable. Tres minutos antes, Dios, ¡sólo tres minuticos antes, y la hubiéramos salvado! Indescifrables nos son Tus designios, Señor, me despertaste tres minutos después para que fuéramos testigos, no para que la devolviéramos a la vida.

¡Claro que ha pasado algo irreparable! Una muchacha se ha suicidado convencida de que su, nuestro Dios, la había abandonado.

–¡Ojalá hayas sido Tú quien la llamó a Tu Seno! ¡Ojalá que en esta eterna batalla entre la luz y las sombras, entre el bien y el mal, no nos hayan escamoteado otra de tus ovejas!

Sin proponérnoslo, sin ponernos de acuerdo, nos fuimos tomando de las manos. Mal sentadas, encorvadas, así, como podíamos, improvisamos una misa implorándole a Dios para que acogiera a Teresa en su Reino, para que le perdonara el haber perdido la fe, no en Él, sino en el amor que Él le profesaba. Rezamos por la salvación de su alma.

Existen mitos y leyendas sobre la capacidad de resistencia del ser humano. Más de una vez he escuchado a una reclusa recién estrenada quejarse: «Yo no puedo más con esto...» Al cabo de los años, le sigues viendo la cara y oyéndole decir: «Yo no puedo más con esto...» Es triste, pero no deja de tener gracia ¿verdad?

En el otro extremo están las que alardean. Llegan y desde el primer día se quieren comer el mundo. Si algo no permiten es que se ponga en solfa su valía, su gran capacidad de resistencia: «No, qué va, conmigo sí que no se vayan a equivocar, porque van a saber lo que es bueno...» Esta es una modalidad de brabuconada muy frecuente. Al cabo de seis meses pasados en la «trituradora», se vuelven confidentes. No mueven la cola cuando ven a una guardia porque no tienen cola pero continúan con la cantinela «No, qué va, conmigo sí que no...» Esto es triste y me hace poca gracia. En medio de estos dos polos están las que no dicen ni una cosa ni la otra y terminan como Teresa, con la soga al cuello, serena, ¿humildemente?

Aquí se me traba la cuestión... Dicen, y así lo creo, que Dios no nos manda nada que no estemos preparados para resistir. ¿Cuál es la lección a aprender de todo esto, Padre? Nosotras somos la prueba de que la capacidad de resistencia puede no tener límites. Como en el extremo uno, pasamos años creyendo que no podemos sin detenernos a analizar que, a fin de cuentas, estamos pudiendo. Pero existen las que de verdad no pueden y empiezan a hacer concesiones, se largan, como el tango, «cuesta abajo en su rodada», y en la abyección tampoco tienen límites; y están las otras, las que se suicidan, que no son la mayoría, lo sé. ¿Y las que enferman y mueren de cáncer, de infarto, o de un derrame cerebral, en qué categoría de resistencia caben? No sé en qué radica el misterio, dónde está la delicada frontera de la resistencia. Me enredo y sólo me atrevo a discutir Contigo, que de «texturas» humanas debes saber mucho más que yo.

La voz ¡de pie!, nos empuja en su condicionamiento de inercia, diciendo que debemos ir a trabajar.

El polvo o el barro del campo, qué mas da, nos está esperando. Partimos silenciosas, llenas de dudas, de rebeldía. Cada una sumida en sí misma.

Para mis adentros continúo la oración fúnebre iniciada horas antes. Plegaria, letanía, eterno diálogo con el único interlocutor que se nos da con entera libertad. No siempre entendemos las respuestas, pero no por eso dejamos de conversar de «tú a tú» con Él. Podemos expandirnos, abrir el corazón y dejarlo supurar recostado a la constancia de su nombre: Dios.

Como «si no hubiera pasado nada», tuvimos que doblar y enderezar nuestros maltrechos cuerpos, nuestras exhaustas almas, nuestros cansados cerebros. ¿Cuántas? ¿Doscientas, quinientas veces? No vale la pena sacar esta cuenta.

VIII

Dentro de las novedades, si es que podemos llamarlas así, está una que nos interesa a todas por igual: han cambiado al director de la prisión por una directora. Todavía no se ha hecho sentir, pero el cambio no nos tranquiliza. Debe ser por lo de «más vale malo conocido, que bueno por conocer». Hasta ahora no nos ha mandado a llamar a su oficina para entrevistarnos. Cosa extraña, porque para ellos o ellas somos «bichos» raros. No comprenden, no pueden comprender, por qué estamos en contra de su «revolución»; cómo todavía no hemos abjurado de nuestras convicciones religiosas para sumarnos a la avalancha de apóstatas y neo conversos a la doctrina de turno.

Pensarán ustedes que todas las que aquí estamos somos personas que venimos de la alta burguesía, de la sacarocracia cubana, fanáticas del Country Club, propietarias o esposas de propietarios de tal o cual industria, de éste o aquél edificio. Personas a quienes la «justicia revolucionaria» les «pisó el callo» quitándoles sus propiedades para socializarlas, entregándoselas «al pueblo», su legítimo dueño, según pregona el discurso oficial. En realidad no es así.

Muchas venimos de familias acomodadas, pero la mayoría, sobre todo en los primeros años, fuimos encarceladas antes de que nos quitaran o «intervinieran» propiedades construidas por el esfuerzo propio o heredadas del patrimonio familiar. Antes de que abrieran esas tiendas de eufemístico nombre: «Recuperación de Bienes del Estado», donde el nuevo estado, después de haberse quedado con lo mejorcito, según criterio de cada interventor, saca a la venta las sobras de lo que fueron nuestros hogares; desde una cama, hasta un juego de toallas usadas. El sillón donde la abuela, antes de morir, echaba sus cabezadas en el bochorno del mediodía. Los cubiertos con los que desayunábamos los hermanos, todos juntos, antes de partir rumbo al colegio. Nada escapó, ni nuestras prendas más íntimas. Pero eso fue después, cuando ya estábamos pudriéndonos en las prisiones. Cuando nos vimos desgarradas por la doble separación de nuestros seres queridos. Primero, nosotras caíamos presas, luego ellos tenían que irse. Sí, irse del país con lo que tuvieran puesto para poder salvar aunque fuera el pellejo. El simple parentesco ya los hacía acreedores de todas las sospechas imaginables.

Aquí, entre nosotras, hay mucha mujer de extracción humilde, de esas que la revolución se llena la boca para gritar que fue hecha para ellas, a la medida de sus necesidades.

Al principio trataron de pasar por alto este «detalle sin importancia», pero los acontecimientos se encargaron de ir colocando cada cosa en su lugar y las atrocidades que cometen evidencian que ni siquiera entre el campesinado cubano tienen apoyo mayoritario.

Vaya, es que ni entre sus propias filas lo tienen. Las cárceles se llenan de sus propios combatientes. Digo, de los que tienen la «suerte» de no ser molidos por la maquinaria que ayudaron a construir y terminan frente a un pelotón de fusilamiento que, quizá, dos meses antes cualquiera de ellos dirigía.

No mi jita, ¡qué va!: aquí adentro hay de «to´como en botica». Guajiras como yo, arrancás a la fuerza e la Sierra el Escambray, cuando se le j´ocurrió espantarno pa´que no ayudáramo a lo´jalzaos, que´staban por allí, armando su propio jaleo.

Yo no sabía ni ler ni escrebir, ni entiendo na é política, es la verdá. Pero no me gustaba eso e que 'stuvieran vigilando siempre, metiendo la nari 'en nuestra vide 'pobre, queriendo saberlo to: quie 'nentra, quién sale, quién te visita, hasta quién no va 'tu casa y por qué.

Cuando les dio por «limpiar» l 'Escambray, a los que le dábamo comía a lo 'jalzaos (yo nunca lo 'culté, porque la comía no se le niega ni a lo 'perro) no mandaron pa 'la cárcel. A lo 'jotro, los 'acaron a la fuerza e su tierrita y lo metieron pa ' Pinar del Río. Dicen que allí lo 'tienen confina 'o, y que naide pué entrá ni salí si no tien 'un pase, una 'utorización especial, creo que se llama.

Aquí hay mucha señora fina, bien educá, mujere que hasta 'nío a la universidá y to ', pero la ' jay tan burra como yo, qu 'estoy aprendiendo a ler y ' escrebir y hast 'un poco e bueno modale gracia a que la 'jotra se ocupan de 'nseñarme. Nunca conocí el pueblo y no m 'imaginaba qué cosa e 'un 'iglesia. No sabía rezá y ni cuenta me daba 'e la falta que hacía. Si un bejigo se 'nfermaba, hacía lo mismito que to 'os: m 'iba a ve a Dominga, la curandera, pa 'que le sobara la barriga, le pusiera parche con yerba, o con lo que fuera. Na 'e tanto remilgo. «Juanela», el haitiano que no sabía dicir la «o», también era mu bueno en 'eso e la curadera y de 'spantar lo 'muerto o lo 'sespíritus.

Cuand 'una e las muchachita me regaló un rosario, mucha se rieron –yo sé que no lo hacían pa 'burlarse– porque yo creía qu 'era un 'adorno mu bonito y me lo quise poné pa 'la primera visita. Ni atrá ni alante yo 'ntendía que aquella cosa tan linda tuviera que 'star bien escondía y que, ¡ni muerta!: la guardia no se podían 'enterar que lo tenía, ni quién me lo había regala 'o. Lo pior e cuando me dicían:

–A ver, Juana, cógelo así, y despacito, ve dándole vuelta a las bolitas, en cada una tienes que decir esto, o lo otro.

Y yo con la bolitas 'aquella trabá e mala manera entre mis de 'o, gordo de arriá con la guataca y el machete pa 'esmontá y hacé cadbón o sembrá yuca. Yo, qui hasta sabía tirá con las 'copeta, por si acaso. Una nunca sabe quién va 'parecé, ni de 'ónde viene, ni pa 'qué, y tú 'stá sola, con tus muchacho, mientras tu mari 'o se pasa la noche afuera, cuidando el horno e cadbón pa 'que no se vuele y se pieddan sei mese 'trabajo ¡ni pensadlo! Yo si puedo decí la veddá, así e lisa como yo la veo: ante la revolución, tábamo mal, pero dispué 'stuvimo pior. Por eso 'stoy aquí. Dijieron que yo ayudaba a la CIA ¿Y quién c... (¡valla, casi se me 'scapa otra vé) e 'esa doña? Nunca había oí 'o hablá e naide que se llamara así, En mi bohío no teníamo ni lu 'eléctrica, ni radio ni na 'de eso que le oigo dicir a la 'señora e La 'bana que ella 'tenían en 'su casa. Ni m 'imaginaba que había 'ninventa 'o una caja que tú le da 'un botón, y ¡aparece la gente, igualito que sis 'tuvieran viviendo adentro! ¡Caballero, la e cosa que pasan 'en la vía, y una como si na, ni se 'ntera! Y lo mejor e 'que, aunque no sé mu bien cómo dicirlo, creo que pa la vía, lo que se dice la vía, na 'deso hace falta. Pero a mí no se me pué hacé mucho caso podque ¡mira 'dónde vine a 'prender to lo qui 'hablo!

La veddá e que aquí hay de to, «como en botica», pero lo pior son la 'guardia jesa, qu 'se cren tan fuedte como los macho y provechan e que son má que tú cuando te sacan 'y te muelen el lomo a palo. Por 'eso, cuando me dan un chance, a la primera l 'arreo un trompón, ¡totá: si voy a cobrá de to 'as manera!

La señora Tina dice que es Dio quien debe castigá, pero ella no son Dio, y me pegan una zurra que ¡vaya 'usté y espere que Dio se la degüelva! Me muero aquí ante de que 'se señor tan bueno le pegue una trompá a cualquiera d 'esta. Yo le digo:

—Mire, doña, Dio no sabe dad golpe. Usté misma me dijo que le clavaron al Hijo en 'una cru con uno 'clavo así de grande —Juana marca una distancia hiperbólica con sus dos manazas de mujer curtida— y que l 'no hizo na pa 'salvarlo. Y tambié dice qu 'Él lo ve y lo sabe to '...

Y ella:

—Juana: que los golpes de Dios no siempre podemos verlos. Y ya te he dicho que lo del Hijo no fue tan así... El Hijo vino con una misión, una enseñanza, después, resucitó y se fue junto al Padre.

—Mire, doña, yo soy mu burra, ya se lo dije. Éso suena mu bonito, pero yo no mando a m 'ijo a que naide me lo 'jande clavando, por muy Dio que yo sea... éso no me 'ntra en l «coco».

Dice Juana, dándose golpecitos en el cráneo y su sencillez, su gracia natural, hace que todas soltemos la carcajada. No nos burlamos de ella, la respetamos, porque es franca y directa como una montaña de la sierra de donde procede. No obstante, cada vez se toma más empeño en escucharnos, y cuando no comprende, no para hasta que, buscando símiles con la vida diaria, ingeniándonos para crear parábolas, la hacemos entender lo que la obsesiona.

¡Y de burra nada! Aprende a leer y a escribir con una velocidad que a todas nos pasma. El lápiz, igual que las cuentas del rosario, fue lo que más trabajo le dio manejar, pero cuando lo cogió, ya se sabía las letras, las tenía todas escritas dentro de su «coco», como ella le llama a su cabeza. De burra nada, es como la tierra, da de acuerdo a qué y cómo la siembren y la cultiven. Lo que sucede es que está acostumbrada a no pensar en nada de eso y a responder a la vida desde sus más hondas y, quizás, únicas raíces: las esenciales.

Practica la caridad cristiana sin saber cómo se llama, y lo importante no es saber cómo se llaman las cosas, si no para qué sirven, y hacerlas bien.

Sabe cuidar enfermos como nadie. Ella fue la que se ocupó de Julia.

Cuando Julia empezó a quejarse de dolor de muela, Juana estaba en la enfermería. No sé quién gritaba para que vinieran las guardias y le trajeran una aspirina, algo para aliviarle el dolor, ni quién formaba jaleo para que se llevaran a Julia para la enfermería, a ver si le sacaban la dichosa muela.

—*Sí, así mismitico fue. Yo, que no 'ntiendo na de 'sas cosa, vi llegar 'a Julia. Vi, cuando se la llevaro pal 'cuartico el sacamuela, y cuando la 'costaron ene 'l catre al la 'o mío. Vi cómo s 'iba poniendo cada ve 'pior y naide no 'jacía caso. Una mañana 'maneció con dolore 'en tos 'lo 'jueso. Y yo me dije: Juana 'sto ses 'tá poniendo feo, así que grita, grita duro, podque si no... Y 'arranqué a 'gritá com 'una loca.*

Al 'otro día ya Julia no se podía mové. Se quejaba e dolor 'en to 'lcuerpo y tenía mucha calentura. Le puse trapo moja 'os, con... lo que 'ncontraba... ya se sabe... Y na'. Volví a 'gritá, pero me quedé más ronca qu'n gallo 'e la sierra cuando hace frío. Es 'tábamo en le 'nfermería y naide vino esta ve. Si acaso alguna guardia pasaba por 'allí, dicía que 'staba bueno ya de tanta gritadera, que por 'una muela sacá naide se moría. Pero Julia sí. Aguantó una semana completica con mis trapito moja'o y mis grito sin que no 'jicieran caso. A la semana, Julia se cansó e tanta doledera y se murió.

A mi me dio un 'ataque 'furia y arranqué a patá limpia con to 'lo que 'contré por 'alante. Trajieron la guarnición de lo 'sombre y entre die d'ello casi no podían conmigo. Tuvieron que 'smayarme d'un trompón en la quijá. Cuando me disperté, estaba metía en 'una tapiá.

Allí seguí gritando, con to 'a la boquin 'chá y do muela floja por el trompón que me dio el guardia. Aunque no sabía e qué se murió Julia, sí sabía que 'llo no la 'bían atendí'o, y que aquí uno 'stá má 'solo que naide 'nel 'mundo.

Gritá es to 'lo que te quea, al meno pa 'que sepan ques 'tás ahí entodavía y que tendrán que dadte má 'duro pa 'matarte.

Yo nunca 'bía oío hablá des 'enfermedá. «Seticemia», me dijo la médica Bely que se llama. Tambié me dijo qu'eso se podía 'tajar con 'inyeccione. Pal 'caso: a Julia la dejaron morí porque 'a ello 'le 'dio su rial gana.

Por 'eso la 'ntiendo a la médica Bely cuando la veo llorá por Teresa. Aunque yo no me sepa 'spresar bien, sé lo que 's ved morir a 'lguien y no podé hacéd ná.

IX

Nunca pudo estar quieta. Nunca pudo permanecer en ningún lugar por más tiempo del que sentía que estaba aprendiendo algo. Vivir, para ella, era el movimiento. Moverse no por gusto, sino hacia donde sintiera que la vida le llamaba para mostrarle algo inédito ante sus ojos.

Su padre se reía de la cara que, según él, ella ponía ante las cosas nuevas. Bely no sabría hasta muchísimos años después que «miraba al mundo con las pupilas dilatadas por la extrañeza», como decía Ortega y Gasset. En su casa le pusieron el mote de «el pajarito» porque ni de pequeña podían mandarla al cuarto castigada, o impedirle salir. Se enfermaba en serio, le daban fiebres, y la sola idea de no poder ir al patio de la casa por castigo la aterraba.

Es de esas personas en las que cuerpo y mente sólo se acoplan cuando están leyendo un libro de los que hacen olvidar que una está sentada.

Cuando se vio encerrada no creyó, no que se adaptaría, porque eso es imposible, sino que resistiría. El comenzar cada mañana era un esfuerzo supremo, superior al del día anterior. Así año tras año, descubrió que estaba soportando sin adaptarse. Ése era el triunfo.

Como cada atardecer, de pie tras la reja del cubículo, contempla un pedacito de horizonte, sus labios susurran.

–Dios, ¿por qué ha tenido que pasar todo esto?

Estando en la Universidad, en la Facultad de Medicina, adoraba las clases, me perdía dentro de las explicaciones de los profesores. Más que escuchar, andaba por cada vericueto, por cada cavidad. Caminaba a mis anchas por aurículas y ventrículos, revisaba el colon como si paseara por sus corredores más íntimos. Amaba mi carrera. Amaba a Cristo y sentía que, sino como Él, yo también podría, con su ayuda, salvar vidas, corregir errores de la naturaleza, cumplir con mi parte en la «salvación» de mis semejantes. Pero al salir de clases, volaba dispuesta a devorar todo lo bello que las calles me ofrecieran.

Las luces de La Habana, los amigos, el ballet, el teatro, las galerías de arte... Las cafeterías, donde nos sentábamos a discutir conceptos que a esa edad todos caemos en la tentación de creer que sólo nosotros, los jóvenes, hemos descubierto.

Al volver a casa revisaba los rincones porque esperaba que algo me sorprendiera. El cambio de un armario, un espejo nuevo, una carta.

Era mi hogar, mi caja de sorpresas seguras y amables, y nosotros sentados alrededor de la mesa, orando en silencio, pidiéndole a Dios que bendijera nuestro pan y que nunca nos faltara el alimento para llevarnos a la boca. Pidiendo por los que tenían menos suerte que nosotros. Era mamá, ordenando siempre cocinar de más, «porque alguien podía llegar con hambre y había que alimentar al hambriento, fuera quien fuera». Yo, más que comer, picoteaba. El «pajarito» revoloteaba por encima de fuentes y platos, tratando de contar de un tirón lo que había aprendido a lo largo del día.

Cuando me encerraron en esta jaula, todos en mi familia creyeron que me suicidaría. Yo también lo pensé muchas veces. Pero, ya ven, aún estoy aquí.

¿Será Dios quien nos da fuerzas a unos, y a otros no? ¿Por qué unos podemos soportar el mismo dolor nuevo cada día, y otros acaban como Teresa. Se me ha roto el alma. Me siento hecha añicos, como una botella lanzada contra la pared.

Paula, Caty, Ana, Carmen, Laura, Nana, Magda, Tina, Sara, yo misma. Todas, en algún momento, nos hemos enfadado con Dios, hemos creído que nos había abandonado.

Luego, la necesidad de tener un cura, una monja, alguien dispuesto y preparado para dar consuelo, para escuchar en secreto de confesión nuestras penas, nuestras dudas. Para alimentar nuestras almas y restituirnos la fuerza...

Mientras Sor Ada vivió, la cosa no es que fuera mejor, pero era distinto. Al llegar la tarde, cuando más o menos sabíamos que debía estar sonando el Ángelus, nos reuníamos con ella y rezábamos el rosario. Le pedíamos a la Virgen Santísima que nos ayudara a resistir los malos momentos.

¡Pobre Sor Ada! Tuvo que abandonar su misión en Guatemala por estar enferma del corazón, y vino a parar a este infierno acusada de dar información sobre cohetes rusos en Pinar del Río. ¡Qué disparate! De tan débil no lograba respirar bien, su pecho no daba abasto con el fardo de su corazón enfermo. Sabía que, aún siendo inocente, le esperaba lo peor y así fue, aquí se nos murió sin que pudiéramos hacer nada.

Con ella entre nosotras, por lo menos no nos faltaba el consuelo. Sabía cómo orientarnos el alma si nos desesperábamos. Rezar junto a ella nos daba mucho valor, pero ya no está. Sor Ada, la monja misionera, la que sobrepasó su dolor moral y físico para entregarse a los más necesitados, será una heroína anónima, ¿Quién se oupará de reivindicar su nombre, su memoria?

Recuerdo aquellos primeros atardeceres en este lugar, los más bellos que he visto y veo todavía. Recuerdo mi rebeldía, negada a aceptar la nueva situación. La belleza de las puestas de sol, vistas a través de las rejas, me dolían más que todo en el mundo. No podía aceptar pasivamente que Dios me tuviera aquí, sin hacer nada por sacarme de este agujero. Rechazaba la idea de que Dios, Él, que todo lo ve y todo lo escucha, me viera y me oyera sufrir sin ponerle remedio a la desesperación, a la soledad, a la indefensión en que me encontraba. No podía aceptar que me «castigara» de ese modo, y todas las tardes, desde lo más profundo de mi alma, le retaba.

–Si de verdad Tú existes, si es verdad que estás mirando cómo sufro, demuéstramelo: ¡que no amanezca viva mañana! Eso es lo que te pido.

Así fue durante no sé cuanto tiempo. Hasta que una tarde, por revelación, como un milagro, descubrí que la belleza de los atardeceres eran un regalo de Dios, y que su voluntad era que yo permaneciera viva. Entonces fue cuando decidí no obedecer otro mandato que el Suyo. Resistiría. Que me mataran ellos, los dueños de la fuerza, los que me habían encerrado en condiciones infrahumanas, los que me obligaban a trabajar como una bestia esclava de la mañana a la noche. Yo no. Yo, doctora en Medicina, graduada de la Universidad de La Habana, no le pertenecía a mis cancerberos. No me podían obligar a quitarme una vida que ellos no me habían dado, aunque la tuvieran encerrada entre rejas.

Ellos no podían, a pesar de sus esfuerzos por torcer el país, por destrozarlo, no podían alterar la belleza de las puestas de sol. Allí mandaba Dios. Bajando la cabeza con humildad le dije:

–Gracias, Padre, por este instante divino. Gracias por este rayo de luz que has derramado sobre mí con Tu bondad sin límites. Soy Tu sierva, Señor.

La doctora Bely está, como cada crepúsculo, siempre que puede, de pie frente a la reja que marca la diferencia entre ella y el resto del mundo. Recuerda a su familia, a sus amigos, a sus compañeros de estudio y de trabajo.

Trata de no pensar en Teresa. La inútil lucha por salvarle la vida la ha dejado vacía, agotada, llena de interrogantes. Sin embargo, todavía cree que esta hora, esta increíble puesta de sol, está hecha para ella, y cuando comienza, logra que todo lo demás desaparezca.

Vuela junto al disco rojizo que desciende despacio, muy despacio, como si dudara largo rato, eligiendo entre irse o quedarse. En ese fragmento del día casi no escucha lo que sucede a su alrededor.

Una palmada en el hombro la saca del ensimismamiento. A su lado está Elsa, otra presa política como ella que apenas lleva dos años de encierro. El tamaño y lo reciente de sus heridas le impide razonar con serenidad. Es toda rabia, sus coletazos son temidos por políticas y comunes. A veces, en las madrugadas, aúlla como una loba, tanta es su desesperación. Grita que no cree en Dios, pero es la que más energías invierte en tratar de convencer a las demás de que Dios no existe. A veces, en sus propios argumentos negativos se pueden encontrar pruebas de la existencia de Dios.

—¿Por dónde anda, doctora? —Pregunta con aires de sospecha y una cierta sonrisa, no de burla, sino de ¿para qué pregunto, si ya lo sé?

—A la verdad —Bely empieza a responder con pereza, lamentando la brusca caída en el mundo real, a donde Elsa la empuja con su insistente palmada— que no estaba por aquí. Meditaba sobre la vida, sobre los porqués de la muerte, sobre los esfuerzos inútiles... hasta que me encontré junto a Dios, allí —señala hacia el lugar del que la habían regresado— donde el sol está escondiéndose...

—Dale que dale con lo mismo. Confundir a la naturaleza con Dios no es más que una bonita coartada. Yo prefiero creer que la naturaleza está ahí, pase lo que pase, y que a veces el momento es único, a la medida de nuestra necesidad, de nuestra angustia, de nuestra soledad, o de las tres cosas al mismo tiempo.

Elsa es incansable e implacable. Pero es evidente que está buscando agarrarse de algo. Necesita que la convenzan de la existencia de Dios, por eso Bely y las demás caen una y otra vez en sus celadas.

—Aunque tienes razón —dice, tomando a Bely por sorpresa cuando ya preparaba su respuesta—: es casi imposible dar la espalda a esta maravilla.

Su dedo largo apunta hacia el mismo lugar de donde regresaba la doctora y sus ojos brillan. El disco rojo está hundido por encima de la mitad, las nubes naranjas; el azul, rosa, dorado y violeta del cielo se funden con el verde de la tierra en una línea que, para las presas políticas, ciudadanas de quinta categoría, más que el horizonte es el límite. Absorta, Elsa comienza a hablar consigo misma. No ha podido escapar a la magia del ocaso.

–A veces pienso que estos atardeceres tienen que ser únicos, un privilegio de esta tierra. Pero me da rabia y rectifico. La naturaleza nunca fue egoísta, y si esto es cosa de Dios, tampoco Él puede escatimar la belleza. No doctora, si Dios es lo que me explican desde que era una mocosa, no puede ser tan injusto y andar por ahí, dando y quitando a su antojo.

–Elsa, te he dicho mil veces que no me llames doctora.

–¿Sí? ¿Y cómo quiere que la llame, «compañera»? –Responde con su típico dejo de ironía.

–No, no quiero que me llames compañera, dime Bely, como las demás –le contesta sin poder evitar la sonrisa. Elsa tiene una manera muy especial de sacar del paso a sus contrincantes y nunca, nunca, pierde esa característica tan suya de destilar un agrio, fino humor, aun en las peores situaciones–. Tú también eres profesional y yo no voy por ahí reclamándote por el título.

–Pues lo siento, doctora. No se lo exijo, pero también debería llamarme por mi título. ¿No le parece que hace demasiadas concesiones a esos que están allá afuera, sin mirar el atardecer, pero con la llave en la mano? Ellos no quieren ascender, quieren obligarnos a descender, quieren borrar todos los esfuerzos que hicimos, todas las noches que pasamos sin dormir para llegar a obtener títulos en las universidades. Aunque sea verdad eso que dicen de que ante Dios, todos somos iguales, estamos en la tierra, doctora, y aquí, en este sitio, quieren aniquilarnos, reducirnos al mínimo para que no nos respetemos ni nosotras mismas.

–Quizás tengas razón, pero ¿de qué me sirve el título de doctora? Mira lo que pasó anoche: Teresa se ahorcó ante nuestras narices y no pude hacer nada.

Otra vez, la cara joven y amoratada de Teresa se antepone a cualquier argumento. Bely siente que las piernas comienzan a pesarle y, ya sin ver los últimos destellos del crepúsculo, se deja caer. Busca el suelo para sentarse.

Algunas de las muchachitas, listas para esperar la llamada al «comedero», se incorporan al duelo fraterno entre Elsa y la doctora Bely. En su obsesión, Elsa contraataca.

—¿Me puede decir, doctora, dónde estaba Dios cuando esa infeliz se colgó con pedazos de sábanas medio podridas? No pudo ser tan difícil para Él, que «todo lo puede», romper las tiras. ¿Me puede explicar dónde se metió cuando mandaron a Ana a las tapiadas, y cuando la patearon, y cuando dejaron tuerta a Magda? ¿Y por qué no utilizó sus influencias cuando me condenaron a cumplir una sanción con más años de los que he vivido hasta aquí? —Elsa deja caer los hombros, desalentada—. No. No comprendo ni comparto la fe de ustedes en algo tan frágil, en alguien que con tantos poderes como se le atribuyen, puede ser tan injusto.

—Yo tampoco comprendo —extenuada, Bely habla despacio, tristísima— por qué, si no crees en Dios, siempre estás exigiendo una explicación que parta de Él. Inviertes más energías en tratar de explicar las razones de tus no creencias que nosotras, las que nos movemos por fe, en actuar acatando lo que proviene de la Voluntad Divina.

—Usted y yo somos profesionales, estudiamos en la misma universidad. Yo estudié Letras, y usted Medicina. Creo que son vías para aproximarse a lo «esencial inasible» ¿De verdad sentía la presencia de Dios cuando su profesor de anatomía agarraba la sierra y cortaba, separaba, pesaba los pedazos de un cadáver? Carne, sangre, vísceras, hígado, riñones, pulmones, tumores, arterias rotas... Usted sabe que cuando el corazón se para, se acabó la vida, puede hacer y deshacer con los despojos, porque no hay dolor ni tristeza en un muerto. Un cadáver es eso, materia corrompible que muy pronto servirá para alimentar gusanos.

—¡Puafff! —Paula con ojos de asco y horror tras el grueso cristal de sus gafas de aumento, trata de bromear para relajar la atmósfera—. Esta gente dice que nosotras somos gusanas, pero creo que jamás podríamos comer carne podrida, ¡y menos de un semejante!

—No hables boberías, Paula, sabes a qué gusanos me refiero y sabes tan bien como yo por qué nos llaman gusanas y —Elsa está de mal humor, desolada— aunque no nos guste, querida, tienen mucho en común con esos bichitos que se alimentan de la carroña en que nos convertimos cuando aparecen los créditos de esta asquerosa película y en la pantalla ponen «Fin».

—Vamos, Elsa, no te enojes —interviene Laura serena, beatífica—. Eso que dices del cuerpo es verdad, pero ¿qué pasa cuando abres el cerebro? ¿Qué pasa con el alma que animaba esa carne hasta el momento del «Fin» en la pantalla? ¿Los libros dicen algo racional que nos haga creer a cierta que el espíritu no existe? Que yo sepa, hasta ahora ni los psiquiatras, ni los neurólogos, ni los psicólogos, pueden dar una razón rotunda que demuestre lo contrario a la existencia de Dios. Mira, para que brille la luz, tiene que existir la sombra. Aquí dentro, donde más sombra parece imposible, cada vez que la niñita, sí, ésa, la hija de la guardia, la que sube a hablar conmigo y me hace preguntas... —Laura, dispuesta en su serenidad a relevar a Bely en el debate, se ve interrumpida por las voces de las guardianas en el patio.

—Para toda la población penal: ¡Firmes! Formación y recuento para salir al comedor.

—Bueno —agrega Elsa—, se acabó lo que se daba, ya que no llega Dios a llenarnos el estómago con su comida celestial, vamos a alimentarnos de bazofia, como buenas gusanas que somos.

Extiende su mano y ayuda a Bely para que pueda ponerse de pie. Automáticamente, guiadas por la fuerza de la costumbre, van colocándonos en fila india por orden de tamaño. Empieza otra vez la ronda de bandejas sucias, patatas con cáscara, arroz con excrementos de ratón, o espaguettis empegotados, con sus puntitos negro-amarillentos —policromía formada por gusanos y gorgojos—, y el perpetuo caldo de sustancias inciertas, difíciles de identificar que, para hacer las cosas menos complicadas, la mujeres llaman «agüe´churre».

Como otras tantas veces, irán al comedor, pasarán las grasientas bandejas de metal por los boquetes del muro, donde sólo verán las manos escaldadas de quienes les sirven el «condumio» tratando de favorecer a las que están enfermas.

Se sentarán en la orilla izquierda de las hileras de mesas centrales, para estar menos al alcance de las celadoras, que a esta hora lucen su impecable mal humor, sobre todo si es verano –igual si es invierno–. El frío, el calor o la simple existencia de las prisioneras por motivos políticos o «contrarrevolucionarios», las ponen de mal genio y en un dos por tres, una comida puede convertirse en una batalla campal. Obligadas a la promiscuidad, defensoras del breve margen de sobreviviencia, las comunes son menos pacientes. «No tenemos nada que perder», anuncian amenazadoras las convictas por asesinato. Si una de ellas elige ese día para declarar a viva voz que «esta porquería de comida me tiene `la cachimba llena de guizazos´» y lanza la primera bandeja, allá van todas. El fuego es cruzado, las cabezas partidas, el «agüe´churre» empapando cuerpos políticos, comunes, militares... las patatas encestando donde menos se imaginan y los pegotes negro amarillentos de spaguettis yendo a incrustarse en rostros, paredes, uniformes de reclusa o trajes verde olivo de celadoras. Crean un caos que, de no ser tan patético, de final y consecuencias imprevisibles, podría dar envida al mismísimo Charles Chaplin.

A modo de acotación agrego que el grupo de las muchachitas siempre trató de sentarse correctamente, utilizar las bandejas, las cucharas de calamina y la asquerosa ración de alimentos, de acuerdo con las normas de buena educación. Usaban servilletas de pedacitos de papel o de trapo.

Las otras reclusas y las guardias se burlaban de los «remilgos de las señoronas», pero ellas estaban decididas a no dejarse «bestializar».

«Que te quieran bestializar es una cosa, pero que tú te dejes convertir en un animal, es otra. La lucha en ese terreno bien valía la pena».

X

Por la mente no nos pasó lo que Nana pensaba hacer cuando pidió el frasco de sedantes que con tanto trabajo la familia logró hacerle llegar a Tina. Se lo tomó todo de un golpe y no nos dimos cuenta. Sólo cuando echaba espuma por la boca y se la llevaron a la enfermería presentimos lo que había sucedido.

No hemos vuelto a saber nada más de ella. La directora nos ha ido llamando por turno.

Esperamos nerviosas y asustadas, no por la directora, que es como los demás. Todos se parecen y actúan más o menos de la misma manera, da igual que sean hombres o mujeres, nos odian porque no nos comprenden. No logran entender cómo pudimos ponernos frente a algo tan poderoso como su revolución. Pero la ignorancia no justifica la crueldad ni siquiera ante los ojos de Dios.

Tenemos miedo por Nana. Debió estar muy desesperada para hacer semejante cosa. El suicidio de Teresa nos ha dejado destrozadas. La capacidad humana debe tener un límite, y siempre la tentamos, empujamos un poquito, otro poquito más, y ¡zas!, la cuerda de los nervios dice hasta aquí llego.

Lo que más nos llama la atención es que no vemos a dónde llevan a las que son interrogadas. No las traen para acá, para nuestra galera, como hacen siempre que se trata de las presiones rutinarias. A Nana, que es la bondad misma, la han castigado psicológicamente de mala manera desde el primer día. Le decían que habían mandado a su hija para Rusia, que ya no la vería más, porque ella no quería «aceptar sus culpas», y que por «su culpa», tenían a su madre en la celda de enfrente. Fíjate tú, una viejita que nunca se había metido en nada.

No siempre hemos podido estar juntas, y ellos han tratado de sembrar zizaña entre nosotras; han tratado de minarnos una por una, de quebrar nuestra fe en Dios, en nuestra causa y en la verdadera razón por la cual nos tienen encerradas.

—¿Por qué les interesará tanto si tenemos o no creencias religiosas? ¿Qué puede importarles a ellos en qué crea cada cual? De todas maneras, creamos en Dios o no, lo fundamental es que no estamos de acuerdo con lo que ellos están haciendo en este país, que es nuestro también.

Dios mío —pienso y se me pone la piel de gallina—. ¡Si en tres semanas fueron capaces de fusilar a más de ciento cincuenta hombres sin que apenas tuvieran pruebas contra ellos! Si a la mayoría nos han condenado «por convicción» —¿De dónde habrán sacado ese término?— Porque ellos están convencidos de que tú hiciste o pensaste hacer esto o lo otro, que «atenta contra los poderes del Estado» o «contra los principios revolucionarios», ya te meten cualquier friolera de años.

El cura de mi parroquia decía que la maldad no suele tener fondo. Así es que podemos esperar más y peor todavía.

Piensa que piensa, el tiempo ha ido pasando y no me llaman. ¿Dónde estarán metiendo a las otras?

Estoy sola entre las presas comunes con quienes mal convivimos. Ahora debe tocarme el turno a mí. Espero, y en voz baja comienzo una plegaria. Le pido a Dios que no abandone a Nana, que no le pase nada.

–Que salga bien de esta, Padre. Dale tiempo para que se arrepienta. Ella es tan noble, tiene tanta fe en Ti, que seguro te pedirá perdón y no lo volverá a hacer. Dale tiempo, Padre. Tiempo para recapacitar y fuerzas para resistir es lo que necesitamos.

El ruido de la llavera interrumpe su monólogo interior.

De pie ante la directora de la cárcel, quien permanece sentada y no la invita a hacer lo mismo, no puede evitar la presión en el lado izquierdo del pecho, una sensación de susto anticipado.

La mujer la mira con dureza, y sin entrar en detalles le suelta de un tirón:

–Sabemos que fue usted, y créame que le costará muy caro.

–¿Que fui yo qué? –Pregunta intrigada, pero evitando retarla.

–La que le proporcionó el frasco de pastillas a su compañera de galera, Nana creo que se llama. Posiblemente, además de acusarla de violar las normas del penal pasando medicinas clandestinamente, la acusemos de asesinato.

–¿Cómo que de asesinato? Es que...

–Vamos, atrévase a decirlo usted misma –la directora la mira burlona y continúa en el mismo tono acusatorio–. Sí, ha muerto envenenada por las pastillas que usted le dio. Le comunico que ha asesinado a su compañera, y como comprenderá, eso es muy, muy grave.

No escucho más. La oficina empieza a dar vueltas con todo lo que tiene dentro, la directora, su buró lleno de papeles, la guardia que está a mi lado, yo... todo gira ennegreciéndose. No supe en qué momento caí al suelo, fulminada por el rayo que me golpeó en pleno pecho.

En otra galera, no en la de siempre, las muchachitas esperan a que Tina, la mujer madura de belleza aristocrática, regrese del interrogatorio. Para ellas fue una simple operación de tanteo. Saben que Nana se tomó el frasco de pastillas y están preocupadas porque la directora dijo que sabía quién le había dado las píldoras a Nana. Sólo quería enterarse de cómo habían logrado introducir el frasco, vulnerando el arduo trabajo en las requisas y, de paso, enterarse de si entraban otras cosas, pero ninguna habló.

El tiempo pasa y la celadora no regresa con Tina.

Desde fuera llega un vocerío, pero están acostumbradas a la algazara de las comunes contra las guardias y a las respuestas no menos groseras de las encargadas de velar por el «orden». Allí se puede esperar de todo menos educación y un poco de silencio. Ni siquiera cuando se da la orden de apagar las luces, las mujeres se callan.

Es verdad que las presas políticas también hablan, pero no lo hacen a gritos, tratan, dentro de las escasas posibilidades, de no molestar a las demás. Y está lo de las chivatas: nunca llegan a saber qué oreja está de punta, tratando de escucharlo todo para después soltárselo a las guardias a cambio de cualquier favor, o por el puro placer de hacer daño.

Pasan varias horas hasta que una presa común, de las que pueden moverse con cierta libertad dentro del penal, llega hasta la reja como si viniera a un encargo.

—¡Eh! ¿Ustedes tienen por ahí un pedazo de jabón amarillo que me presten?

Las mujeres se acercan despacio a la reja y Paula, cautelosa, saca la mano con una astilla de jabón de lavar. Se la extiende a la reclusa flaca y llena de canas a quien le dicen el «Cuje». La mujer mira a todos lados y rápido, de carretilla, más que decir, dispara con temor a que alguien más la oiga:

—La compañera de ustedes, la señorona, está grave en la enfermería. Le dio una sirimba. Están pensando si se la llevan pa´l´hospital. Le dijeron que mató a la otra con no sé qué pastillas —se fue sin darles tiempo a preguntar nada. Ven alejarse al «Cuje», tan larga, tan flaca, tan canosa, hasta que se pierde en la primera esquina que le brinda el pasillo.

No se atreven a pronunciar palabra. Se miran unas a otras sin saber qué hacer ni qué decir. Es Caty, con su nariz larga y su pelo negro liso, la que rompe el hielo.

—Pero, caballeros, ¿qué está pasando aquí? A nosotras no nos dijeron nada de que Nana se hubiera muerto... Es más, yo no lo creo.

–¿Y entonces dónde la tienen? ¿En la misma enfermería junto con Tina? Interviene Sara, y su observación hace que se queden pensando unos segundos.

–Esto está «oscuro y huele a queso» –agrega–. Aquí hay «gato encerrado».

Debo estar muy mal. Es lo primero que me viene a la mente cuando poco a poco vuelvo en mí y me doy cuenta de que estoy llena de tubos, de mangueras de oxígeno y con sueros en ambos brazos. No estoy en la enfermería de la prisión, esto es la sala del G-2 del hospital militar.

Todo me viene de golpe a la cabeza: he matado a Nana. Intentando darle sosiego para que pudiera descansar, dormir bien algunas horas, la he matado. Dios mío, perdóname, pero no puedo más. No quiero vivir más yo tampoco. Déjame ir a Tu lado. Perdona mis pecados y acéptame junto a Ti. Después de lo que ha pasado...

Otra vez mi cabeza comienza ha hundirse en un oscuro pozo... Es el fondo. Estoy buscando el fondo. Es mi último pensamiento. Pero no. Esta vez tampoco Dios me aceptó a su lado.

Aquí estoy, recogiendo mi pocas pertenencias, mis naderías. A mi lado, una enfermera de expresión neutra espera a que termine porque «ya vino el carro celular a buscarme».

He permanecido tres semanas en este hospital. Tres semanas de tormentos morales, y ahora me devuelven a la cárcel con el peso de la muerte de mi amiga, de mi querida Nana, sobre los hombros. Estoy débil, porque la hepatitis crónica que padezco no me permite un segundo de respiro.

Con la bolsita en la mano me agarro a los barrotes de la cama y miro a mi alrededor.

Dios, pienso despidiéndome del lugar, esta es Tu voluntad. Que se cumpla lo que tenga que cumplirse.

Vacilante, doy el primer paso hacia la puerta, donde la enfermera de rostro neutro espera con un manojo de llaves en la mano.

Llegamos a la prisión, pero no me llevan ni a la enfermería ni a la oficina de la directora. Entre dos guardias me conducen a la galera.

—¡Ustedes, apártense de ahí! —Grita la llavera al bulto de mujeres que se arremolinan en la entrada—. No distingo ningún rostro. Cuando al fin entramos y mis pupilas se ajustan a la semipenumbra, no puedo dar crédito a lo que ven mis ojos. Allí, rodeada por las otras muchachitas, llorando sin atreverse a acercárseme, está Nana. La bolsita cae de mi mano y, claro, lo primero que pienso es que tengo visiones ¡estoy ante un fantasma! Su voz, cascada por el llanto, es la que me saca de dudas.

—Perdóname Tina. No sabía lo que hacía... enloquecí —explica entre hipos—. No se me ocurrió pensar en el daño que podía causarte...

Avanzo hacia ella y, sin poder contenerme, me suelto a llorar como un grifo roto. Nos abrazamos. Nos atropellamos mutuamente tratando de explicarnos, de consolarnos, lo demás ya no importa. Nada es tan importante como la sensación de abrazar materia, carne humana, Nana no se convierte en nube ni en humo, está viva de verdad, no es una aparición.

Al verla, oírla, tocarla y sentirla viva, supe por qué Dios no había aceptado mi ruego de morir. Lo trascendental es que está aquí, que no la han matado.

Es la segunda vez que me hacen la misma jugada. Primero con mi marido, después con Nana, pero la vida se ha impuesto, y en este instante, a pesar de la debilidad y del dolor en el costado, yo me siento vencedora.

Las muchachitas nos contemplan y seguro que piensan lo mismo que yo, porque cuando voy mirando sus caras, todas tienen una luz muy especial.

Aquella partida la habíamos ganado. Luz María, la bautista, tan reservada siempre, no puede evitar un:

—¡Aleluya. Alabado sea nuestro Señor!

XI

Se acerca el día de la visita y todas nos esmeramos por mejorar nuestro aspecto. Improvisamos rulos para amoldarnos el pelo y nos los colocamos por turno unas a otras con infinita paciencia. Inventamos maquillajes con cualquier cosa que sirva para disimular la palidez, lo demacrado de nuestros semblantes.

Tendremos que pasar por las humillantes requisas, pero eso no nos duele tanto como saber que a nuestros padres, hermanas, maridos, hijos y hasta a nuestras madres, del otro lado de la cerca les harán pasar por lo mismo: desnudarse, hacer cuclillas en pelotas delante de extraños que te consideran el enemigo y que de hecho se comportan como si de verdad lo fueras.

Nos compensa la idea de que, aunque sean unos minutos, sabremos que no estamos solas en el mundo porque le importamos a alguien. Al menos por una vez, comeremos decentemente, beberemos agua, mucha agua, toda la que queramos. Agua fría, cargada en termos, que dejará el vaso de cristal empañado por fuera. Agua que se ha convertido en una obsesión.

Es tanta la sed, que a veces preferimos no comer el sancocho que nos dan para no aumentarla. Sólo tenemos derecho al grasiento vasito de calamina con agua tibia, estancada, que nos sirven en las horas de los macarrones pegostosos y con «proteína animal», como jocosamente Caty le llama a los gusanos y gorgojos que salpican el plato de puntos amarillos y negros.

Por la mañana nos lavaremos frotándonos con un trapo húmedo. En invierno es más llevadero esto de la falta de agua, ¡pero en verano! Tantas mujeres juntas, mal aseadas, con las letrinas sucias, los malos olores naturales y los menos naturales.

¡Dios mío, y pensar que a nadie le interesa lo que está pasando aquí!

Me enderezo un poco para aliviar la espalda. Me duele de estar tanto tiempo encorvada recomponiendo el «traje» que luciré en la visita. Aprovecho para hacer un recorrido visual por el entorno.

Casi todas están en lo suyo y alguna, por lo bajito tararea una canción. Afino el oído, me parece que es «Bésame mucho». Si: «Como si fuera esta noche la última vez/ béeeesame, bésame mucho, que tengo miedo tenerte y perderte después/ lala-la-lalala-la-la-la-lá».

¿Que de dónde sacamos para cantar y para hacer cuentos y para reírnos? Bueno, pues de la propia naturaleza humana que, creo yo, no es que se adapte a todo, como dicen por ahí, sino que se defiende y busca sus propios medios, selecciona sus propios mecanismos.

Si de contra que estás tan jodida (perdón) los vas a ayudar privándote de las canciones (eso sí, en voz baja) y de las risas cuando vienen al caso... ahí sí te perdiste, te llevan al agujero de lo que no hay remedio.

Con la mano apoyada en la parte de atrás de la cintura, que me duele, debe ser el reuma, observo a las que están más a mi alcance. Todas hacen algo. Todas menos Elsa, que lejana, yace sobre su camastro con los brazos cruzados bajo la nuca, mirando el fondo de la litera de arriba, igualito que si mirara rumbo al infinito.

¿Por qué está ausente y no participa de los preparativos para la visita? ¡Qué tonta soy, siempre se me olvidan cosas fundamentales!

Me acerco a su litera. Quisiera estar con ella en su silencio. Ella adivina mis intenciones y se aparta un poco para hacerme sitio a su lado.

–¿A qué debo el honor de tan grata visita? –Comenta sin poder evitar que asome su ironía.

–Nada vecina, pasaba por aquí, vi la luz encendida y decidí acercarme a tus aposentos para charlar contigo... Digo, si no te importuno –Le sigo el juego.

–¡Qué vas a importunarme! Al contrario, me da tremenda alegría que con estos tiempos, que no corren, te ocupes de visitar a tus vecinas. ¿Cómo van los preparativos para mañana?

–Bien. La modista se ha demorado un poco, pero con el favor de Dios, espero que el traje esté listo en tiempo y forma. Lo de la peluquera, la maquilladora y la manicura está garantizado. No te preocupes.

–No, si no me preocupo, me distraigo. Ya que no tengo diccionario...

–¿Diccionario? –Esta vez sí me pilla desprevenida– ¿Qué tiene que ver un diccionario en esto?

–Era un juego que practicábamos con papá y nos divertía mucho. Ahora lo estaba repasando mentalmente, porque aquí corremos el riesgo de convertirnos en burras.

Mis hermanos y yo nos sentábamos en círculo alrededor de papá y deletreábamos el alfabeto. Después, cada uno escogía una letra y los demás empezábamos a decir las palabras que nos supiéramos comenzando con esa letra. Si alguno de nosotros no sabía el significado de una palabra, o por ejemplo, no sabía cuál era la capital de Honduras, tenía que buscarlo en el diccionario y leerlo en voz alta. Nos poníamos castigos muy cómicos también.

Era divertido y, a la vez, según papá, nos instruía. –Sus ojos vuelven a perderse entre las páginas de un lejanísimo diccionario.

—Laura –dice, y su voz llega más honda, más ronca– el otro día, cuando estábamos hablando con la doctora Bely, ¿te acuerdas?, que sonó la campana en el segundo asalto y tuvimos que dejarlo ahí...

—Sí, me acuerdo. Varias veces he continuado esa conversación contigo para mis adentros. ¿Por qué lo mencionas ahora?

—Porque nunca dejo de pensar en ello. Porque, sin proponérmelo, jugando al diccionario me saltó la letra M, y ahí empecé otra vez: música, mesa, miedo, mordida, Manzanares, morcilla, medicina, magia, mordaza, madera, Madre, muerte... y siento que no es justo. Aquí tratamos de no hablar de tragedias ni de nuestras causas, pero hay cosas con las que una sola no puede. Te confieso que me gustaría tener la fe que ustedes tienen, a lo mejor no tendría que sacar las fuerzas de mí solita. Me recostaría a Dios y dejaría que Él cargara conmigo, que se hiciera cargo de todo, como si yo fuera un peón y Él el gran jugador de este ajedrez...

—Elsa, la fe es algo que se da o no se da. No es una obligación, es... ¿cómo te diré?... un Don Divino, una Gracia. Siempre caemos en la trampa de culpar a otros por lo que nos sucede, o de negar las cosas más evidentes, de acuerdo a nuestra experiencia personal. Esas preguntas, esos cuestionamientos, son un germen. La duda y hasta la negación empecinada son indicios de que Dios no anda tan lejos de nosotros como creemos. Mira, para mí el que Nana y Tina estén aquí, vivitas y coleando a pesar de todo lo que pasó; a pesar de la maldad de la directora, que quiso jugar con Tina para llevarla hasta el hoyo; el que Nana no haya muerto envenenada con las pastillas de Tina y el que Tina no haya muerto del susto que le pegó la doña, son milagros de Dios.

—¿Y el que estemos en estas condiciones sólo por no estar de acuerdo con un gobierno? –Elsa arranca con su normal behemencia–. El que gente como Ana, por ejemplo, se la haya jugado luchando a favor de éste contra el anterior y que ahora lleve aquí tantos años sólo por repartir proclamas en la Universidad diciendo lo que pensaba de la nueva tiranía, ¿es obra del mismo que hizo el «milagro» de salvarle la vida a Tina y a Nana, del que no le cortó las tiras del cuello a Teresa?

–La mayoría de estas cuestiones escapan al simple análisis. Yo no soy una especialista en Teología, pero la vida me ha ido suministrando las pruebas que necesito para sustentar mi creencia en la Justicia Divina.

–A mí me ha dado pruebas suficientes para sustentar todo lo contrario –ahora Elsa se repliega, retrocede al interior de sí, enniñece adolorida–. Era muy joven cuando me jugaron la primera mala pasada. ¿Por qué a nosotros, me pregunto cada día, desde aquél en que, al volver del colegio, me dijeron que mamá estaba muy enferma. Yo no entendía de qué ni por qué, si ella nunca se quejó de nada. Nunca la oí decir me duele aquí o allá.

Quizás pensaron que era mejor dosificar el dolor, porque a los doce años no sería capaz de asumir que la muerte puede llegar así, como un rayo, a fulminar una vida plena.

Los mayores pensaron que había que protegernos y la mentira se fue haciendo fuerte. Un día era: «Mamá está muy enferma». Al otro: «Mamá está peor», y al otro: «Tal vez Dios se lleve a Mamá a su lado», nos decían.

A mí me daban ganas de golpear cuando me decían esas cosas. ¿Para qué va a querer Dios que Mamá esté a su lado? Pensaba. Al él no le hace falta que Mamá le cante canciones, que lo lleve de excursión, o que le enseñe su caja de maquillajes.

Aquella caja llena de maravillas que, decía ella, «cuando seas mayor, Mamá te regalará una como ésta». ¡Ni siquiera ella llegó a ser mayor porque «Dios la quería a su lado»!

Mil veces me han hecho renegar de ese Dios egoísta y desconsiderado que me dejó sin madre a traición, aprovechando una mañana en que inocente yo estaba en la escuela.

Elsa termina jadeando. Se aparta el pelo de la frente, y en un esfuerzo por controlar sus sentimientos, se muerde con fuerza el labio inferior.

Laura está conmovida, pero no se atreve a acercársele. Se limita a responder.

–No. No creo que para una niña de doce años eso sea fácil de comprender. Tampoco una, aunque ya es mayor, se resigna a ver padecer o morir a sus seres queridos pero, no me negarás que en la esencia de todo eso radica el misterio del ¿por qué? ¿Por qué unos sí, y otros no? ¿Por qué tanto mal, tanto daño, tanto ponernos a prueba? Esas preguntas yo también me las hago con frecuencia, querida Elsa, pero suceden cosas como las de la hija de Nana, por ejemplo. Son cosas que, si una es receptiva y está abierta a Dios, no pasan por alto. –Hace una pausa para frotarse las piernas, adormecidas por la mala posición.

–Lo de la hija de Nana sucedió no mucho después de que ella intentó, bueno... ya sabemos... intentó envenenarse, precisamente porque le decían que se la habían mandado para Rusia. A lo mejor tú no le diste importancia, y hasta ni te acuerdes de aquello, pero para nosotras fue un verdadero milagro, una señal inequívoca.

Estamos tan metidas en la conversación, que ni cuenta nos damos de que las muchachitas han ido terminando los preparativos para la visita. Ana, Bely, Caty, Nana, Paula, Sara, Juana y Magda, se han colocado lo más cerca que pueden. Sin intervenir, escuchan atentamente.

Nana enrojece, no sabe si quedarse o salir huyendo. Siente vergüenza por lo de su intento suicida, por eso la apremio para que sea ella misma quien le cuente a Elsa su, nuestra, experiencia milagrosa.

–Vamos, Nana, cuéntanos. No te preocupes por nosotras, nunca nos vamos a aburrir de oírlo.

–Bueno, a la verdad, yo... –titubea Nana– a pesar de lo de las pastillas, siempre he creído en Dios. Creo que me volví loca por unos segundos...

–No, no, por favor, esa no es la historia que queremos oír –se exaspera Ana–. Eso ya lo sabemos, y mientras menos se hable de ello, mejor. Cuenta las cosas buenas, que es lo que estamos esperando.

–Si es verdad, pero creo que toda la vida no me alcanzará para pedirle perdón a Dios y a ustedes. –Agrega Nana, obsesionada por el tema, antes de decidirse a empezar:

—Mi hija estudiaba en el Colegio de La Milagrosa y yo todas las noches del mundo, desde que caí en este infierno, rezaba rosario tras rosario a la Virgen de La Milagrosa para que me ayudara a sacarla de este país, a quitársela de las manos a ellos, que sabe Dios en qué la convertirían con sus doce años y con la madre presa.

—Estaba tan obsesionada que escribía el nombre de la hija con lo que encontrara y en lo que encontrara: lo mismo una pared que el tronco de los árboles; con una tiza, con sudor... —Interviene Paula, más cercana a la historia.

—Pasaban los meses, y nada —retoma el hilo Nana—. Yo no hacía más que llorar y rezar rosarios a La Milagrosa. Todas la noches y a todas horas siempre le estaba pidiendo ayuda. Y como había pasado «aquello»... las muchachitas no me perdían pie ni pisada.

Una mañana, ¿se acuerdan que ese día fueron especialmente duros y nos sacaron a golpes de los pabellones para ponernos a trabajar en el jardín? Bueno, pues ese día, en un instante en que las guardias se descuidaron me escurrí, escondiéndome a llorar detrás de un árbol, sentada en el suelo.

Lloraba y lloraba, suplicando.

—¡Ay Virgencita!, no puede ser que tú no me escuches, tanto como yo te necesito. No puede ser que me hayas abandonado...

Mientras imploraba, miraba la tierra reseca a donde iban a parar mis lágrimas. No sé de dónde ni cómo llegó hasta allí, pero entre los terrones veo una cosa que brilla, la saco y era... ¡una medallita de La Milagrosa!, llena de tierra y todo, pero intacta.

La limpié y la apreté en el puño. En eso siento el griterío de las muchachitas llamándome:

—¡Nana! ¡Nana! Mira, ven corriendo.

Me dirijo hacia el lugar de donde vienen sus voces y voy a dar justo frente a la iglesita.

Esa cárcel la había mandado a construir Grau San Martín hacía algunos años, durante su mandato presidencial. Dentro del patio fabricaron una iglesia pequeñita con la imagen de La Milagrosa en el altar.

En el preciso instante en que yo encuentro la medalla, los guardias están desalojando a la Virgen de la iglesita. La sacan delante de todas nosotras, burlándose de la Virgen y de la mujeres que estamos allí con los ojos más redondos que platos –Nana hace una pausa para pasarse la mano por la frente y ordenar las ideas, alteradas por la emoción.

–Por la tarde Paula tenía visita con su tío. Le daban la visita en un cuartico que estaba dentro de la cárcel, pero separado del resto de las dependencias. Yo continuaba aferrada a la medalla de La Milagrosa.

Al regresar del trabajo, a media distancia, vemos el coche del tío de Paula con el chófer esperándolo afuera. Sin saber por qué, nos detuvimos, a pesar de lo que eso podía costarnos. El chófer, que me conoce, me ve desde lejos y empieza a hacer señas.

–¡Es contigo! ¡Es contigo, Nana! –Comentan las muchachitas–. Te quiere decir algo.

Arriesgándome, me acerco un poco más y, efectivamente, me quería decir que ese mismo día, por la mañana, al fin a habían podido sacar a mi hija del país.

Para la mayoría de nosotras ése fue un día inolvidable, por eso, cada vez que escuchamos la historia, nos conmovemos hasta la raíz y es casi un éxtasis, un trance místico lo que sentimos.

Díganme: ¿puede eso llamarse azar, casualidad, o como le ajuste a quienes se la pasan racionalizando lo que no comprenden, por la sola razón de no aceptar el milagro como una realidad también demostrable e insoslayable? Porque si aquello no fue una conjunción de símbolos que se fueron uniendo para llegar al mensaje final: «Pase lo que pase, tu hija estará a salvo. No me olvidé de ti ni de ella», entonces yo no me llamo como me llamo y lo que nos está pasando tampoco es verdad, y ahí sí que, cuidadito con lo que dicen o piensan. Las pruebas son tan cuantificables que ni los eruditos se atreverían a negar la veracidad de estos relatos.

Sin haber cambiado de posición, Elsa bebió más que escuchó la historia. Pensativa, no añade un sólo comentario, toda la concentración que puede expresar un rostro está reflejada en el suyo, escapando hacia el infinito que empieza en el fondo de la litera, a escasos centímetros de su cara.

XII

Después de la visita, tan esperada y tan corta, nos reunimos para comentar las novedades que hayan podido comunicarnos. Unas estamos menos deprimidas que otras. Alegres, lo que se dice alegres, ninguna, porque el contacto amable con los familiares, la comida, el agua... todo pasa como el flash de una fotografía para la que te has estado preparando durante seis meses y sólo te permiten posar varios minutos. Ahora, a gastar las escasas emociones y a esperar seis meses más, Dios mediante, porque cambian de ideas y de reglamento cada vez que les viene en ganas.

Las noticias que nos intercambiamos parecen telegramas, algunos redactados en clave morse:

–A fulano(a) lo(a) cogieron. Lo(a) tienen en el G-2.

–Mengano(a) logró irse, se metió en la Embajada tal y le dieron asilo.

–Intervinieron el negocio de A. (o de B., da igual). La cuestión es acabar con todo.

–Al papá de X lo fusilaron hace una semana.

–Mis hijos están bien. Gracias a Dios.

—No he podido saber nada de mi marido, porque las visitas coincidieron, así que tendré que esperar bastante para saber cómo lo está pasando el pobre.
—En la calle la cosa está cada vez peor. Ya no hay mantequilla. La leche es sólo para los niños y los viejos. El arroz lo mandan para no me acuerdo dónde y de la cuota rebajaron una libra.
—M. se fue clandestino en una balsa, con toda su familia. Por suerte, todos llegaron. Casi se mueren antes de que los encontraran los guardacostas norteamericanos.
—A P. lo cogieron dos días antes de que pudieran irse. Lo tenían todo preparado. Están presos. Fue un chivatazo.

Ése ha sido el parte durante años. Sólo cambian los nombre de los protagonistas, los artículos y las libertades que van desapareciendo rápidamente del mercado nacional. En general, el resumen es siempre el mismo, muertes, cárceles, exilios, cuotas ya de por sí exiguas que son rebajadas, vigilancias extremas, creación de nuevas «figuras delictivas» que reducen las posibilidades de rebelión y amplían las potestades oficiales para tomar represalias y, en alarmante aumento, los intentos, exitosos o fallidos, de salir del país cruzando el Estrecho de La Florida en cualquier artefacto que tenga aspecto de mantenerse a flote.

Esta vez logro hablar un poco más con mi hermana. Se fue en persona a la oficina del señor obispo auxiliar. Cuando se presentó allí, la secretaria le dijo que no había ninguna carta mía y que lo sentía, pero el obispo no estaba; no podría recibirla.

Mi hermana —me da tremenda pena cogerla para esas cosas— trató de convencer a la señorita secretaria, pero ésta se molestó y levantó la voz. Entonces mi hermana le gritó más fuerte, le dijo «atrevida que se toma facultades que no tiene». Se gritaban, y fue tal el alboroto que se armó, que salió el obispo auxiliar en persona. ¡Qué casualidad! Sí estaba.

Miró a mi hermana a la cara, después —según ella me cuenta— bajó la vista y dijo:
—Dígale a su hermana que la carta la recibí.
—¿Eso es todo? ¿No va a mandarle a decir nada más?

—Sí, eso es todo. No tengo nada más que decirle.

Con la misma, volvió a entrar en su oficina y dejó a mi hermana boquiabierta, enemistada con la secretaria y con un soberbio palmo de narices.

—Una partida de vendidos. Eso es lo que son —no puedo controlar la cólera que me inunda—. Si siguieran las enseñanzas de Cristo las cosas no estarían como están. Andan congraciándose con el régimen en vez de asumir la tarea que les corresponde como ministros de Dios en la tierra...

—Ana —interviene Caty, con su nariz larga, su pelo negro liso y su firmeza— yo no estoy de acuerdo con lo que tú dices. Tienes razones para estar tan enojada, pero fíjate bien en todo lo que ha pasado con la Iglesia durante estos años...

—¿Qué les ha pasado a ellos que no nos haya sucedido a nosotras? —La desafió, pero es Laura, serena, beatífica, quien esta vez toma el turno en la palabra.

—Desde aquí dentro y con la poca información que tenemos me parece que no podemos hacer una valoración justa. Según yo lo veo, o la Iglesia pasa a la semi clandestinidad y hace una especie de doble juego, o la desaparecen como institución, más todavía, si es que se puede.

¿Qué le importa a este señor llenar un barco más con los cuatro curas, las veinte monjitas que quedan y romper las relaciones con el Vaticano, como ha hecho con todo el que se atreve a no reírle sus gracias públicamente? —Laura, tan mística, es como la imagen de la Diosa Justicia, tiene una balanza en las manos y sabe, como ninguna de nosotras, buscar el punto de equilibrio. Me va serenando, pero no modifica en mucho la opinión que tengo de quienes ejercen en el Alto Clero cubano.

—Mira —vuelve Laura al análisis— en los años de prisión que llevamos ¿cuántas monjas, cuántas misioneras han pasado por aquí? ¿De cuántos curas nos hemos enterado que están en prisión? ¿Se acuerdan de Sor Ada? No creo que quienes la conocieron la hayan olvidado.

La mención de Sor Ada me evoca tantas cosas... Sus manitas menudas dispuestas a anudar trapitos en las ampollas, su constante falta de aire y su costumbre de no quejarse nunca. «El señor sabe por qué pasan estas cosas. Debemos aprender a no andar siempre jugando a competir con Él. La humildad es un aprendizaje, nadie es humilde por naturaleza, ni siquiera aquellos que confunden la humildad con la pobreza son realmente humildes. La soberbia nunca nos conduce por buen camino».

Esa era Sor Ada. «Saber bajar la cabeza cuando la situación lo exige es un ejercicio de humildad, un homenaje a Dios». «De nada sirve andar por ahí quejándose, mostrando nuestras miserias, con eso no ayudamos a los que necesitan de nuestro apoyo». A veces, una palabra sencilla, llena de amor, basta por sí sola para desarmar la mano que está dispuesta a descargar el golpe».

Esa era Sor Ada, que murió aquí. Estaba enferma de muerte desde que la trajeron. No permitieron que recibiera la extremaunción.

Laura tiene razón, no caben todos en un mismo saco y en la jerarquía eclesiástica debe producirse el mismo fenómeno que en toda la sociedad, unos sirven a Dios y otros a su contrario, y los que sirven a Dios lo hacen con los medios que tienen a su alcance. Ya bastantes, demasiados, han sido fusilados, han tenido que asilarse o están confinados en esta otra manera de la muerte que es la cárcel.

Por los comentarios de nuestros visitantes deducimos que la gente tiene cada vez más miedo.

–Casi nadie sabe de nuestra existencia como prisioneras políticas. Las familias, para no empeorar nuestra situación y la suya propia, prefieren callar –Caty toma la batuta otra vez–. Imagínate que anden por ahí diciendo que tienen una hija, un padre, una madre, un marido o lo que sea, prisionero por contrarrevolucionario, descontando que sólo por ser familiares nuestros deben estar más que vigilados. La verdad, nos guste o no, es que el mundo aplaude cada vez que el loco aparece en escena y la mayoría de los cubanos no sabe que existe un presidio político ¿Por dónde, cómo se van a enterar? Ya se terminó el tiempo en que los juicios se hacían como circos romanos. Ahora tratan de aparentar, por lo menos ante la opinión pública internacional, que somos unos cuantos terroristas, agentes de la CIA, del «Imperialismo yanqui», y sanseacabó. La opinión pública está viviendo quizá el último romance populista de este siglo. Nosotras estamos a merced de ellos hasta que Dios disponga lo contrario, y algún día será, pueden estar seguras.

Más que hablando para nosotras, Caty, con su nariz larga y su cabello negro liso parece hablar consigo misma, pensar en voz alta. La intensidad de su expresión rodea su imagen de una aureola. Parece más una visionaria que una prisionera.

Como si volviera en sí, nos mira extrañada y, sin más ni más, suelta:

—¿No se han dado cuenta de que está llegando la Navidad? Creo que tenemos que inventar algo para celebrarlo –reduce la voz al límite más bajo del susurro– pero eso sí, tiene que ser bien escondido, para que no se enteren, porque sino...

—Pues no es mala idea eso de celebrar la Navidad –interviene Paula quitándose las gruesas gafas y soplándolas para después restregarlas contra la manga de su precaria camisa–. Tendremos que inventarlas de verdad, porque no tenemos lo que se dice nada de nada.

—Bueno –acota Sara, la de melena rojiza, con el ceño fruncido– creo que el estar aquí nos salva de tener que ver cómo la gente acepta que se hayan sustituido las fiestas del Nacimiento de Cristo por el 26 de julio, como si ese día no hubiera muerto tanta gente y total, para llegar a donde estamos...

Tina, la mujer madura de belleza aristocrática, permanece en silencio. Por su aspecto se nota que le ha quedado una «espinita» dentro. Algo debimos decir con lo que ella no está de acuerdo y espera la oportunidad para tomar la palabra.

—Bueno, pues manos a la obra –Paula, entusiasmada con la idea de la celebración–. Debemos empezar por saber con quienes podemos contar y qué puede aportar cada una. ¿No les parece? Debemos hacer una lista...

—Por mi parte, estoy de acuerdo, pero me he quedado pensando mucho rato y recordando cosas que, creo, para nosotras sería muy sano no olvidar, cosas que debemos tener presente.

Tina no se iría a dormir con su «espina atravesada», y le doy el pie para que comience a soltarla.

—¿Algo respecto a qué en específico? Hemos hablado de muchas cosas...

—A la constante preocupación que esta gente tiene, por ejemplo, sobre nuestras creencias religiosas, sean cuales fueren. Díganme con sinceridad: ¿Hay entre nosotras alguna que pueda levantar la mano y decir que a ella no la han acosado desde que la detuvieron y hasta el día de hoy, con preguntas sobre religión?

Las mujeres, estupefactas, se miran unas a otras. Murmuran, se hacen preguntas, se hacen respuestas, pero ninguna levanta la mano. Tina vuelve a la carga.

—Sabía que ninguna levantaría la mano. Desde que me llevaron para el G-2, las preguntas sobre mis creencias religiosas eran plato fuerte en el menú de todos los interrogatorios, día y noche.

Recuerdo a un oficial que era el que más insistía. Después de escuchar mis respuestas se burlaba.

—Que tu Dios te salve. Ahora tu Dios soy yo, el capitán Daniel. Te vas a morir. Por mi voluntad, tú te vas a morir en el presidio.

Yo sonreía. Sí, sonreía.

—Yo voy a estar en presidio sólo hasta que Dios quiera.

Todas las miradas están depositadas en Tina. Un poco más lejos, Elsa también la observa con atención. Después de una corta pausa, Tina continúa sus reflexiones.

—Sé que no hay nada original en lo que estoy contando, pero lo importante para mí no está en la anécdota, sino en lo que yo notaba debajo de la fanfarronería de aquel oficial. Tenía miedo. Mucho miedo de Dios.

Hubo épocas en las que palpé que la lucha la libraban no contra quienes se les oponían, sino contra Dios directamente. Su gran combate era demostrarse a ellos mismos que Dios no existía, que podían sustituirlo por la Gran Figura del Hermano Iluminado, y al no poder demostrarlo, sentían miedo, mucho miedo. Nosotros, hombres y mujeres indefensos ante sus crueldades, somos la negación de su necesidad de sustituir a Dios por un jefe con poderes que, nuestra sola existencia, convierte en relativos.

El grupo está hechizado. Mujeres de todas las tendencias religiosas, católicas, santeras, protestantes, bautistas, evangelistas, testigos de Jehová... embutidas en el mismo redil y ninguna había escapado del feroz cuestionamiento de los interrogadores, daba igual a qué creencia o práctica religiosa se dedicara. Es Elsa quien rompe el hechizo.

—Yo no soy creyente, eso no es un secreto para nadie, pero creo que Ana tiene razón cuando dice que por lo menos aquí, en Cuba, la Iglesia no está haciendo un buen papel. No es tan activa como lo ha sido en otros países, no se define, no toma partido públicamente por ninguno de los prisioneros ni cuando los condenan al paredón...

Tina va a responder, pero Caty se adelanta.

—Visto así, suena a verdad, pero este país no tiene las mismas características de esos otros países. Además, hay algo que para mí está muy claro: Dios es Dios, sus representantes en la tierra son hombres de carne y hueso, sienten temor y cometen las mismas equivocaciones que los demás. Creo que la Iglesia está pasando por una etapa tan mala y tan difícil como toda la isla. No te olvides de los campos de concentración para religiosos y homosexuales...

—Sí, no hay que olvidarse de eso –reitera Tina–. ¿Se acuerdan de cuando me enviaron seis meses para Baracoa, castigada y aislada por completo? Imagínense, Baracoa: ¡a quince centavos de la libertad! De allí salía una lanchita que iba a Haití cada cierto tiempo, y el viaje costaba sólo quince centavos.

Bueno, pues cuando me tenían allí, donde estaban otras presas políticas, castigadas como yo, tuvieron que trasladar al párroco de la iglesia. No había misa en la que no hiciera mención de nuestro valor. No paraba de denunciar los malos tratos a los que éramos sometidas y les daba asistencia y albergue a nuestros familiares cuando llegaban hasta allí, hasta la punta de la isla, para tener noticias de nosotras.

La cárcel quedaba frente a un colegio secundario y tuvieron que trasladar el colegio también, porque los alumnos se paraban en la acera de enfrente y gritaban: «¡Aquí está el papá de fulana!» (o la madre, la hermana el marido de mengana). «¡Dice que están bien, que se cuiden mucho...!»

Entre el cura y los estudiantes sostenían moralmente a nuestras familias.

Tampoco hay que olvidar a las monjas que se brindan como voluntarias para visitar a nuestros familiares, para cuidarlos si están enfermos, para hacernos llegar rosarios, estampitas y... otras cosas.

Bueno –agrega Tina algo amoscada– yo no quería darles una charla, pero creo que debemos tener las ideas claras, sino, esta gente encontrará terreno fértil en nuestras dudas.

Eso era lo que quería decirles. Caty me ayudó mucho. Dios es Dios, sus representantes en la tierra son mortales, como nosotras.

–Y hay que dormir –dice Paula, conteniendo un bostezo mientras coloca sus gafas de aumento bajo una esquinita de la escuálida colchoneta–. Mañana, después del trabajo, empezamos a organizar la fiesta para celebrar el Nacimiento del Niñito Jesús.

XIII

Nunca perdemos la oportunidad de hablar para intercambiar ideas. Cada enfoque aporta un poco de luz sobre el «fenómeno». Lo que pasa en nuestro país no tiene otra explicación razonable.
  El tema de discusión puede surgir de cualquier comentario.
  —¿Se acuerdan de cuando la madre de la pobre Finita escondía a los alzados que bajaban de la Sierra Maestra? ¡Quién iba a pensar entonces que le pagarían así!
  Lo malo es que ni la pobre Finita ni su madre son ejemplos abstractos. Ni el padre ni el hermano de la pobre Finita tampoco.
  Por ahí empezamos a deducir, a atar cabos sueltos, a sacar conclusiones. ¿Cómo nos dejamos engañar de tan mala manera? Unas lo ven más claro que otras.
  La madre de la pobre Finita escondía a los guerrilleros que bajaban de la Sierra Maestra, guardaba armas y propaganda de los del 26 de julio —de los que se la jugaban cladestinos en la ciudad, sin subir al monte—, porque estaba segura de que el 10 de marzo de 1952 Batista se había cargado nuestra Constitución, la del año 40. Estaba claro que «había que hacer algo».

Lo mismo me pasó cuando vi que el otro, el barbudo que llegaba al poder en 1959, era un timador profesional, un gánster que se las arreglaba muy bien para irse quitando de encima a todo el que pudiera hacerle sombra. Entonces decidí que contra eso también había que luchar y aquí me ven. Por más claras que creyéramos estar, la realidad superó cualquiera de nuestras especulaciones.

Nos engañó hasta con el año de nacimiento. Decía haber nacido en 1926, sin embargo, nació –según dicen– en el 27. Aseguran los supervivientes de su entorno, los que lograron escapar con la cabeza bajo el sombrero, que cambió el año de su nacimiento para bajar de la Sierra Maestra con 33, la edad de Cristo. Dijo que de los 82 expedicionarios del yate Gramma (que en diciembre de 1956, más que desembrar, naufragó en el lugar que no era, el día que no era y a la hora que no era) sólo sobrevivieron doce y que esos doce bastaban para hacer la revolución. Con su manía por las referencias bíblicas, utilizaba a los Doce Apóstoles de Cristo para reforzar la imagen que de sí mismo quería vender: el Nuevo Mesías, el Salvador del Mundo. (El número de náufragos del Gramma que aún viven, duplica la cifra).

Le predicaba a los guajiros de la Sierra Maestra con la Biblia en la mano, diciéndoles que él era el encargado de cumplir la palabra del Hijo de Dios, y repetía mucho eso de «Primero entrará un camello por el ojo de una aguja, que un rico en el Reino de los Cielos».

Lo barbudos bajaron de la Sierra llenitos de rosarios hechos con semillas de Santajuana, llevaban medallitas, crucifijos, estampitas de la Caridad del Cobre. Todos eran devotos creyentes.

Pero lo grave del juego empezó cuando le dio por decir que la revolución había costado veinte mil muertos. En la borrachera colectiva, el pueblo se tragó todo aquello.

¡Dios Santo, qué blasfemia! Si los que estábamos en el asunto sabíamos que no pasaban de mil doscientos los muertos en siete años que duró la cosa, desde el 26 de julio del 53 hasta el 1° de

enero del 59, ¡contando a los caídos de ambos bandos y hasta a los que murieron del susto!

Durmió a la gente con el cántico de que su revolución era «verde como las palmas», mientras ya empezaban los coqueteos con Moscú. En la Universidad sí sabíamos quién era Stalin y lo que pasaba en la Unión Soviética.

A mí no, a mí sí que no me durmió, ni a los de mi grupo, ni a otros que hoy están ¡Dios los guarde!, pasados por el paredón, con dos metros de tierra encima, o en las cárceles que han mandado a construir por toda la isla.

A la pobre Finita y a su mamá –a su papá y a su hermano los fusilaron, igual que a su novio– les costó muy caro haber ayudado a los guerrilleros cuando andaban por ahí perseguidos. El papá y el hermano sobrevivieron a los calabozos del SIM durante la dictadura de Batista, allí los torturaron de lo lindo para que delataran a los colaboradores y dijeran dónde estaban escondidos los rebeldes.

Ellos no hablaron y tuvieron suerte, porque muchos, es verdad, aparecían en las cunetas y en las alcantarillas con la boca llena de hormigas. Al papá y al hermano de la pobre Finita los aporrearon duro, pero tenían un buen abogado que presentó un recurso de habeas-corpus y los tuvieron que soltar.

Sin embargo, éste los mandó a fusilar porque sospecharon que estaban guardando armas en el pozo de su antigua finca para ayudar a los nuevos alzados. La cuestión parece ser –comentan los que saben del caso– que uno de los jefes del Ejército Rebelde le había echado el ojo a la finca y los enmarañó para quitárselos del medio.

El juicio, como todos, fue sumarísimo, sin alegatos de acusación ni de defensa. Nunca encontraron las armas. No tenían pruebas, ya habían eliminado el derecho de habeas-corpus, y el abogado que logró sacarlos de los calabozos del SIM cuando Batista, esta vez pasó de defensor a sospechoso de complicidad. Los fusilaron sin pruebas, sin ningún miramiento.

A Finita la mandaron a la cárcel y a su mamá también, porque la señora era dura y le dijo al mismísimo tribunal más de cuatro cosas que pensaba del «Caballo». A la mamá de la pobre Finita la dejaron salir de prisión cuando ya el cáncer se la estaba comiendo. Murió pocas semanas después de que le dieran la «libertad».

Así es. Siempre que movemos un tema, encontramos alguna conexión con el «fenómeno». Hablamos mucho de la libertad. No recuerdo quién es el autor de esa frase tan célebre: «Libertad: cuántos crímenes se cometen en tu nombre». ¡Cómo me gustaría poder escribirla con letras bien grandes en las paredes!, para que no se hagan más los libertadores de nada, porque la verdadera libertad nos la da Dios.

—Se imaginan —comento con las muchachitas— la que se armaría si ponemos esa frase en el muro del patio, en un momento en que estén descuidados y no nos vean?

—Tú estás loca —gritan—. ¿Qué ganamos con eso. ¿Otra tapiada? ¿Más palizas?

—Tienen razón —asiento— hay que buscar la manera de jugarles cabeza. Hay que darles la batalla en otro terreno que no sea el que ellos conocen, el que mejor manejan. Tenemos que pensar algo que ellos ni se imaginen, fuera de los códigos de sus mentes, convertidas en robots gracias a los aprendizajes con especialistas rusos y alemanes que, no debemos olvidarlo, son herederos directos de los creadores de las S.S. y de la Gestapo.

Varias de nosotras nacimos pocos años antes de que comenzara la Segunda Guerra Mundial. Tenemos noticias de los horrores cometidos en los campos de concentración de los dos bandos: los hitlerianos y los stalinistas.

XIV

La mayoría de las que comparten la galera quiere participar en la organización de la fiestecita, como la llaman para despistar la vigilancia de las guardias y la colaboración de sus chivatas.

Quienes están más cerca de la enfermería se encargan de coleccionar pedazos de cartón, trapos viejos, mercuro cromo, violeta de genciana, azul de metileno, trozos de gasa que no se usan, todo lo que imaginan puede serles útil.

El amarillo lo sacan las que colaboran en la cocina. Poco a poco, se llevan algo del bijol que tiñe los pegotes de macarrones con gusanos y gorgojos.

Las hierbas y los pedacitos de madera los cargan del campo. Cada una se lleva un poquito sin que las guardias lleguen a darse cuenta.

Los preparativos avanzan y el entusiasmo va creciendo. Tienen hasta una directora coral, una señora que casi nunca habla, que no se mezcla con nadie, por eso les llamó la atención que se ofreciera para dirigir el coro. Así fue como se enteraron de que la señora había sido profesora de música en el Conservatorio de Guanabacoa.

¿Pero, dónde podremos conseguir un muñeco que nos sirva para Niño Jesús? Dentro de las mínimas, modestas posibilidades y en medio de la gran discreción que rodea nuestro plan, ése es el mayor problema que se nos presentó hasta hoy. Digo hasta hoy porque, cuando estábamos a pleno sol, doblando el lomo sobre la tierra ya no tan caliente, apareció una guardia acompañada por dos oficiales del G-2, llamaron a Paula y se la llevaron con ellos. Cuando llegamos a la galera no estaba. Suponemos que, una vez más, la condujeron a los calabozos del G-2, el infernal centro de operaciones de la Seguridad del Estado cubana.

Cada vez que topan con algún opositor y tratan de implicarlo en una causa considerada por ellos grave, es Paula la número uno entre los sospechosos de ser quien maneja una gran red de espionaje. La egolatría que padecen los hace necesitar de esos complicados entramados que se inventan, sin respetar en absoluto que tanto Paula, como cualquiera de nosotras, hemos sido juzgadas y llevamos años cumpliendo la sanción. Por eso la vienen a buscar a cada rato, para que el detenido la identifique. La hacen pasar por el infierno, y cuando al fin nos la devuelven, tenemos que reconstruirla empezando de cero. Nos duele que se la hayan llevado, tan entusiasmada como está con la organización de la fiesta.

Así y todo seguimos, como las hormigas, cargando lo que encontramos y rogándole a Dios que no nos vayan a sorprender con una de esas requisas intempestivas que suelen realizar cuando menos lo esperamos.

Estoy sentada en el suelo, de espaldas a la reja, absorta en la tarea de ensamblar unos pedacitos de madera para ir armando el pesebre. Como siempre que mis manos se ocupan en algo específico, mi mente se libera y se larga, viaja a lugares conocidos o desconocidos, imaginados, a veces fantásticos, irreales.

Me invento situaciones románticas –de novela, como diría mi madre–, o trato de ponerme en el lugar de cada uno. Lucho por entender antes de correr el riesgo de emitir un juicio injusto sobre alguien.

Intento pensar en cómo hubiera sido mi vida si las cosas se hubieran desarrollado de otra forma. Me siento inquieta, estoy esperando algo, sin saber exactamente qué. Por instinto vuelvo la cabeza hacia la reja y ¡claro! Allí está, mirándome fijamente la espalda.

Ya sé cuál es el motivo de mi intranquilidad. Sabe Dios cuánto tiempo lleva ahí parada, mirándome.

Rápido, dejo lo que estoy haciendo y me acerco al margen de barrotes entrecruzados que separa a los vivos de los muertos. Ella está allí. Sus manitas, aferradas a la reja negra, se ven muy blancas, parecen celestiales.

—¡Hola Tatiana! ¿Por qué no me llamaste?

—Porque me daba pena. No quería gritar. Ya sabes que a mi mamá no le gusta mucho que venga por aquí.

—No debes mentirle a tu mamá —le digo sin mucha convicción. El contraste de su presencia con la hostilidad del medio es uno de mis milagros particulares— Yo nunca le miento a mi mamá.

—Pero Laura, tú no puedes mentirle a tu mamá porque nunca la ves. A ti no te dejan ir a donde está ella. Además —se pone seria, desconfiada— tú sí le mientes. Cuando has estado mala, me has pedido que le diga que estás bien.

—No es lo mismo —riposto, sintiéndome cogida *in fraganti*—. Ella está muy vieja y estar aquí no es bueno... ¿Cómo están tus hermanitos? ¿Cómo se llaman? Esta memoria mía ya no funciona bien —me detengo a tiempo, no quiero hacerla testigo de nuestras miserias, a pesar de que las guardias no muestran ningún cuidado cuando ella, junto a otros niños hijos de guardias, están allí sábados, domingos o días «feriados».

Tatiana se ríe. Tiene los dos dientes delanteros, los definitivos, empezando a salirle, anchos, separados, dientes de hacha solían decir en mis tiempos. Se nota que los ha mudado hace poco porque destacan del resto de las piezas dispares dentro de su boca de niña confiada. Las piezas de leche que todavía le quedan parecen diminutos dientes de ratón. Se lleva el dedo índice de la mano derecha a la sién del mismo lado y lo gira en círculos, como una barrena.

—¡Tú estás loca! —ríe, ingenua y feliz—. Cada vez que vengo me preguntas cómo se llaman mis hermanos. ¡Chica, se llaman Pável y Vladimir! ¿Por qué no se te olvida mi nombre?

—Bueno, es que a ti te veo más. Tus hermanitos apenas vienen por aquí —trato de defenderme.

—Pável sí viene a cada rato, cuando el abuelo tiene guardia y no lo puede cuidar —especifica, meticulosa en el orden de los acontecimientos de su vida de niña—. El que nunca ha venido es Vladimir. Todavía está muy chiquito y lo cuida la abuela, o yo, cuando salgo del colegio. Pero yo le hablo de ti, le digo que aquí tengo una amiga —se detiene dudosa—. Porque, somos amigas ¿verdá?

—Claro que somos amigas, Tatiana. Nunca le creas a quien te diga lo contrario.

—Bueno —titubea— mi mamá dice que tú eres una gusana y que quieres que los malos vengan otra vez.

Me quedo de una pieza. ¿Qué puedo decirle? ¿Qué puede una prisionera, detrás de una reja, explicarle a una niña cuya madre es, por añadidura, parte activa del sistema carcelario donde te encuentras? Opto por acogerme a la emergencia de la tangente.

—Me gusta mucho tu nombre, Tatiana. Nunca antes conocí a nadie que se llamara así. Es muy bonito, de verdad. A lo mejor, de haberlo sabido antes, mi mamá me lo hubiera puesto a mí. —Miento lo peor que puedo.

—Pero el nombre de Laura, aunque suena viejo, también es bonito. —La gracia con que hace la salvedad me saca una de esas carcajadas que sólo los niños son capaces de arrancar.

—Yo voy a subir. ¿Quieres que vaya a ver a tu mamá? ¿Quieres que le diga algo?

—¿De veras que vas a subir? ¿No te regañarán?

—No, si ya están acostumbradas. Cuando viene alguna de las compañeras de mi mamá, me escurro para que no me vea.

—Bueno, pues entonces fíjate bien en cómo está mi viejita. Pregúntale cómo se siente y si necesita algo. Espérate —reflexiono rápido– ¿Te atreves a llevarle un poquito de azúcar y de gofio? Dile que yo estoy bien, que todas estamos bien...

–Claro que le llevo el azúcar y el gofio pero –duda un instante–, ¿y si la encuentro mala y me pide que no te diga nada, qué hago? ¿A cuál de las dos le hago caso?

No tengo idea de qué responderle y me largo a buscar el azúcar y el cartuchito con gofio. ¡Vaya mocosa inteligente! Es lo único que se me ocurre pensar.

Veo su batica de cuadros rojos y blancos, sus zapaticos sin medias y el pelo castaño, recogido en una esmirriada colita de caballo. Se marcha saltando mientras canta: «Esta-ba la pá-ja-ra pin-ta/sen-ta-da en-su ver-de li-món/Con-el pi-co- r e - c o - j e - l a - ra-m a...» La vocecita se pierde entre los vericuetos del tétrico corredor, rumbo a las escaleras del piso superior donde, como en otro continente, se encuentra mi madre, a quien no veo hace hace muchos, muchísimos años.

Me quedan sus nombres dando vueltas en la cabeza. Tatiana, Pável, Vladimir... ¡Hasta eso nos han ido quitando, aniquilando! Los nombres tradicionales –«Laura suena a viejo», recuerdo y sonrío con amargura– se sustituyen por nombres que nada tienen que ver con nuestras tradiciones, ni siquiera con nuestra fonética. Tanto luchar porque los nacionales no se llamaran John, Margareth, Peter, o Cindy, como los gringos, para terminar imponiéndose el rasposo y extraño nombre de los rusos.

Al cabo de un rato la niña regresa con las mejillas coloradas por la carrera.

–¡Laura, dice tu mamá que está bien! –Suelta una ráfaga jadeante–. Te manda esto.

Extiende su manita por una de las cuadrículas de la reja y me entrega un paquetico plano.

–Ahora me voy, mi mamá está buscándome.

Espero a que vuelva a desaparecer, esta vez por el lado contrario, antes de abrir el paquete que mamá me envía con este inusitado correo. Es una estampita de la Santísima Virgen de La Caridad del

Cobre, nuestra Patrona, y una nota escrita con su letra rústica, sin domesticar.

«Que te proteja siempre, hija, un beso de tu mamá». No puedo evitar que la emoción haga rodar por mis mejillas dos lagrimones gordos, bien alimentados durante la separación forzosa.

Me llevo la estampita a los labios y la beso con doble devoción. Es nuestra Patrona y ha pasado por las manos de mi mamá.

XV

Esta tarde, cuando regresamos del campo, ya nos habían devuelto a Paula. Sólo viene rota dos semanas nada más. No sabemos por qué se empeñan en llevársela si el resultado siempre es nulo, ella nunca identifica a nadie, ni aunque sea su vecino más cercano o su propio tío. Desde que llega al cuartico de los interrogatorios, va diciendo que no a todo. Creo que si le dicen que está en libertad y puede irse para su casa, ella diría que no sin pensarlo. «Allí dentro no se debe pensar». –Dice.

Lo más eficaz es negarlo todo desde el principio. No conoces a nadie. No sabes nada. Sólo sabes lo que has hecho tú. Si titubeas un poquito, ellos se te lanzan encima y no paran de interrogarte hasta que, por cansancio, por embotamiento o por confusión, terminas firmando, sin saberlo, tu propia sentencia de muerte. Con los años se han ido especializando en tortura sicológica. Aprenden bien las buenas lecciones de sus nuevos maestros, los especialistas rusos.

Estamos muy entusiasmadas con los preparativos para la Navidad. Y de verdad que, mira, lo juro por esta cruz, no lo hacemos con la intención de provocar a nadie.

Tampoco queremos que ustedes se equivoquen cuando lean estas páginas. Sí, porque las personas somos así. Les contamos que celebramos la Navidad a pesar de la vigilancia, y puede que piensen: ¡Ah, entonces no estaban tan vigiladas!

Igual si decimos que celebramos acontecimientos que nos hacen felices, como el cumpleaños de alguna de nosotras —cada año cumplido es una batalla que ganamos con sólo permanecer vivas—; el nacimiento de un sobrino o un nieto, la boda de un hermano, un hijo o hija... Sí, todo lo que podemos lo celebramos a nuestro modo, escondiéndonos, robando un boniato, una lechuga, unas papas para asarlas en el braserito que inventamos y que tenemos bien escondido. Y cantamos. Sí, también cantamos.

Si se nos ha muerto alguien de muerte natural, hacemos novenarios pero, tan natural como es morirse de viejo, también lo es morirse a causa de los maltratos en la prisión. Igual de natural es morirse si te colocan ante un pelotón de hombre armados con rifles AKM soviéticos, por eso siempre hacemos novenarios por los muertos.

¡Hasta si las balas son de salva, comos nos hicieron muchas veces! Con simulacros de fusilamiento también podían matarnos «naturalmente» de un ataque al corazón.

Lo que queremos dejar claro es que no es nada fácil pero, a pesar de todo, no logran doblegar nuestros espíritus, y en cuanto se nos presenta una oportunidad «escapamos por debajo de la manta a Tamacún». Cantamos, hacemos juegos, enseñamos a leer y a escribir a las que, como Juana, llegan aquí analfabetas.

Jugamos a las cartas con naipes hechos por nosotras. No recuerdo si fue Glorita o Sara, pero una de nosotras fabricó a mano dos juegos de cartas con pedacitos de carátula de libreta, recortes de cartulina y pintadas con lápiz de ceja, creyón de labios, colorete, sombra de ojos... lo que sirviera para dar color.

Pero no se equivoquen, no juzguen a la ligera, por favor, porque la capacidad de supervivencia que desarrollamos habla en favor de nosotras, no de nuestros carceleros.

Bueno, hecha la salvedad, el asunto es que estábamos felices por la Navidad y por el menos roto regreso de Paula a nuestra galera.

El muñeco para representar al Niñito Jesús no aparece, pero ya Dalia ha aportado una solución que a todas nos pareció acertada. No, ahora no lo voy a contar porque ya no sería una sorpresa. Ya está resuelto.

El problema –siempre que se resuelve uno aparece otro– es la señora que fue profesora del conservatorio de música de Guanabacoa y se brindó para dirigir el coro. Se ha declarado en huelga porque no está de acuerdo con la participación de Luz María, la bautista, ni con la de otras mujeres que practican religiones distintas de la católica, apostólica y romana.

Le molesta la presencia de Elsa en el coro, porque –dice– «Si ella no es creyente, qué hace aquí. Esto del Nacimiento del Hijo de Dios es una cosa muy seria, no es una fiesta para matar el aburrimiento de nadie».

Por más que intentamos convencerla, no hay manera: «O se van ellas del coro, o yo no lo dirijo». Como no podemos renunciar al coro, ni a las buenas relaciones que mantenemos entre nosotras aun con las diferencias de credo, pues nos quedamos sin directora de coro y la fiesta amenaza con írsenos a pique. El regreso de la Paula pródiga nos enciende el bombillo y allí –aquí– nos vamos a parlamentar con ella.

–¿Tú sabes algo de coros, Paula?

–Bueno, ejem, ejem –carraspea– yo canté en un coro durante un tiempo, pero eso no quiere decir que sepa...

–Pues ya está: tú dirigirás el coro de la Navidad.

–Pero yo nunca he dirigido un coro, no sé cómo saldría...
–Vacila la buena Paula pródiga, frotando los gruesos cristales de sus gafas.

–Pero nada –asesta Ana, realista, grande, curtida por los golpes morales y físicos– la cuestión es bien simple, Paula: o diriges el coro o no tenemos coro. Es mejor uno medio-medio, que ninguno.

Frente al asentimiento general Paula se coloca las gafas de gruesos cristales y, regalándonos una resignada inhalación, seguida de una exhalación a manera de «qué le vamos a hacer», accede a ser la directora del coro. Así es que ya tenemos una cuestión menos a resolver.

Elisita será, sin objeción, la Virgen María. Es tan bella, tan joven, su aspecto es tan frágil y, a la vez, tan sólido, que responde al ideal que tenemos de cómo debió ser la muchacha elegida por Dios para ser la Madre de su Hijo en la tierra.

Con el Rey Baltasar tampoco hubo trabas; será Marcela quien, jocosa y agradecida, apunta su comentario.

–Vaya, menos mal, ¡es la primera vez que ser negra me sirve pa'lgo!

Magda, que hasta el día de la selección estaba bien y las dos mitades de su cara estaban emparejándose, sería Gaspar.

Elena se pinta sola para representar al Rey Melchor. Todas las que más o menos afinan están en el coro.

Fue una buena noticia la presencia de Elsa en los ensayos. Ella, tan reacia a esas cosas de religión, canta villancicos con nosotras, dirigidas por Paula pródiga quien, subiéndose una y otra vez las gafas de gruesos cristales, necesitadas de una urgente reparación, mueve los brazos con énfasis, hacia arriba y hacia abajo; adentro y afuera.

–Bajito, más bajito. Que no nos escuchen las carceleras.

En los ensayos generales a veces no podemos aguantar la risa, porque no contábamos con que Elena, su Majestad Melchor, padece de cataratas, y cada vez que le toca señalar hacia donde estará la estrella de papel plateado que colgará del techo, y decir:

–¡Miren, allí está! Esa es la Estrella que aparece en las predicciones. ¡Sigámosla, que ella nos conducirá a nuestro destino!

Lo dice muy bien, porque tiene una magnífica voz y buena dicción pero, invariablemente su dedo apunta hacia el lado contrario del que estará colgando la estrella.

La carcajada general no se puede evitar, y alguien del «público» le grita:

–¡Por ahí la única estrella que verás aparecer será la llavera, y ya sabemos hacia dónde nos guiará, así que apunta bien!

A Magda le ha salido un flemón de última hora y la está pasando bastante mal. Hemos tenido que arriesgarlo todo para que le prestaran atención médica, asustadas por los antecedentes de Julia, ya recuerdan ¿no?

Por suerte, a pesar del revuelo que armamos, no nos castigaron ni hicieron ninguna requisa. ¡Luego no crean en la existencia de Dios!

Como ya está mejor –aunque todavía le da fiebre y no se le ha bajado la hinchazón– Magda insiste en seguir con su papel de Rey Gaspar. Formó tremendo jaleo, pero tuvimos que pasarle el papel a Laura que, son su serenidad beatífica, acepta todo lo que ella crea que puede ser bueno y hacernos un poquito felices.

XVI

Hoy es el gran día. Amanecimos más disciplinadas que nunca, por si acaso. El júbilo se respira en el ambiente. La alegría en todos los cubículos del pabellón C-altos es tanta, que si la irradiación se pudiera fotografiar, la foto hubiera sido preciosa. Hasta las guardias están más tranquilas de lo habitual.
—Eso se debe a un complot celestial —bromea Bely, que canta como solista en el coro.
Revisan y repasan todo una vez tras otra, para evitar los clásicos «fallos técnicos» de última hora. Se acerca la noche y ya están listas para empezar la función.
Las cortinas, sábanas teñidas con violeta de genciana, que a la luz amarillenta de las bombillas se tornan de un malva especial, se descorren lentamente, como debe ser en un buen teatro.
En el suelo, dormido sobre un montón de paja, aparece José. Se revuelve intranquilo porque está teniendo un sueño extraño. De un costado, sale el Ángel, mejor dicho, se queda en medio de la penumbra por dos razones: porque es un sueño de José y para que no se vea de qué están hechas las alas. El Ángel le habla y José se

despierta sobresaltado, a tiempo para ver cómo desaparece el (la) Ángel envuelto en su túnica de sábana blanca.

Se vuelven a cerrar las cortinas y entra el coro, vestido con túnicas de sábanas violeta a tono con las cortinas. Yo estoy pasando tremendo trabajo para dirigir, porque todo está tan lleno, que tengo que pararme encima de las piernas de las que están sentadas en primera fila.

—¡Es-ta-ba–Jo-sé– el Á-ngel– ve-nía– so-ña-ba–Ma-ríííá he- ir-se-despuésss...

Para el segundo acto, con pedazos de plásticos pintados, habían construido un establo con todo lo que más o menos se representaba en esa época. En una esquinita estaban José y la Virgen María, la pastora, bultos que se parecían a la vaca, a la mula, a las ovejas. ¡Todo tan bien hechecito! Parecía un Portal de Belén de verdad.

A esas alturas ya no importa que las guardias las oigan. Las mujeres cantan alto lo mejor que saben, guiadas por Paula, quien dirige lo mejor que puede.

Aparecen los Tres Reyes Magos, vestidos de rojo, amarillo y verde, –verde que hicieron mezclando un poco de azul de metileno con bijol de la cocina– y ¡maravilloso!: esta vez Elena-Melchor no se equivoca y apunta hacia donde está la Estrella, dice bien lo que tiene que decir y los tres Magos de Oriente parten, siguiendo la dirección que indica la Estrella que los guía.

Ahora cantan: «Oh, puebleciiiito de Belén/ afooorrrtunado tuuuu...»

Después viene el cuadro de La Anunciación a los pastores y el coro no deja de cantar, Paula no se percata de que puede caer en cualquier momento. Suerte que las muchachitas sobre las que está parada la sujetan por las piernas.

Y volvemos a donde está la Virgen-Elisita, ya con los dolores del parto y José y la pastora que la ayudan y la Virgen-Elisita, sin decir ni pío, tan bella, hace los gestos de dolor con elegancia, porque sabe de lo que es responsable ante Dios y que a su Hijo no se le puede traer al mundo entre berridos comunes y corrientes. Un esfuerzo más y... ¡¡¡YAAA!!!

En el rincón en penumbras, directamente sobre el pesebre que con tanta paciencia ha armado Laura, se enciende una luz, la más fuerte de todas. Tan fuerte, que es el centro de atención: ¡Ha nacido la Luz del Mundo!

El coro arranca con «Ha nacido el Niño Jesús» y las lágrimas ruedan por todas las mejillas, casi sin excepción. Digo «casi sin excepción», porque la jefa de Orden Interior, una mulata imponente que no llora, pero parece hipnotizada, está de pie al lado de Paula. Ni se enteraron de cuándo entraron las guardias, tan concentradas están. Paula continúa dirigiendo el coro y cantando.

Al final, Luz María, la bautista, pide permiso para hacer un cuento. Eso no estaba en el programa, pero es tanta la armonía que nadie se opone.

—*«Había una vez»* —*Comienza Luz María como comienzan todos los cuentos, con esas tres palabras mágicas, capaces de transportarnos a la infancia, a los brazos de mamá o a la mecedora de la abuela, y ya todas quedamos prendidas de su relato. Nadie presta atención a la Jefa de Orden Interior ni a las otras guardias, que se han mezclado con las reclusas.*

«Había una vez una mujer muy rica y poderosa que decidió celebrar las fiestas del Nacimiento del Niño Jesús. Empezó a hacer la lista de los invitados, que era larga, larga, llena de nombres de ricos y poderosos como ella. Después, empezó a hacer la lista de los variados platos que serviría a sus ricos y poderosos invitados. La lista era larga, larga, llena de sabores y colores, llena de bebidas exóticas, llena de aromas extraños.

Cuando tuvo completa la lista del variado menú, comenzó con la de los regalos valiosos para sus importantes invitados; continuó con la lista de la decoración. La lista para el decorado era larga, larga, tan larga como las anteriores.

Le siguió la lista de los actores que serían contratados para tan importante acontecimiento. Al fin, mandó las invitaciones fileteadas en oro, como le corresponde a una señora rica y poderosa que invita a muchos señores y señoras tan ricos y poderosos como ella.

Llega el día de la fiesta y los invitados empiezan a aparecer disfrazados de cualquier cosa. Dentro del palacio de la señora rica y poderosa, bailan osos, payasos, malabaristas que lanzan bolos y pelotas al aire; bailarinas que danzan al compás de músicas del Oriente. La mesa del banquete es tan grande, que no deja sitio a los invitados. La rica señora se encuentra a las puertas del palacio, recibiendo a sus invitados, tratando de averiguar qué poderoso o poderosa está debajo de cada disfraz y preguntándose, porque no lo recuerda, cuál es el motivo que la ha llevado a preparar aquella inmensa fiesta...»

Al terminar Luz María, el silencio se podía cortar hasta con las pestañas, pero después de un segundo, estallaron los aplausos y las lágrimas. Desde el fondo del pasillo del pabellón C- altos, una voz, sola durante dos segundos, comenzó:

«Padre Nuestro, que está en los cielos –dos segundos, sólo dos segundos, hasta que en todo el pabellón estalló la oración prohibida, dando una resonancia sin precedentes al lugar. La acústica y la emoción se encargaron de tomar nuestra plegaria y elevarla hasta el mismísimo cielo–.

Santificado sea Tu nombre. Venga a nosotros Tu Reino. Hágase Tu Voluntad en la tierra como en el cielo. El pan nuestro de cada día danos hoy. Y perdona nuestras ofensas, así como nosotros perdonamos a los que nos ofenden. No nos dejes caer en tentación y líbranos de todo mal. Amén, Jesús».

Están conmovidas, la atmósfera es indescriptible. Mejor no maltratarla intentando explicar lo que no puede explicarse, sino sentirse.

Nos confundimos en un abrazo embarrado de lágrimas hasta el tuétano. Al irnos calmando, caemos en la cuenta de que las guardias, sin participar de la abrazadera, están todavía allí y nos miran estupefactas, sin rabia, sin ninguna de esas cosas con que las miran tan a menudo.

La jefa de Orden Interior, la mulata imponente, no le pierde ni pie ni pisada a Paula quien, en plena euforia, se atreve a preguntarle:

–Bueno, oficial: ¿le gustó la fiestecita?

La oficial no respondió, soltó algo parecido a un rebuzno, y como una mula espantada, reculó hasta la salida del pabellón acompañada de sus guardias. Ya en la reja, ordenó:
—¡Para toda la población penal del pabellón C- altos: hora de silencio!

Si esto fuera una novela de ficción, lo ideal sería terminarla aquí ¿verdad? Pero no lo es. La realidad se impone y apenas deja un pequeño margen para la improvisación. Que conste que sólo en lo que respecta a cuestiones de estilo y de forma, no de contenido.

El amanecer llega para participar de nuestra euforia. Todavía estamos despiertas cuando se oye el espantoso ¡De pie!, que nos encuentra exhaustas, exultantes, plenas de fervor religioso. Estamos de acuerdo en que lo ocurrido la noche anterior es un milagro, una obra de la Divina Providencia. Sin la intervención de la Mano de Dios no hubiéramos podido hacerlo y, como otras veces, por nada, por cualquier minucia se hubiera armado un «titingó» de aquí te espero; pudo haber comenzado con insultos y terminado con golpizas, cabezas partidas, brazos rotos, tapiadas. Pero el Espíritu Santo estaba allí con nosotras y ellas, las guardias, que para más inri estaban avaladas por esa mulata imponente que es la jefa de Orden Interior, no escaparon al influjo de Su Benéfica Presencia.

Sabemos que habrá repercusión, así es que, aun en pleno éxtasis, permanecemos con las orejas, los ojos, y la piel alertas, tratando de anticiparnos a cualquier ruido, a cualquier señal de que está por llegar lo inminente.

Atentas y envalentonadas, dispuestas a dar la guerra si nos la plantean, porque hemos estado demasiado cerca de Dios y no vamos a permitir que nos bajen a los infiernos otra vez. Nuestra predisposición al perdón es verdadera, pero no podemos siempre poner «la otra mejilla».

Existe un punto preciso, un momento en el que te percatas de que ya no tienes más mejillas que aportar a sus bofetadas. Entonces, te encomiendas a Dios, pides perdón por anticipado y, por lo menos yo, Juana, y unas cuantas más, luchamos para que las otras, las de verde olivo, también pongan sus dos mejillas en función de las palabras de Cristo.

XVII

En una esquinita de su litera, aprovechando el filo de luz que viene del patio, en ángulo con la ventana, para caer sobre ese preciso rincón de su camastro, Elsa, encorvada, parece una de esas estampas de las «Mil y una noches». Está tan concentrada en lo que tiene entre sus manos que no se percata de que la observo. A lo mejor no oye ni una bomba que explotara a diez pasos.

Más que escribir, parece que estoy haciendo un tatuaje sobre el papel finísimo y pequeño. Me he vuelto una experta en miniaturas. Quizás, cuando salga de aquí, si es que salgo con vida, me podría dedicar a hacer remiendos invisibles en trajes de alta costura, y tajuajes en brazos y espaldas a marineros y expresidiarios en algún rincón de Chinatown.

Con la punta de un alfiler le escribo una «bala» a mi hermana. Todo lo que ha pasado me dejó una gran necesidad de comunicación y ella es la persona más cercana, quizá la única, con la que de verdad puedo abrirme, aunque sea un poquito.

«Querida Lisa: espero que tengas la lupa a mano. Aprovecharé el correo de costumbre para ver si tenemos suerte y ésta logra llegar

hasta ti. Escribir me da miedo porque nunca sé cuál será el destinatario definitivo de mi carta. Estos días, en que invariablemente estoy triste desde que murió mamá, han sido algo muy distinto. ¡Cuánto me gustaría compartirlo con ustedes! Pero, ya ves. No sabes las veces que me cuestiono si tenía o no derecho a exponerles a tanto riesgo. Siempre tengo más susto por lo que pueda pasarle a alguno de mis hermanos o a papá, que con lo que pueda pasar conmigo misma. Algo extraño se ha movido dentro de mí en estos días, cuando las muchachitas decidieron que celebrarían la Navidad aún aquí dentro. Primero, como siempre, fui escéptica, después, tanto entusiasmo me fue contagiando hasta que me vi envuelta en el barullo y me metí en el coro a cantar villancicos, como cuando éramos pequeños, mamá vivía, y celebrar el Nacimiento era parte de las cosas bonitas que hacíamos todos juntos. Para explicarte qué sentí y cómo sucedió, necesitaría un papel muy grande que aquí no tengo. Te diré que fue mágico y en mi interior creció una sensación muy hermosa, como hasta ahora nunca había sentido. Creo que podría llamarla Liberación. No sé, es muy difícil de explicar, pero me siento renovada, como si me hubieran dado un gran baño de luz en el pecho y en la cabeza. Si esta sensación se llama Dios, tendré que admitirlo y Bienvenido sea. Sabes el trabajo que me da hablar de estas cosas. No rezaba desde que tenía doce años, sin embargo, aunque no me acordaba ya de esas cosas, no se me había olvidado ni una letra. Desde entonces, me vienen a la mente fragmentos del «Sermón de la Montaña», las escenas de Jesús con los mercaderes del Templo... montones de imágenes del Nuevo Testamento que creía desterradas de mí para siempre. No sé cómo llamarle a esto, pero no es malo, al contrario, al menos hoy, tengo algo de sosiego. Mañana veremos qué pasa. Cuídense, por favor. Reciban un abrazo y un beso de su hermana Elsa.

XVIII

Amaneció y todo parece normal hasta aquí. Pero no por eso se descuidan. Todavía están exaltadas pero, buenos animales acostumbrados a la jungla, una parte importante de cada una permence vigilante.

Por lo pronto, el que no las hayan sacado a trabajar como de costumbre, para ellas no significa nada bueno.

La mañana transcurre sin ninguna señal externa, una pista de hacia dónde puede conducir esa «calma chicha».

Están ocupadas en deshacer las huellas que no pudieron borrar la noche anterior. Cada una recupera los trebejos que aportó para la celebración. Tratan de eliminar la mayor cantidad de indicios, cosa de que si se aparecen con una requisa, no las cojan en la luna.

No cesan de comentar el Milagro la noche anterior. Sara, acomodándose la melena rojiza, dice:

–A la verdad que ya debíamos estar acostumbradas a los milagros, porque el sólo hecho de amanecer vivas cada día es el mayor de los milagros que nos pueden conceder. Estando, como estamos, a merced de esta locura, que no racionen el oxígeno a bocanadas por cabeza ya es un milagro cotidiano.

—Es verdad —salta Caty— lo que pasa es que esperamos que suceda lo grandioso y no nos detenemos en lo pequeño. Como si necesitáramos más y más pruebas de que Dios está aquí también, a pesar de los pesares.

—Pero qué se puede esperar de nosotras, mujeres en desventaja respecto a la mayoría de una sociedad enfebrecida —Bely aporta su reflexión— si con los tantos milagros tangibles, irrefutables, que Jesús aportó en su época, la gente se debatía entre la creencia y la duda y, mientras más hacía, más le exigían que hiciera.

A la hora de elegir entre el Hijo de Dios y Barrabás, decidieron por éste último, como en una mala campaña política. Creo que en el fondo, era el miedo a la Verdad Suprema lo que los hizo actuar así. Los ideales de Barrabás estaban más al alcance del entendimiento de la mayoría y sabemos cómo son capaces de equivocarse las mayorías. No sólo en Cuba.

El mundo ha dado muestras, en este siglo XX, de cómo naciones enteras pueden seguir causas equivocadas.

—Es ahí donde a mí se me enreda la pita —Elsa se suma al debate—. Insisto en que somos seres condicionados por reflejos instintivos y no por ideales superiores. En todo caso —vacila— los ideales superiores son cosas de minorías, de...

—¿De qué? Sigue, no te pares —Bely la reta— decías que son cosas de minorías, y ahí te quedaste, ¡vamos, suéltalo ya!

—Bueno, pues sí —Elsa, desafiante, acepta el reto— iba a decir de «elegidos» pero no sé si será el término adecuado porque, en cualquier caso, todos seríamos elegidos para algo. El verdugo sería el elegido para cercenar la cabeza del condenado.

Por ahí van discurriendo cuando una vocecita proveniente de la reja las saca del amistoso debate.

—¡Laura! ¡Laura! ¡Corre, corre: ven acá!

Del otro lado está Tatiana, la niñita hija de la guardia.

Laura salta igual que una liebre por encima de las mujeres echadas en el suelo. Llega a la reja con la lengua afuera y el corazón a punto de estallar.

—¡Dios mío, Tatiana! ¿Qué pasó? ¿Qué haces aquí hoy? ¿Por qué no estás en la escuela?

—¡Alaba'o mujer!, con tanta preguntadera no me dejas hablar —dice la niña, pateando el suelo con su pie menudo, sin medias, dentro de unas zapatillas de lona gastadas por el uso—. No fui a la escuela porque amanecí con dolor de barriga, y estoy aquí porque mi mamá me trajo. Abuela no puede quedarse con los tres y Pável tiene sarampión. Pero lo que tengo que decirte es bueno: ¡Le van a dar la libertad a tu mamá!

Están apelotonadas frente a la reja. La niña se amosca al ver tantas mujeres juntas, empujándose para acceder al primer plano en la noticia. Instintivamente retrocede unos pasos.

—¿Qué estás diciendo, Taitiana? ¿Quién te lo dijo? Mira que con eso no se juega...

Laura y las muchachitas no dan crédito a lo que oyen. La niña, ofendida, retrocede.

—Bueno, si no me crees, allá tú. Yo estaba con mi mamá en la oficina de la directora cuando llegaron lo papeles y oí clarito que decían el nombre de tu mamá, por eso me mandé pa'cá como un ciclón. Quería decírtelo yo primero. —Hace pucheros, a punto de romper a llorar.

—Perdóname, mi niña —Laura, ya serena, preocupada por la pequeña, trata de calmarla—. ¡Claro que te creo! —Se vuelve hacia las demás.

—¿Verdad muchachitas que todas le creemos?

—Pero, dímelo otra vez para saber que no estoy soñando, por favor.

—Que-a tu- ma-má- le-van- a- dar- la- li-ber-tá- hoy —repite la niña, remarcando las sílabas, alzando la voz y tomando conciencia de la importancia de su papel—. Se lo oí decir a la directora. Y ahora me voy. Después, si puedo, vengo por aquí otra vez.

Se marcha volando más que corriendo. Las prisioneras todavía no logran reaccionar. Laura, tanteando, busca el borde de una litera para sentarse. Hunde la cabeza entre las manos y queda anonadada, asimilando el sentido de aquella noticia inesperada.

–A mamá le van a dar la libertad hoy. Precisamente hoy. –Repite una y otra vez.

Al rato, levanta la cabeza, las mira a todas una por una. Empiezan a reír, histéricas, alegres, trasnochadas, fervientes, místicas, favorecidas por la Mano de Dios. No tardan en fundirse en abrazos, lágrimas, palabras incoherentes llenas de sentido.

En fin, en estos casos se necesitan cómplices. Júbilo es una palabra muy escasa para definir la complejidad de los sentimientos en aquel instante.

La madre de Laura, de la serena y beatífica Laura, que juntas-separadas, había resistido todo el calvario con su hija, saldría en libertad.

A ninguna se le ocurrió pensar qué sentiría la anciana señora al saberlo cuando, pasados los primeros momentos de estupefacción, se percatara de que ella se iba y su hija se quedaba allí dentro.

Sí, porque desde el lado de Laura, la madre sale en libertad. En el caso de la señora, su hija permanecerá en la cárcel.

Laura es quien primero se da cuenta. Va cayendo de rodillas, levanta la cabeza hacia el cielo, pasando por alto el trámite de las vigas de hormigón. Juntando la manos, las une en el centro del pecho.

–¡Padre! –implora–. Por lo que más quieras, haz que mamá reaccione con cordura. Que acepte salir en libertad. Hazla comprender que estando fuera de aquí estaremos más tranquilas, y que podrá ayudarnos más. Tú, que tanto me has favorecido, lleva la Luz a su razón: que no vaya a cometer una locura a última hora diciendo que no se va sin mí...

Todas se fueron arrodillando y enlazaron sus manos para darle mayor fuerza a los ruegos de Laura.

Después de resistirse bastante, la señora tuvo que aceptar su libertad. Tuvieron que presionarla y hasta chantajearla con «lo mal que lo iba a pasar su hija, si no aceptaba que ya no tenía por qué estar allí».

Salió la madre de Laura esa misma tarde. Antes de que se fuera, Tatiana sirvió de enlace entre ambas una cuantas veces. Llevaba y traía paqueticos con restos de galleta, estampitas, recados y recomendaciones...

Llovían mensajes de un lado y otro de las galeras. Llegaban los saludos, las felicitaciones, los consejos de las presas que se encontraban en otros pabellones, a donde la noticia llegó en forma de reguero de polen (no quiero decir pólvora).

No son muchas las ocasiones de presenciar que la unanimidad sea unánime, valga la redundancia, más, sobre una cuestión tan delicada como esta de ver que alguien se va en libertad y tú te quedas, sabe Dios por cuánto tiempo, pero políticas y comunes son solidarias respecto a la anciana madre de Laura, cuyo cautiverio, siendo inocente, les hace sentir vergüenza extra y una impotencia difícil de controlar.

XIX

Tenían razón al pensar que las cosas no se quedarían así. Cuando abrieron la galera, inmediatamente después del ¡de pie!, y entró la directora con cara de no haber dormido tampoco, seguida por la imponente mulata jefa de Orden Interior y cuatro guardias más, ya no tuvieron dudas.

Con el éxito de la fiesta de Navidad y la libertad de la madre de Laura, ya se daban por bien pagadas, no les podían bajar la moral con nada que se propusieran hacer. «De todos modos –piensan– tuvimos 24 horas a nuestro favor».

La directora, con las manos detrás de la espalda se quedó distante. La jefa de Orden Interior se detuvo en el centro del pasillo, debajo de la luz, y extendió un papel frente a sus ojos.

–Las que aparezcan en esta lista recojan sus pertenencias. –Se aclara la garganta y comienza a leer despacio, haciendo una pausa entre nombres.

–Paula Gómez. –Se le formó un nudo en la garganta pero, sin chistar, dejó la posición de firme y se dirigió a recoger sus bártulos.

—Catalina Valle. —Le dieron ganas de decir: ¡Presente!, como en la escuela primaria, pero se abstuvo. También dio media vuelta.

—Laura Beltrán. —Como si con ella no fuera. Ella estaba en la categoría espiritual de intocable. Flotando más que andando fue a recoger el bultico.

—Elsa Martínez. —Retadora, miró a la jefa de Orden Interior y todas se tensaron. No, este es sólo el primer asalto. Vamos a ver qué pasa en el segundo *round*, así que, a recoger otra vez los cachibaches.

—Ana Losada Ramírez. —Éste sí es un duelo. Dos animales magníficos se enfrentan. Parece cosa de películas del Oeste, donde todo se dice con la mirada y nadie se atreve a dar el primer paso. Por suerte, Ana pasó por encima de su innata rebeldía. También torció la espalda y se dirigió a su litera.

—Juana Pérez. —Manda cojones (perdón) ya sabía yo–. En cuanto le den un chance, se las va a cobrar to'as juntica. —La guajira del Escambray no anda creyendo en cuentos de «aparecío».

Por eso la jefa de Orden Interior le pasa por alto lo de los cojones (perdón).

Uno tras otro, los nombres de las que organizaron o participaron en la celebración del Nacimiento del Niño Jesús fueron engordando la fila. Al leer el último nombre, la oficial se dirigió a una de sus subordinadas.

—Usted se queda aquí, cuidando el orden. Tienen quince minutos para estar en formación. Después, avise al resto de la guarnición para que la ayuden en el traslado. —Ahora se dirige a las prisioneras.

—¡Ya lo oyeron, en quince minutos todas en el pasillo con sus pertenencias en las manos!

Con la misma, tan imponente como siempre, va a reunirse con la directora, que permanecía de simple espectadora en el *show* matutino.

Ambas salieron comentando algo imperceptible para los aguzados oídos de las mujeres amontonadas en el corredor.

Un traslado nos remueve el suelo. No importa a dónde nos lleven, siempre que nos obligan a cambiar de sitio, nos lo están cambiando todo. No tenemos derecho a estar presas en un mismo lugar. No somos dueñas de nada. Te estás acostumbrando a las jorobas de una litera y te obligan a amoldar otra. Es terrible. Ya estás acostumbrada a las manchas y los desconchados de una pared, y te empujan a contemplar otros desconchados y otras manchas. Es terrible. Te haces a un ambiente, por malo que sea; reconoces una voz, un ronquido, una tos, una imprecación, una risa, y te lanzan a convivir con gente nueva. Es terrible.

Cuando ya sabes, en la oscuridad, dónde queda tu cama, la de tus amigas, el hueco de la letrina; a dónde te lleva el pasillo de la izquierda, a dónde el de la derecha, vienen y te rompen el código de orientación. Es terrible.

Todo es terrible en la prisión. Pero de todas las sensaciones, la más fea es la de estar cambiando sin que nada cambie. Sentimos como si estuviéramos enredadas entre las aspas de un inmenso ventilador incapaz de refrescar el aire.

En fila, pegadas a la derecha del pasillo, con los bultos en las manos, esperan.

Ven aparecer a la directora con la mulata imponente y seis guardias hombres. Se les erizan los vellos hasta en el cielo de la boca.

—¡A ver! —Ordena la directora—. Colocando sus pertenecias en el suelo y quitándose la ropa. Requisa a fondo.

La promiscuidad es una mala cosa que hemos aprendido a pasar por alto con dignidad y hasta con cierta elegancia, como una enfermedad incurable. Pero tantísimas mujeres juntas en un pasillo, todas encueros y delante de tantas guardias, es superior a las fuerzas de un ser humano normal.

Desnudarte en contra de tu voluntad es colocarte en una posición de humillante desventaja, reducirte a la nada. Lo mismo da que tus senos sean turgentes o caídos y ruinosos como una goma de mascar; da igual que tengas o no celulitis, unas libras de menos o de más, eres una no persona, una No. Una vaca esperando por el hierro del amo. Cualquier cosa que sea no ser.

Por eso lo hacen, para deshacerte, colocarte la autoestima por debajo del nivel de cualquier cucaracha.

Para que el espectáculo sea más grotesco, después que nos desnudamos se dirigen a nuestras pertenencias y las desmenuzan, exponiendo a la luz nuestras miserias. Bragas rotosas, medias con agujeros, peines desportillados, cepillos de dientes con las cerdas flojas, espejos astillados...

Ahora revisan, una por una, minuciosamente, las fotos de nuestros familiares, las estampitas de Santos que con tanto trabajo logramos salvar en otras ocasiones.

A Juana le encuentran el rosario. A mí, las cartas que conservo, y que ya habían pasado por la censura previa. Ahora son vueltas a revisar y pasan a engrosar el montón de cosas que nos van quitando.

Mientras, escuálidas, escuetas, encueras, por instinto usamos las manos para tapar lo mejor que podemos nuestra desnudez. Todavía falta el plato fuerte, que es la requisa física.

Sí, es vulgar esto que cuento, porque es muy vulgar lo que nos hacen. A veces nos hemos defecado en medio de una requisa física; nos hemos orinado, o se nos ha escapado un pedo. Sí, porque te hacen adoptar posiciones para las cuales no estás preparada. Una cuclilla pujando y con los brazos en alto, con el abdomen lleno de aire, por ejemplo. ¿Cómo puedes controlar esfínter, brazos, aire, todo a la vez?

¿Y cuando tienes la menstruación y te destrozan las compresas antes de obligarte a hacer las cuclillas con los brazos hacia arriba y el abdomen lleno de aire, la cabeza mareada por hiperoxigenación y te caes de costado o de culo sobre tus flujos menstruales, tus orines, tu propia caca o la ajena?

Después de este «tratamiento» pueden transcurrir meses antes de que vuelvas a creer en ti como persona humana. Al recoger lo que te dejan de tus «pertenencias», eres un despojo. Lo que metes otra vez en el bultico está devaluado ante tu corazón en un noventa por ciento.

Los ojos se van detrás del montón requisado. Creen que así se apropian de tu espíritu, quitándote las miserias que logras coleccionar durante años y que para ti adquieren un valor incalculable.

Sin embargo, las victorias obtenidas cuarenta y ocho horas atrás hacen que esta requisa sea más llevadera.

Ya estamos menos que vestidas, con los trapos colgando de nuestros cuerpos de cualquier modo, y los revueltos enseres apilados con prisa dentro de fundas o bolsas plásticas, lo que se pudo conseguir.

Nos pasan al pabellón D-altos, el de las «plantadas». ¿Que qué significa? Pues menos visitas, menos correo, menos de todo lo que apenas tenemos. Si la visita era cada seis meses, ahora puede que sea una vez al año; si el derecho a recibir correspondencia –censurada– era trimestral ahora pueden pasar seis ¡y cuidado!

Menos posibilidades de encontrarnos en el patio o en el comedor con otras reclusas, porque a las del D-altos nos sacan aparte, estaremos aisladas del resto para evitar el «contagio».

Hacia allí marcha el diezmado ejército de muchachitas, con pingajos de trapos mal cubriendo sus partes, con sus ya mermados enseres, medio llorosas por las que atrás se quedan. Pero siempre pasa algo. Suben las escaleras y las inquilinas del pabellón de las plantadas, que no las pueden ver, gritan:

–¡Eh, digan sus nombres, para saber a quiénes traen!

Y Elena, el Rey Melchor perdido detrás de sus cataratas, responde.

–¡Yo soy Melchor, el Rey Mago. Conmigo vienen Gaspar, Baltasar y hasta los pastores, pero lo sentimos mucho, porque nos confiscaron los camellos y se quedaron con los regalos... Ahora somos sospechosos de ser espías!

La carcajada fue unánime dentro y fuera de los cubículos. Están presas, las castigan, dejan atrás el micro mundo que han creado a fuerza de sacrificio y de batallas ganadas, pero el escuadrón que dos noches antes representó, cantó y celebró el Nacimiento del Niño Jesús, se siente otra vez victorioso. Se ríen a carcajadas en presencia de las guardias que, seguro, no acaban de entender por qué, a pesar de los pesares, estas mujeres se ríen en sus propias caras. Eso es peligroso, porque cuando no entienden algo se acomplejan y se transforman en puras bestias.

Total –comenta Caty– José también tuvo que salir rumbo a Egipto con María recién parida para poder salvar al Hijo de Dios de la furia del Rey Herodes.

Cada época tiene su Herodes, pero también tiene su José y su María.

XX

El tiempo, inexorable, va pasando. Pasa por encima de presos y carceleros. Pero es mentira que pase igual para todos. Lo que nos iguala es la cantidad, no la cualidad.

En la medida en que los años pasan, los dueños de las llaves, los que tienen la potestad de abrir y cerrar las rejas que nos separan de la vida, se han ido refinando en los métodos. Cada vez son más crueles y atacan con mayor precisión los puntos débiles del ser humano.

Nosotras aprendemos, pero ellos también aprenden. Tienen a su disposición recursos y especialistas en tortura psicológica. Ellos ven a sus familiares a diario. Se van de vacaciones, quieren, desesperadamente, hacer carrera y ascender en la escala militar. Nosotras somos sus herramientas de trabajo.

Aprendieron que cada vez que nos dan una golpiza pueden dejarnos amoratadas, rotas por fuera, pero que cada golpe es una inyección de rabia que nos inmuniza contra ellos, y aun estando aquí, somos inaccesibles a sus propósitos. Por eso se van a pasar cursos a Moscú, a Alemania, a Yugoslavia, a cualquiera de los países comunistas que tienen más años de experiencia en destrozar presos y sociedades completas sin dejar hematomas, llagas, huesos quebrados.

En estos casos, lo peor siempre está por empezar, y el material humano, dispuesto a aplicar los nuevos estilos, está bien preparado para superarse a sí mismo.

¿Qué no habré visto o vivido en la cantidad de años que llevo encerrada? No es que ya no me peguen, no lo hacen con la misma frecuencia; cuando quieren ejercitar el brazo, no vacilan en jugar al béisbol o al fútbol con mi cuerpo o con el de otra. Somos el balón donde descargan sus frustraciones. Se refinan, sí, se refinan hasta donde escapa a la imaginación y su oficio es inocularte el virus del temor, quebrar tu personalidad hasta la aniquilación.

Cuando me llaman a las «entrevistas», la escenografía está muy bien montada. Entonces me siento ratón de laboratorio, diana donde se ejercitan lanzando dardos envenenados.

De las numerosas presas políticas que hemos convivido en esta eternidad infernal, algunas —no las critico— se han acogido a los planes de rehabilitación. Digo que no las critico porque cada cual es libre de saber hasta dónde puede soportar, y no debe ser juzgado por ello. Lo que nadie me va a hacer creer, ni los verdugos, es que están «rehabilitadas» de verdad. Los engañados son ellos, que se conforman con las apariencias. Las que se acogen a los planes, por lo menos las que conozco, lo hacen como quien realiza un balance en el «debe» y el «haber» de sus recursos vitales. Saben que si no se conceden ese conteo de protección, tienen menos oportunidad de salir con vida o de ganar un poco más de tiempo, de ese mismo tiempo que, mentira, no pasa igual para todo el mundo pese a que los años puedan medirse en igual cantidad.

Las plantadas seguimos tan plantadas como al principio. Asistimos a la entrada de nuevo personal carcelario, a la jubilación de viejo personal carcelario, al traslado de funcionarios hacia nuevos destinos... Cambia el continente, pero el contenido es más o menos el mismo.

Hemos hablado de los extremos del dolor y de las breves, pero intensas alegrías que hemos descubierto dentro de este lugar, que se le quedó chiquito a Dante, o que no pudo adivinar, porque la suya, aunque no mejor, era otra época. Nunca hablamos de lo extrañas que pueden ser nuestras contradicciones.

–A ver: ¿qué es lo más anhelado por un preso?

–La libertad, supongo. ¿No? Todo el tiempo esperamos que se abra la reja.

–Fulana de Tal, recoja sus pertenencias, que le llegó la libertad.

–Sí, la libertad es un foco delirante. Con el pasar de los años se convierte en una abstracción. Lo curioso es la cantidad de reacciones opuestas que se manifiestan cuando a una de nosotras le llega la ansiada libertad.

Lo primero tiene que ver directamente con la aludida, es un «¿Y ahora qué hago?» Detrás de ese «¿Ahora qué hago?», hay mucho miedo. La alegría se enreda con la sospecha de que estén jugando con tu libertad como cuando juegan con tu vida en los simulacros de fusilamiento con balas de salva.

Las que asistimos a la salida en libertad de alguna de las muchachitas, no quedamos al margen de esa marea de contradicciones. Lloramos, reímos, nos abrazamos, nos alegramos y a la vez lamentamos que una se nos vaya.

–¡Qué alegría, al fin vas a estar con los tuyos!

–Pero no te vamos a ver más.

–¡Sabe Dios cuándo volveremos a saber de ti!

–¿Y si se trata de una trampa?

–¿Si sólo es un traslado y después dicen que se equivocaron?

–No, mejor ni pensarlo, porque, si nos separan, si me mandan a otro lugar, será terrible. No creo que pueda soportar esta tensión mucho tiempo más.

–¡Muchachitas, por favor, cálmense! Así no llegaremos a ningún lado.

Entonces le pedimos a Dios que interceda para que sea verdad lo de la libertad de Fulana de Tal, para que le vaya bien, para que pueda reunirse con sus familiares y reconstruir su vida, si es que se puede, teniendo que abandonar el suelo que te vio nacer, y por el cual has dejado lo mejor de tu juventud encerrada en las cárceles de Cuba, donde debes tener a Dios bien escondido para que no intenten torturarlo, meterlo en una tapiada o darle de bofetones para ver si abdica de sí mismo.

Nos deshacemos en advertencias para que a la recién liberada no le suceda igual que a Mundita. No lo creerán, pero el salir en libertad no es garantía de nada; sigues a merced de los caprichos o sospechas del régimen. Sospechar de todos es la base de su poder, y como no puedes alegar, ni demostrar tu inocencia, el único camino que te dejan es el de poner mar de por medio y a veces, ni así.

–Bueno, pero, ¿qué le pasó a Mundita?

Ella era una eminente abogada, una mujer muy culta, con mucha clase. Su condición de abogada le permitió darse cuenta muy rápido de que los derechos fundamentales se habían abolido por decreto y, como jurista, lo hizo constar. Empezó a ofrecerle sus servicios a los que eran detenidos por conspirar que, según la mentalidad de esta gente, puede ser cualquier cosa.

Intentar huir en una balsa para enfrentarte a los tiburones, corriendo el riesgo de morir de sed, por insolación o ahogado es atentar contra los poderes del Estado, hacer contrarrevolución.

El asunto es que se arma un lío gordo con unos muchachos que detienen, y los acusan de repartir «propaganda contrarrevolucionaria» en la Universidad de La Habana, donde Mundita llegó a ser profesora de Derecho Penal.

Estos muchachos y muchachas habían sido sus alumnos y ella sabía que no estaban cometiendo ningún delito.

Va y presenta un recurso contra el Gobierno por detención ilegal, solicitó el recurso de hábeas corpus para los jóvenes. Fue suficiente para que la encarcelaran y la procesaran por ir en contra de los métodos empleados por la revolución para castigar a los «gusanos».

En los años que estuvo junto a nosotras en esta y en otras cárceles a donde nos trasladaban para ponerles el asunto más difícil a nuestras familias, Mundita no dejó de escribir cartas y protestar por las distintas violaciones a las que éramos sometidas constantemente. Se convirtió en una pesadilla para la guarnición del penal y para los jefes de la Seguridad del Estado. Para empeorar las cosas, según el punto de vista de los jefes, era católica practicante y lo decía a voz en cuello, alegando que la libertad de creencias religiosas era un derecho fundamental que constaba en la Carta Magna, la Declaración Universal de los Derechos del Hombre, de la cual Cuba era signataria desde 1948, por tanto, no podía serle negado a nadie. Era un mal ejemplo para los planes reeducativos del régimen.

Un día, para sorpresa de todas, a Mundita le llegó la libertad. Quizá intervino alguien importante. No lo sabemos a ciencia cierta.

Cuando se marchaba le pedimos, le advertimos, le rogamos que se fuera del país, pero dijo que no, que si le daban la libertad ella era y seguiría ejerciendo su derecho a serlo.

Fue mucho después, ¡y miren por dónde!, que nos enteramos de lo que pasó con Mundita.

Me llegó una carta clandestina desde Miami. Bueno, le llegó a alguien que no estaba en la cárcel y, como otras veces, se las arregló para hacérmela llegar.

No voy a entrar en detalles sobre otros temas de la carta. El asunto es que Mundita había muerto en «extrañas circunstancias». Me dicen que al principio trataron de echarle tierra al asunto de su muerte y se inventaron un montón de mentiras pero, nunca mejor dicho, la mentira tiene piernas cortas y no puede llegar lejos.

Gracias a la intervención de personas honestas, escasas pero extinguidas, supimos qué había pasado con la abogada Edmunda –Mundita para nosotras.

Habían detenido a una persona X. Supuestamente, había cometido un delito común. En el juicio, a donde ella se presentó voluntaria, trataron de darle un matiz político al asunto y Mundita, fiel a su naturaleza, allí mismo les dijo a los miembros del tribunal que estaban aplicando un procedimiento injusto e ilegal. No hizo falta más para que varios oficiales del G-2, que estaban vestidos de civil en la sala, arremetieran contra ella y se la llevaran detenida en presencia del tribunal y de los pocos familiares de los procesados que, impotentes, asistían a la farsa.

Varios días después, avisaron a sus familiares que Mundita había fallecido de un ataque al corazón. Les entregaron el cadáver dentro del ataúd, fuertemente custodiado y no permitieron que lo abrieran bajo ningún concepto. Tampoco les permitieron velarla en la intimidad.

Pero Dios es sabio y hasta a los asesinos, cuando beben de más, se les zafa la lengua. Uno de ellos, sin saber que alguien muy interesado estaba cerca escuchando, en medio de una borrachera a lo mejor mezclada con un ataque de cargo de conciencia, le contó a otro compinche cómo la habían matado a golpes.

—La cabeza, compadre. Lo peor fue la cabeza, que le explotó. La sangre llegó hasta el techo. Me salpicó la camisa, la cara... —Dicen que, obsesivo, repetía una y otra vez.

Eso fue lo que paso con Mundita y creo que justifica el miedo que nos entra cuando a alguna de las muchachitas les llega la libertad, porque será una libertad entrecomillada mientras no pongan agua de por medio, y ni así a veces logras escapar del brazo larguísimo de estos verdugos que, como todavía cuentan con el apoyo de terroristas e intelectuales europeos y norteamericanos, pueden llegar a donde menos te lo piensas y soltarte un zarpazo.

Las «libertades» las lloramos y las celebramos, todo mezclado. Pero cuando entran nuevas, por nuevas causas, sirven de termómetro para medir cómo va la cosa por allá y por acá, depende de dónde vengan. Nunca han dejado de entrar nuevas mujeres por las antiguas razones. Sólo que cada vez son más refinados los procedimientos que utiliza el sistema represivo. Superan con creces a sus maestros y retuercen los escasos mecanismos legales, dándoles formas inéditas antes de 1959. Nos dejan, como se dice vulgarmente, encueros y con las manos en los bolsillos.

La sociedad está tan rota que ya no se puede confiar ni en los propios hijos; ni en la madre a veces se puede creer, porque te «echan pa'lante» por cualquier nadería. Todo el mundo anda nervioso, asustado, nadie quiere conversar con los parientes, ni con el vecino. De Dios, ¡ni hablar!

Los crucifijos desaparecieron de las paredes encima del cabecero de las camas. Los tradicionales cuadros del Corazón de Jesús, tan comunes en los hogares cubanos, tuvieron que pasar a la clandestinidad en el cuarto más apartado de la casa, tal vez el de la abuela o el abuelo, renuentes a desterrarlos del todo. Esto en los mejores casos, porque muchos fueron a parar directamente a los basureros.

Sus lugares fueron ocupados por fotos del Máximo Líder, del guerrillero argentino, y hasta del ajeno, lejanísimo y extraño Vladimir Ilich Lenin, cuya estridente calvicie contrasta con las exhuberantes melena y barba de Carlos Marx.

¡Cuelgan el retrato de un Carlos Marx melenudo y barbudo en cualquier oficina y luego salen a la calle con las tijeras para, a la fuerza, cortarle el pelo a los jóvenes! ¡Díganme si eso no es esquizofrenia masiva!

Desde aquí no puedo asegurar que la juventud se deje crecer el pelo como protesta contra el sistema, por lo menos de manera consciente, pero las noticias de las redadas para cortar melenas y rajar pantalones ajustados son tan ciertas, como que llevo casi veinte años muerta en vida dentro de las cárceles cubanas, sostenida sólo por la fe en Dios.

Sostenida, sí, por la fe en ese mismo Dios que a la cañona, con campos de concentración, vigilancias, delaciones, negación de acceso a carreras universitarias, discriminación por motivos religiosos, luchan por desterrar de las casas, los corazones y las mentes de toda una nación.

¿Cómo se puede describir la tristeza que una siente cuando recibe cartas de letra minúscula, trabajadas con amor y paciencia, diciendo cosas como estas?

«Querida A.

Ya sabes el trabajo que paso para poder comunicarme contigo. Todo es muy difícil, no sólo ahí dentro. Yo te puedo hablar ya desde los dos infiernos. Los años que pasé en prisión fueron duros, tan duros como los que estás pasando tú todavía, pero al menos, las tenía a ustedes; nos teníamos las unas a las otras y sabíamos que Dios estaba donde estuviéramos. Aquí soy una apestada que no cabe, que no quiere caber en este caos donde las fronteras y los límites se han perdido. Antes sabía quiénes eran nuestros adversarios. Ahora, ya no sé dónde están los antiguos amigos. Te digo esto, porque hace unos días, bajando por la calle L rumbo a Inmigración, me encontré de frente con Adela. Sé que no tengo que recordarte quién es, porque las tres éramos más que hermanas. Nunca olvido que los preparativos para la Primera Comunión y la Confirmación los hicimos juntas en su casa, y que su gran anhelo era llegar a ser monja de claustro para, como Santa Teresa de Jesús, estar más cerca de Dios. Si grande fue la alegría que me dio verla, el dolor que me causó que se negara a hablar conmigo es imposible de explicar, pero sé que tú me entiendes. Confiada, me le acerqué y en cuanto me vio, se puso a la defensiva; no me dio tiempo a nada; me dijo a boca jarro: «Conmigo tú no tienes nada que hablar. Olvídate de que nos conocimos. Tú eres una traidora, una gusana, una contrarrevolucionaria». No me dejó responderle y, más rápido de lo que te cuento se largó sin mirar para atrás. Jamás, ¿sabes? Jamás le voy a creer que se hizo revolucionaria, que se quitó su fe de encima como un delantal viejo. Allá ella si se engaña, no lo creo. Peor para ella, porque me da mucha pena que tenga que pagar un precio –a lo mejor es un disparate lo que te digo– que considero mucho más alto que el que hemos pagado nosotras por mantenernos firmes en nuestras convicciones. Al menos fuimos libres en ese aspecto. Espero que Dios la perdone, y que permita que pronto puedas estar en la calle, porque te extraño mucho, de veras. Te quiere, L.»

Sí señor ¿qué comentario podemos añadir las que quedamos aquí, soportando requisas, interrogatorios, torturas físicas y psíquicas por continuar dando misas, haciendo Novenas, rezando el rosario y las oraciones en la hora del Ángelus? Sin embargo, a los que están en la calle se los ha comido el miedo. Ya no saben a ciencia cierta ni quiénes son ellos mismos.

XXI

De buenas a primeras empiezan a dar libertades una tras otra y no entendemos qué está ocurriendo. De las antiguas quedamos unas sesenta y pico, o menos. No las he contado.

Nos trasladaron dentro de la misma prisión y nos metieron en un lugar con mayores medidas de seguridad ¡hasta con doble cerca de alambre!

Un mediodía, de esos en que el sol raja las piedras, nos sacan al patio. Está la directora del penal con todo su séquito y unos señores uniformados de gala, muchos grados y medallas en el pecho. Caras nuevas para nosotras.

La directora, muy oronda, pavoneándose ante los superiores, da unas palmadas para reclamar silencio y atención.

Se limpia la garganta dos veces –Ejem. Ejem– y se dirige a las que nos derretimos como vacas en cuartones sin sombra.

–Bueno, estamos aquí para anunciarles que esto quedó congelado. –Alguien, en medio del grupo de mujeres sudorosas y sedientas, deja escapar una risotada, seguida de un comentario mordaz por lo ilógico del término.

–Con semejante calor debió decir asado. –La carcajada se hace global.

La directora –¡increíble!–, acopia paciencia y espera a que nos calmemos. Seguro no quiere perder la compostura ante los jefes. Al fin nos callamos y es ella quien sonríe con sorna.

–Sí, ríanse, porque aunque les dé risa, así es: quedó congelado. Ustedes permanecerán aquí, solas. De esta sección no va a salir nadie más, a no ser que vaya directo al plan de reeducación o cumpla la condena.

Del grupo, la mayoría estamos condenadas a veinticinco y treinta años, ¿se imaginan? El murmullo comienza a crecer, pero la directora, dando palmadas lo detiene a tiempo.

–No se apresuren. Hay más. Tenemos una nueva circular con orientaciones que cambian el reglamento de Orden Interior del sistema de penitenciarías del Estado. Según lo dispuesto en dicha circular, queda terminantemente prohibido, oiganlo bien: prohibido a partir de este mismo instante, y bajo riguroso castigo por incumplimiento:

Aproximarse a más de veinticinco pies de la cerca de seguridad. Esto se contemplará como intento de fuga.

Acercarse a uno de los árboles frutales, aunque éste no tenga ni flores ni frutos, será considerado intento de hurto a la propiedad Estatal.

Sacar cualquier tipo de alimentos del área destinada al comedor, será tomado como indisciplina grave.

No ponerse de pie en posición de firmes cada vez que entre algún oficial, sea cual fuere su rango o graduación, se interpretará como falta de respeto a la autoridad.

El incumplimiento de cualquiera de estas disposiciones será penalizado con:

Pérdida del derecho a visita, a recibir correspondencia, a salir al área de sol. Y, en dependencia de la gravedad de las indisciplinas, estarán las tapiadas, el aislamiento y el derecho que se reserva la dirección de este centro a someter a la infractora a nuevo juicio por «Desacato a la autoridad».

Apiñadas en medio de la insoportable resolana, buscamos protegernos del calor con las sombras que proyectan las más altas, que no tienen cómo protegerse. Nos miramos sin poder dar crédito a nuestros oídos. Ya nadie se atreve a soltar ningún chiste respecto al sol, al asado o al congelado.

Estamos condenadas a seguir condenadas dentro de la condena. La presunción por parte de los militares de nuestra intención de violar el disparatado reglamento, implica un castigo añadido a los innumerables castigos que padecemos.

La directora da por terminada la tortura adicional a que nos tuvo sometidas durante una larga hora y, dignamente, esponjándose como una gallina real, se larga, escoltada por su séquito de subordinadas y por el coro de militares vestidos de gala con muchas medallas en el pecho.

No cabía la menor duda de que para ellos somos menos que animales. Contemplando la posibilidad de que en sus hogares críen gaticos, perritos o cotorras, dudo que les den el tratamiento que nos prodigan con tanta largueza.

Como incontables noches, ésta también la paso en vela, pensando que debo hacer algo para equilibrar un poco nuestra situación. El instinto me dice que es buen momento para hacer una jugada ¿pero cuál? ¿Qué puedo hacer? Ahora somos menos y más aisladas.

Muchas veces, en mi vida de prisionera política, las yemas de mis dedos, desgranándose sobre la encallecida superficie del pulgar, me ayudaron a recuperar el control, a meditar a la vez que rezo un Padre Nuestro tras otro.

«Dios te salve, María, llena eres de Gracia, el Señor es contigo, Bendita Tú eres entre todas las mujeres, y Bendito es el fruto de tu vientre, Jesús.

Santa María, Madre de Dios, ruega por nosotros, pecadores, ahora, y en la hora de nuestra muerte. Amén».

Acudo al Espíritu Santo. Le pido que me ilumine el camino, esclareciendo mi mente y dándome el discernimiento necesario para saber qué debo hacer sin perjudicar a ninguna de las muchachitas. Rezo, medito, imploro, y me duermo casi al amanecer.

De buenas a primeras, siento deseos de abrazar a estas mujeres harapientas, agarrotadas por el frío de la madrugada, bultos grises que rezuman humo gris al respirar; humo gris que entra en la grisosa neblina del patio. Tengo ganas de abrazarlas, de decirles que las quiero mucho. El pecho se me expande, inhalando a plenitud la indescriptible sensación de estar viva.

Mis ojos se detienen en la doble hilera de alambre de púas, dos veces más altas que la más alta de nosotras.

De golpe lo supe. Hipnotizada, avanzo rumbo al cercado prohibido. Me detengo a unos cuatro pasos de él y, volteándome, grito:

—¡Guardias! ¡Mírenme, estoy intentando fugarme!

Las guardias se avalanzan sobre mí, reduciéndome sin que yo oponga resistencia. Me llevan a la galera y no permanezco en silencio, ¡qué va!

—¡Ustedes no son ni comunistas ni nada, son una partida de asesinos muertos de envidia! Yo soy más libre que todos ustedes juntos.

Los primeros días me sonaron. Me sacaban para ablandarme a fuerza de trompones. Me amenazaban con llevarme a las tapiadas. Yo respondía:

—Sí, péguenme. Cada golpe me hace más libre y a ustedes más esclavos, más sucios. Cada vez que me encierran en una tapiada, a ustedes les vacían el cerebro, se lo lavan para llenárselo de basura. ¡Péguenme! ¡Enciérrenme! Yo seguiré siendo más libre que ustedes.

Las muchachitas llegaron a pensar que había enloquecido sin remedio.

Las carceleras estaban convencidas de que me había vuelto loca porque, cuando me pegaban, ya no me rebelaba, no trataba de devolverles el tortazo.

Si se les ocurría sacarme al patio, corría hacia la cerca gritando:

—Miren ¿no ven que pienso fugarme?

O me largaba hasta las matas de frutas. Me estiraba tratando de alcanzar una rama, y gritaba.

–¡He, a mí, soy una presa y quiero robar un mango que la mata no tiene!

Me negaba a comer en el comedor, luchando por llevar la bandeja a la galera. Pusieron tres llaveras más a cuidarme para que no saliera del comedor con los alimentos, la orden era «si trata de salir de aquí con la bandeja deben quitársela como sea».

–Bueno, como la nueva circular no dice nada al respecto, pues me quedaré aquí dentro, con mi almuerzo, hasta que me entre hambre y sienta ganas de comérmelo de verdad.

–¡Eso no lo puedes hacer! –Grita una de las llaveras, nueva en el penal.

–¿No lo puedo hacer? ¿Por qué no, si en ninguna parte de la circular lo dice? Al que hizo la circular se le olvidó esa parte.

Cuando entra algún militar, hombre o mujer, ¡qué me importa a mí!, además de no ponerme de pie ni decir ¡firme!, le suelto en su propia cara:

–¿No ve como le estoy faltando el respeto? Pues le estoy faltando el respeto a usted, a toda su generación y al loco de la barba que tiene por Jefe Supremo. No son más que un puñado de abusadores que se aprovechan de mujeres indefensas. Dudo que ninguno sea hombre.

«Está irremediablemente loca». –Fue la conclusión de los verdes.

Acumulé más de treinta años en castigos. Lograr que los castigos fueran mayores que la condena era el objetivo de mis escaramuzas.

Las muchachitas seguían sin saber qué pasaba. Yo no les explicaba nada y me negaba a conversar con ellas. Por turno las pasaron por la oficina de la directora para interrogarlas, a ver si «aquello» formaba parte de un complot. En los interrogatorios participaban oficiales de fuera; de esos con trajes de gala y muchas medallas colgando en el pecho.

Mis buenas muchachitas, asustadas, temían por mí, sufrían con cada castigo añadido, pero no tenían nada que decir. Nada sabían.

Mi silencio no se debía al miedo a ser delatada, sino a mantenerlas fuera de sospecha. Cualquiera de ellas que hubiera estado implicada, me habría hecho vulnerable y mi plan, concreto ya en mi cabeza, se hubiera ido a volina.

Me aparté de ellas, no dejé que se acercaran ni a interesarse por mi salud.

No quiero que las vean conversando conmigo ni por casualidad. Estoy dispuesta a jugarme el todo por el todo, o por la nada, da igual. No acepto seguir así de aperreada.

Los mantuve en jaque, desorientados, quitándome jabas que ya me habían quitado. Visitas que ya no iba a tener me las volvían a quitar y de cuando en cuando, también me «sacudían el polvo» pero, en vez de ripostar, me echaba a reír. Ellos se desconcertaban todavía más.

A los veinte días juzgué que ya estaba bien hasta ahí, y pedí que me llevaran a ver a la directora del penal.

¡Qué maravilloso resorte es la locura! Accedió a verme enseguida, me trató con la cortesía deferente con que se trata a los locos (siempre hay que «seguirles la corriente».)

—Quiero papel y lápiz para hacer una carta —le solté sin rodeos—. Haré una carta al Jefe del Ministerio y le daré una copia a usted. Aquí están pasando cosas, sabe.

—¿Y me dará una copia a mí? —Mordió el anzuelo la directora.

—¡Claro!, usted manda la carta al Jefe del Ministerio y se queda con una copia al carbón.

Hasta me facilitó su oficina para escribir la carta.

«Yo, Ana Losada Ramírez, prisionera política desde 1960, condenada a treinta años de cárcel, hago constar, por este medio que, desde hoy, y hasta que Dios quiera, renuncio a todas y cada unas de las ventajas que ofrece el sistema penintenciario cubano. Renuncio a las visitas, a las jabas, a la correspondencia, a salir al sol, en fin, a todo lo que se consideren razones de premios o castigos».

Firmé abajo, le entregué la copia al carbón a la directora y ella envió el original al Ministerio de Interior porque, antes de la semana, ya estaban allí los señores de gala con el pecho lleno de medallas y cinticas de colorines.

Me mandaron a buscar y estuvieron horas tratando de convencerme del daño psicológico que esa actitud me estaba haciendo. ¡Si serán hijos de...!

¡Cómo no me voy a desbocar! Les vomité encima todo el daño psicológico con que me habían indigestado a lo largo de los años. ¡Estos eran funcionarios, técnicos en torturas refinadas, especialistas en sutilezas, psicólogos graduados en la K.G.B. y la Stasi! (¿Se escribirá así? Bueno, no importa, ustedes me entenderán. Son los servicios de la Seguridad del Estado alemana.) ¡Se atreven a darme lecciones sobre los daños psicológicos que me ocasionaré yo misma ¿Serán cabrones? (perdón.)

Había que verles las caras cuando les solté:

—Ustedes no lo entienden pero, aunque ha pasado mucho tiempo, he descubierto algo vital. Si no hay recompensa, pues tampoco habrá castigo. Los he dejado sin poder para castigarme. Y ¿qué puede hacer este gobierno cuando le quitan la posibilidad de castigar? Los he dejado sin ningún poder sobre mí. Empezaré a gritar que existe una manera de escapar del poder y del castigo de ustedes aunque nos tengan encerradas... Comprendan, estoy condenada a treinta años, si me matan, tengo menos aún que perder. Yo creo en la vida eterna, en la salvación del alma y ustedes no. Así es que, ustedes deciden.

El «bateo» fue largo. Al final, garantizaron que no me pasaría nada si tocaba la cerca, o los árboles. Podría comer donde se me antojara. Les pedí que llamaran a la directora del penal y que lo repitieran delante de ella. Lo hicieron.

Las muchachitas, en cuanto supieron qué había sucedido, se fueron sumando a la nueva modalidad de «plante». Los Jefes terminaron por abolir la absurda circular, diseñada como experimento para probar hasta dónde el miedo y la debilidad producidos por el largo encierro nos habían llevado a bajar la cabeza y aceptar cualquier disparate que les metiera entre ceja y ceja.

El día que dieron por abolida la circular, sustituyéndola por el anterior reglamento, después de reírnos muchísimo por nuestra victoria, le ofrecimos una velada a la Virgen de Las Mercedes, Patrona de los Reclusos. Durante nueve noches rezamos el rosario a la misma hora, agradeciendo al Espíritu Santo su intercesión.

Cada vez entran y salen más mujeres, pero el núcleo que dio inicio a este relato se fue desintegrando poco a poco. La idea de que en mi litera siempre habrá una (otra) Ana, Caty, Tina, Paula, Nana, Laura, Magda, Bely, Elsa, Juana, Sara... me llena de amargura y de valor.

Esta es una larga carrera de relevo, de resistencia. Mientras permanezca la dictadura, existirá alguien dispuesto a recoger el cetro y seguir adelante.

A cada cual le toca cumplir su parte y, como en las películas, es importante saber qué papel puede representar cada uno, o una, sin equivocar los roles.

¿Me creerán si digo que, después de diecinueve años de encierro anhelando la libertad, el día que llegó mi turno me sentí tan extraña, tan ajena, que de allí sólo salió mi cascarón?

Pasó mucho tiempo antes de que pudiera rescatar importantes trozos de mi yo de aquel naufragio. No, no es tan sencillo. No se pasa de una situación a otra como por arte de magia: ahora estás presa y ahora no lo estás; ¡Qué bonito! ¿Verdad? ¿Qué sientes al estar en libertad? Pues mire, siento miedo, mucho miedo, como cualquier animal en cautiverio al que después sueltan sin ninguna preparación. Vives en tercera persona y toma tiempo llenar el cascarón. Debes empezar por reaprender la libertad, primero como concepto, antes de asumir que vives «en».

Tienes que reemplazar miles de cosas, porque tu no existencia se ha desarrollado paralelamente, pero en sentido contrario a las manecillas del reloj. Ni tú ni el mundo son los mismos desde el instante en que se produjo la violenta ruptura, marcando las diferencias con rejas de barrotes negros, candados, humillaciones morales y golpizas.

El flujo de entradas y salidas del presidio político femenino cubano no ha terminado todavía. Por cada una que sale a la calle, entran dos.

Salgo yo, pero mi compromiso no termina ahí. Tendremos mucho que contar, porque las cárceles cubanas permanecen abarrotadas de nombres desconocidos por la mayoría de los mortales.

Me llevo lo perdido y lo ganado. Estos diecinueve años me pertenecen por entero. Con ellos me dispongo a armar el manto de memorias que tanto necesitaremos. Les dejo nuestra experiencia.

La cadena de sucesiones no se a roto y serán otras quienes tomen la palabra.

HAY EN MI CORAZÓN LUCES Y SOMBRAS

(SEGUNDA PARTE)

I

Y entro yo. La guardia sentada frente al buró es tan pequeña, que los pies no le llegan al suelo. Moja el pedazo de lápiz entre los dientes y anota mis respuestas a sus preguntas.

—Dígame su nombre completo, edad, sexo, escolaridad, profesión si la tiene, y por qué está aquí. Tenemos que abrirle un expediente provisional hasta que el suyo llegue de los Tribunales.

—Tatiana López Riera. Edad, treinta y cuatro años. Sexo femenino, como es obvio. —La oficial levanta la cabeza de la planilla que está rellenando con mis datos y dura, gorda, rubia teñida, espeta con asco:

—Ni se imagine que es tan obvio. Antes del mes, muchas lo cambian. Continúe.

—Graduada de la Facultad de Letras de la Universidad de La Habana. Estoy aquí por razones políticas.

—¿Razones políticas? —La oficial gorda, pequeña, de piernas cortísimas, se pone de pie con dificultad, rodea el buró y, con las manos tras la espalda, comienza a balancearse. Le molesta tener que mirar hacia arriba para verme la cara y decide ordenar que me siente.

Da cortos paseos–. Así que «razones políticas». –Se detiene ante la butaca donde yo, sentada ahora, lucho por controlar que no se me escapen las bolsitas plásticas que contienen mis pertenencias.

–Me dijo que tiene treinta y cuatro años y que se graduó en la Universidad de La Habana. Si se lo debe todo a esta revolución, no me cabe en la cabeza que esté aquí por «razones políticas». ¿Cómo pudo pasarse al bando del enemigo?

–Así son las cosas, ¿qué le vamos a hacer, no? –Parece que capta el dejo de ironía en mi respuesta. Incómoda, suelta un resoplido.

–¡Pufff! Ya veremos cuando lleguen sus papeles. Ahora, vuelque aquí lo que trae en esas bolsas y vaya desnudándose.

Otra vez. –Pienso mientras saco mis cosas de las bolsas plásticas y las deposito en el espacio que la oficial ha despejado sobre el abigarrado buró.

Ella, a cierta distancia, me mira hacer. Al llegar el turno a los libros, se acerca mostrando sumo interés. Son cuatro libros. Toma el primero: Poesías completas de César Vallejo. Lo revisa por dentro y por fuera. Lo pone en una esquinita. Toma el segundo. En la carátula brillosa, la cara arrugada con la mirada vacua, de un anciano negro. «Mi vida de negro», dice el título en letras grandes.

La oficial cortica me mira extrañada, repite la operación tacto-visual y coloca el segundo libro encima del primero. Va a por el tercero: «Sor Juana Inés de la Cruz y las trampas de la fe». Octavio Paz. En la portada, un antiquísimo retrato del Fénix de México con todos sus atributos religiosos.

Sin abrirlo, lo pone aparte de los otros dos. Pasa al cuarto: «Ilustrísimos señores», dice el título, y debajo, el rostro sonriente de Albino Luquiani con su tocado rojo, y un enorme crucifijo sobre el pecho. Una foto anterior a ser elegido Papa con el nombre de Juan Pablo I y morir meses después víctima de una sospechosa taza de té.

Lo mira por delante, por detrás, y colocándolo encima de «Sor Juana...»:

–Usted tiene creencias religiosas, ¿verdad?

–No precisamente. –Respondo sin entrar en detalles.

—Estos dos libros —señala al dúo Paz-Luquiani— son religiosos. No los puede tener aquí. Los otros, si quiere quédeselos, pero estos no.

—Pero —intento argumentar—, estos no son libros religiosos. Sor Juana es, fue una importante poetisa mexicana y el libro es un estudio que Octavio Paz, ensayista y poeta mexicano, Premio Nobel de Literatura, hace sobre la obra y la vida de Sor Juana...

Me deja terminar e, implacable, inculta, cortísima por dentro y por fuera, se aferra.

—Esto es el retrato de una monja. Aquí dice —señala con el dedito— Sor y aquí fe. No se imagine que soy boba o me chupo el dedo: este es un libro de religión, y el otro...

—El otro son artículos que el autor escribía para los periódicos cuando todavía era Cardenal. Son cartas. Cartas a Pinocho, a Alicia, la del País de las Maravillas, a Charlot; a los personajes de cuentos, novelas o películas que a él le impactaron en algún momento de su vida. No lo considero un libro religioso.

—Lo que usted considere a mí me tiene sin cuidado, esto es un cura, ¿si o no?

—No, no es un cura, es un Cardenal. —¡Qué le voy a hacer, sé que estoy en desventaja, y se me sale la burla!

—Es un religioso y basta. Se quedarán aquí hasta que vengan sus familiares. Ahora desnúdese. —Se dirige hacia la puerta.

—¡María de la C.! ¡Venga, vamos a hacer una requisa física!

Permanece en la puerta entreabierta mientras comienzo a desnudarme y pienso: «Alguien que se llame María de la C. no debe estar aquí tampoco. Es un nombre demasiado religioso».

María de la C. entra enfundada en su uniforme verde olivo y con una antología de las más bajas pasiones que pueda albergar el género humano impresa en su expresión. Da miedo hasta sentir su presencia. Mi cerebro, que no descansa, se desmanda otra vez. Menos mal que sus especializaciones todavía no llegan a leer el pensamiento.

El hábito no hace al monje. El nombre tampoco. Y delante de estas mujeres debo permanecer desnuda hasta que consideren que han registrado el penúltimo reducto de mi cuerpo.

Cabello, dientes, lengua hacia arriba, garganta, orejas. Abre las piernas, agáchate, vuélvete a agachar, puja...

La oficial cortica se entretiene en revisar mi uniforme. Los dobladillos, la tira del cuello, las vistas de los botones y los ojales; las costuras. Ahora va a los zapatos. Levanta las plantillas, pincha a ver si se esconde algo entre las suelas, soba la lengüeta después de quitar los cordones...

María de la C. me hace doblar el torso hacia adelante y abrirme los glúteos con ambas manos. Ordena que puje y me agache otra vez. Es grotesco. Me han requisado unas cuantas veces desde que fui detenida, pero nunca sentí que lo hicieran con tanto regodeo.

Cansadas de no encontrar nada comprometedor, caminan hacia la puerta.

—Vístase y recoja sus pertenencias. —Dispone la oficial cortica, evidentemente es la Jefa. María de la C. no deja de escudriñarme.

—¿Y este pez por qué cayó en el jamo, a qué se dedica? Seguro que es una «jinetera».

—No. No es una jinetera, es una «intelectual». —El dejo despectivo que le imprime al término lo llena de comillas por todas partes—. Dice que por asuntos políticos. —Responde la Jefa con desprecio.

—¡Vaya, vaya! Otra contrarrevolucionaria, y con ínfulas —María de la C. tuerce la boca en una mueca de asco y busca en el suelo dónde escupir. La mirada dura de la Jefa la persuade y guarda el salivazo para sus adentros—. ¿Y dónde la ponemos? Porque, esta debe ser de las peligrosas ¿no? Con eso de ser «intelectual»...

—¡Aquí no hay nadie peligroso, María de la C. —Corta por lo insano la Jefa—. Lo único peligroso aquí es equivocarse. Por el momento, llévela a preventiva. Estamos esperando instrucciones del Departamento.

Se vuelve hacia donde yo estoy terminado de recoger mis despojos. Está de mal humor la Jefa cortica de pelo amarillo oxigenado y me apremia.

—¡Vamos, que es para ayer!

—Ya terminé. Estoy lista. —Respondo. Cuando miro hacia donde esperan las dos oficiales, por instinto, mis ojos tratan de no cruzarse con la mirada aviesa de María de la C.

Llegamos a Preventiva y el panorama es desolador. Edades, razas, tipos, expresiones, tallas variadas, lo mismo hacia arriba que hacia los lados. Todo mezclado, todas mezcladas y el murmullo amenaza en convertirse en rugido al abrirse la reja para dejarme pasar, seguida por María de la C.

La que está más cerca de la reja se pone de pie y grita ¡Firme! Las demás, tiradas por la misma cuerda, obedecen como autómatas. El comentario más cercano a mi oído:

—No está mal, tenemos carne fresca...

La carcajada suena y, que pueda darme cuenta, sólo tres no entran en el chiste, porque hasta María de la C., la oficial encargada de cuidar el orden, ríe en connivencia con las reclusas.

Antes de marcharse, se dirige al personal que ocupa el pequeño espacio de Preventiva:

—Ahí se las dejo, cuídenla —Cambia el tono—. ¡Preparándose para salir al comedor!

—Menos mal, ¡porque tengo una «canina»! —Habla una mulata tan grande y tan ancha como una aplanadora, como complemento extra, padece de expresión torva. Se dirige a mí sin preámbulos.

—Oye tú, como te llames: ¿por qué estás aquí?

—No me llamo tú. Mi nombre es... —Me salva la campana. Uno de los tres rostros que no intervinieron en la reidera, se impone con autoridad.

—Es muy pronto para empezar con interrogatorios, Deysi, ¿no te parece?

Deysi lanza un gruñido de oso derrotado y se retira a un rincón rumiando cosas ininteligibles.

—Gracias —le digo a secas a la que intervino a mi favor— pero yo sé defenderme.

«¡Huy, qué pedante!» Pienso (que nadie se entere, por favor.) En realidad estoy literalmente cagada de miedo y me atrevo a soltar guaperías. Es que, no crean, algo sé de la mentalidad en las prisiones y no siempre quien primero sale en tu defensa lo hace por buenos motivos.

—No hay de qué –riposta la mujer seria– y me encanta que sepas defenderte sola. Bastante trabajo tengo con el paisaje tal como está.

—Vuelve a su rincón y se embosca detrás de las páginas de un libro. Desde donde estoy no puedo distinguir el título de lo que está leyendo.

Exactamente desde que entré –no, me entraron– en Villa Marista, mi cabeza no deja de jugar con los nombres, las similitudes y los contrastes.

Juego a adivinar por el aspecto cómo debe llamarse éste o aquél y mi breve estadística personal indica que casi nadie se llama como parece y que pocos tienen que ver con sus nombres.

«¡Mira que llamarse Deysi! –Monólogo interior–. ¡Con ese aspecto, y llamándose Deysi! Si esto no es incongruencia... Imagino a la mulata trituradora de pollos tiernos con un lacito rojo de lunares blancos en el centro de su cabezota. En las manos, un ramo de margaritas. La veo enamorada, haciendo pestañitas a su Pato Donald y apenas puedo reprimir la carcajada. ¡Nada que ver!».

Mi nombre tampoco tiene que ver conmigo. Alguno ha traicionado al otro. Él a mí, o yo a él. «Cuando tenga hijos –prometo– esperaré a que crezcan para que ellos escojan cómo quieren llamarse, a ver si juega la lista con el billete». ¡Eh!, un segundo, no crean que estoy loca. ¿Saben cómo se llama la guardia a quien más vi y oí maltratar a las detenidas en Villa Marista, incluida yo? Adivínenlo, a ver...

¡Pues se llama Santa! ¿Qué les parece? Santa, así como se escribe y suena.

Desde que la seria lectora intervino a mi favor, ninguna se ha atrevido a decirme ni «mu» y lo agradezco de corazón, pero en silencio. Ella tampoco ha vuelto a sacar los ojos del libro, así que tengo bastante oportunidad de adueñarme del panorama humano.

Trato de adivinar cuál de ellas está por razones políticas también. Me parece que la seria lectora no es una presidiaria común y corriente. Hay otras dos caras que tampoco me transmiten ese tono, ese matiz innombrable de la mujer presa por delitos comunes y son, precisamente, las que no se rieron con la pesadez de «carne fresca». Las demás, y sé que corro el riesgo de equivocarme siendo injusta, tiene caras de ser de «ampanga».

Salimos al comedor. Del menú mejor ni hablar. Una jovencita –tendrá quince o dieciséis años– comenta con otra cuando estamos en la formación.

–Tengo tremenda hambre y cuando pienso en ese «arroz con peligro», «asere», el estómago se me vira al revés, como si estuviera preñá.

Al tocarme el turno de coger la bandeja de calamina, grasienta, sin fregar con detergente desde el descubrimiento de América, advierto el porqué del «arroz con peligro». Es un arroz de desperdicios, del que se tira, del que no se utiliza para exportar ni para distribuir a los nacionales en la menguada cuota de una libra por persona al mes. Está lleno, lo que se dice repleto, no de pescado, si no de espinas. Cocinan el arroz con las vértebras y las espinas del pescado y lo sirven saturado de excretas de ratón, inconfundibles puntos negros dentro de la amarillenta palidez de un arroz con trastorno hepático.

Lo simpático de la conjunción «arroz+peligro», es que muchas de las jovencitas están aquí por esa causa, aunque parezca un dislate, «Peligro» es una figura delictiva inespecífica, en virtud de la cual, las neo-prostitutas (jineteras) llegan a estos tuguribios sin ser procesadas como tales. Con este ardid pretenden engañar las estadísticas y mantener el mito insostenible de que en Cuba se erradicó la prostitución desde 1959.

En «Peligro» cabe todo. Es un derivado del anterior retruécano «Condena por convicción».

No hace falta cometer el delito, basta no cumplir los parámetros al uso, no ceder ante determinado chantaje, o no compartir con la Policía del Turismo las ganancias del oficio más antiguo del mundo, y te considerarán un elemento proclive a delinquir en los próximos diez minutos. Estas causas no tienen cantidades de años estipuladas en las condenas, y los que caen bajo el extenso manto de este inciso se mantendrán en prisión sin derecho a «beneficios» hasta que los responsables del penal consideren que ya están reeducadas o reeducados, porque también es válido para los hombres.

Llevo tres días en Preventiva, pero nadie se me acerca. Sólo las dos que no se rieron el primer día –no la seria lectora– me sonríen de vez en cuando, mostrando simpatías y deseos de entablar conversación. Ya llegará el momento, pienso entre miedosa y desconfiada.

Escucho a las mujerangas discutir entre sí, ofenderse, armar gresca y conatos de guerra por cualquier minucia. Las tres distantes y distintas no intervienen, a no ser que el asunto sea contra una de las más jóvenes que, valga decirlo, las hay con espuelas de varios centímetros.

Mientras la joven esconde la cuchilla de afeitar entizada con esparadrapo hasta la mitad, para manipularla sin riesgo de herirse a sí misma, caigo en la tentación de preguntarle dónde aprendió esas artes nada marciales. Me asombra que siendo tan joven, sepa enfrentar –lo admito con cierta envidia– los acosos de las presidiarias experimentadas.

–Es la calle, tía. Estar en el fuego, haciendo la calle y huyendo de Dionisio –se justifica la del «arroz con peligro»–. Dionisio ya es una escuela. Una aprende a defenderse. Te obligan a andar ensillá, como las mulas. Los «yumas» también se las traen. Cuando se antojan de que tú les hagas trabajitos que no quieres hacer, y arriba, no quieren pagarte...

Me cuesta entender su jerga, pero la curiosidad puede más.

–¿Quién es Dionisio? ¿Qué es eso de andar ensillá? Y los yumas, ¿qué son los yumas?

–¡Vaya con la tía, parece que vive en la luna!

–Quien pregunta después se ve obligado a responder. –Es la seria lectora, quien se dirige a mí por primera vez desde el incidente del primer día.

–Tiene razón, pero por algo hay que empezar. Estamos aquí ¿no? Y la curiosidad femenina...

—Ya, ya, ya. —Corta en seco la lectora—. Sólo te advierto para que sepas el terreno que pisas —le toca el turno a la ironía— pero tú sabes defenderte sola.

—Oye, tía Virginia, ella no se está metiendo conmigo, no está haciendo nada malo —justifica la chiquilla del arroz peligroso, deseosa de entrar en materia.

—Dionisio es el Jefe de la Policía de Turismo de Varadero. Si tú chivateas para él y le das parte de lo que ganas, él no te manda «pal'tanque», pero si se molesta, te salaste. Andar ensillá es tener la navaja, la cuchilla encima, y yumas son los extranjeros, los «pepes», los que traen los «fulas». —No necesito preguntarle. Se suelta a reír de mi ignorancia en temas callejeros.

—¡De verdad que estás en la luna! «Pepes» son los españoles, los gallegos, los que hablen español. Yumas son todos los que no son pepes y fulas son los verdes, el pasto —se impacienta porque debe leer en mi cara que otra vez me quedo en blanco—. ¡Los dólares, chica. El «mony» de los gringos!

—Ya, ya entiendo. Gracias.

Es simpática esta muchachita desenfadada, con su desconocimiento de las normas éticas y sin el mínimo barniz de cultura social.

—¿Cuál es tu nombre?

—Yaremi. Es como el de mi mamá, pero alrevés. Mi-re-ya, Ya-re-mi.

—El mío es Tatiana. —Las mujeres se quedan mirando.

—¡Ñooo! Ése es un nombre «bolo». Tengo una amiguita que se llama así —hace una pausa, desconfiada—. ¿Tú no serás comuñanga, verdad?

—Ese capítulo mejor lo dejamos para más adelante.

No puedo evitar la carcajada, por primera vez en mucho tiempo, pierdo de vista el lugar y las condiciones en que me encuentro.

II

Usted no tiene principios. No sólo ha traicionado a esta revolución, que hemos construido con tanto esfuerzo, que tanta sangre nos ha costado; también ha traicionado a su familia. A su madre, a su padre, a sus hermanos...

La escucho en posición de atención, firme, como exige el reglamento, con las manos cruzadas detrás de la espalda soporto el sermón de la jefa de prisión. No respondo, sé que por el momento no espera respuesta. Se desahoga.

–Su madre, una digna combatiente de nuestras unidades; su padre, un honrado militante de nuestro Partido Comunista. Sus hermanos...

Me mira directo a la cara y le sostengo la mirada. Estoy tan, tan cansada de todo, y ella ni se lo imagina. Cumple con su «deber».

La tristeza es lo que más temo. En cuanto se instala en el centro del pecho, me va royendo el alma. Entonces quisiera que me hubieran condenado al pelotón de fusilamiento. Estoy tan, tan cansada, pero ella, la Jefa, no lo puede entender.

No entiende, pero al menos atisba la sombra del animal que se come todo lo que me queda por dentro, porque se calla, me mira, y cambia de tema.

—Su expediente llegó, pero no hemos decidido a qué pabellón la trasladaremos. Allá afuera están sus hermanos. Pidieron verla y les concedí veinte minutos.

Va hacia la puerta, la abre, y grita:

—¡María de la C., requisa física y «conduce»!

Entra María de la C. y ahora me doy cuenta de que ella es, por sus características y las mías, uno de los instrumentos de castigo adicional elegido por los «tanques de pensamiento», los cerebros de la Seguridad del Estado, que no desdeñan nada. Todo les sirve para llevar a cabo la «heroica misión» de doblegarte.

Me requisan otra vez y, con las manos a la espalda me conducen a otro departamento dentro del propio penal.

Una puerta de madera marrón, con cerradura tan doméstica como la de casa. María de la C., a quien se le ha unido otra guardia flaquita, con cara benévola, me precede en la entrada a la salita.

En el centro, sin hacer uso de las butacas de escenografía, asustados y expectantes, están mis hermanos. Por unos segundos permanecemos sin saber qué hacer hasta que la fuerza de la costumbre y del amor nos amarra en un abrazo a tres con lágrimas de acompañamiento. María de la C. y la flaquita cara benévola ya han visto lo que necesitaban y salen cerrando la puerta tras de sí. Inmediatamente controlo mi llanto y hago un rápido reconocimiento visual del entorno. Busco dónde pueden tener instalados cámaras de video y micrófonos. Es inútil, esa es parte de su especialidad. Desisto y, en el casi acogedor cuartico me concentro en mis hermanos.

Pável y Vladimir están moqueando todavía, aunque ahora ríen nerviosos entre narices sonadas e hipos. Es Pável quien rompe el silencio.

—Te lo dije mi hermana, que no te metieras en líos. Los abuelos están mal, tienen miedo por ti, por nosotros, por ellos, por papá...

Quisiera advertirles que, seguro, están filmando y grabando la conversación, pero no puedo hacerlo sin ponerme en evidencia. Trato de maniobrar para llevar yo el hilo conductor.

–Dile a los abuelos y a papá que no hay nada que temer. Hasta ahora todo va bien. Estoy en manos de la «justicia revolucionaria». ¿Por qué tener miedo? –La ironía se escurre y Vladimir me mira incrédulo.

–Tú no sabes nada. Ayer me citaron a una reunión con los directores de la beca para decirme que no puedo venir a verte, o me expulsarán. Debo renunciar a cualquier relación contigo si quiero terminar mi carrera. –Mi hermano, mi hermanito, pienso, y no intento evitar las lágrimas silenciosas, cuesta abajo abrumando mis mejillas.

–¿Qué hago, Taty? Tengo miedo. No quiero perder mi escuela. Es mi posibilidad de ser alguien. Pero no podría estar sin verte, no puedo dejarte aquí, sola en medio de todo esto. –Mueve la cabeza de un lado a otro, como si supiera. Tan sólo ha visto la cara presentable.

Pável, sentado con las piernas abiertas, los codos apoyados en las rodillas y las manos cruzadas en el centro, permanece cabizbajo, mudo.

–Yo no puedo decirte qué hacer, Vlady. Ya eres mayorcito, tienes que decidir tú solo. Lo que elijas, estará bien, si lo haces por ti. Aclárate lo de «ser alguien», porque todos somos alguien aunque no gustemos a los demás. Siempre seremos hermanos, ¿o no? –Hago una pausa para tomar aliento y vencer la punzada en el centro del pecho–. Tómate el tiempo necesario para decidir, pero tienes que hacerlo tú solo. No importa qué decidas, sabes que cuentas con mi apoyo.

–A mí –comienza Pável trabajosamente– me han dicho lo mismo en el Comité de Base de la Juventud, Tatiana, y... yo... ya tomé mi decisión. Sólo vine a decírtelo y... –ahora la pausa es mayor y el latigazo en el pecho más fuerte, más doloroso– a verte por última vez. Perdóname, mi hermana, pero no puedo volver.

El esfuerzo es supremo, el dolor, intenso, pero son mis hermanos del alma y están en conflicto. Intento ponerme en el lugar de cada uno. Son el resultado de una serie de factores que ni ellos mismos tienen conciencia de no haber elegido.

–Miren, el amor no es cuestionable ni responde a ninguna medida ideológica. Se trata de decisiones individuales, y por eso estoy aquí, por una decisión individual. Ustedes no están obligados a seguirme ni a pensar como yo. De eso se trata, de que cada uno elija hasta cómo equivocarse. El hecho es que somos hermanos y eso no va a cambiar, vengan o no a verme.

Nos abrazamos. Como si cayera el telón se abre la puerta. ¡Qué casualidad!

–Terminada la visita. –María de la C. deshace el abrazo con un deleite que no puede disimular.

Sí, fue muy difícil desprenderme de mis hermanos, conocer la decisión de Pável. En el fondo, aunque me duela, siento que es lo mejor; así correrá menos riesgos. Esperar por la decisión de Vlady, que es bien distinto a Pável y está más apegado a mí, me tendrá en vilo. Todo se mezcla en una confusión de sentimientos y necesidades en lucha directa contra la lógica.

Heme aquí. Yo, «la hombra nueva». Una de las variantes de este experimento de laboratorio con la estructuración de una sociedad. –Pienso mientras soy reconducida a mis predios por María de la C. y la flaquita cara benévola. No sé cómo se llama, ni qué color tiene su voz.

Debo aguardar al toque de silencio para darle rienda suelta a mis miedos, a mis dolores de mujer, de hermana. Al recuerdo de mi madre muerta y de mi padre militante. Y al otro, al que me asedia desde que sobrepasé estos umbrales el primer día.

III

*Y*a es silencio. *Puedo estar un poco a solas conmigo misma, o contra mí. A veces sucede. El silencio aquí dentro es también una ficción. Después del toque se amortiguan las voces, los trasiegos, pero se continúa hablando y trasegando.*

Quién sabe cuándo volveré a ver a mi hermano Pável. Qué determinación tomará mi hermanito Vladimir. Ojalá sea para su bien. ¿Podrán los abuelos, tan viejitos y tan golpeados, venir a verme cuando me corresponda la visita? ¡A lo mejor en el Círculo de Abuelos les prohíben cualquier acercamiento a la traidora contrarrevolucionaria de su nieta! ¿Qué hará papá? ¿Qué habrá dicho cuando lo citaron en su Núcleo del Partido?

Por si aún no se han dado cuenta, o tiene sus dudas al respecto, quiero decirles que sí, soy Tatiana, la hija de la guardia. De niñita visitaba no esta cárcel, sino la otra.

Me veo de pequeña, con mi cola de caballo o mis «motonetas», yendo de un pabellón a otro escudada en mi niñez y en el ser hija de una guardia, sirviendo de mensajera entre aquella mujer tan buena, tan serena, tan noble, Laura, nunca se me olvidó el nombre, y su madre, prisionera en el pabellón de arriba sin que las dejaran verse nunca.

Yo no entendía nada, aunque mamá –que en paz descanse y ahora sí lo digo de verdad– me explicara mil veces que era una gusana peligrosa. Los «peligrosos» tienen otra cara. No sabía cómo describir las caras que los niños sentimos peligrosas.

¿A qué se parece una cara peligrosa para un niño? ¿A lo oscuro? ¿A lobos que no existen en Cuba» ¿A la madrastra de la Bella Durmiente? En nada se parecían a la cara de Laura. Jamás la oí quejarse ni discutir con nadie.

Desde que entré en el preuniversitario nunca más la vi. Pocos meses después, mamá –en paz descanse– me dijo que ya no estaba allí. La soltaron y se fue para Estados Unidos.

¿Mamá también le daría golpizas a las presas? Me horroriza la idea. No vale la pena pensar en ello, si lo hizo, ya no tiene remedio. ¿Se comportaría mamá como María de la C.? No. No lo creo, todas no tienen por qué ser iguales. No lo son aquí tampoco.

Por primera vez pienso que mis encuentros con Laura y los servicios de mensajería fueron mis primeros actos de oposición, de disidencia.

¿Qué habrá sido de ella? Su mamá seguro que está muerta. Mira la mía, era más joven y se murió. Le dio un derrame cerebral por un disgusto, dice la abuela. Quizá sea mejor así. Uno nunca sabe. Tal vez se hubiera muerto de pena ahora, al verme aquí por estar pidiendo reformas democráticas, libertad de expresión, de culto religioso... y hasta para equivocarse.

¿Cómo reaccionaría Laura si supiera que yo también, tantos años después, estoy en prisión por los mismos motivos? ¡Este mundo es del carajo! Ni a mí, si me lo hubieran jurado cuando recibí el carné de la juventud, lo hubiera creído. No por conformista, si no porque nunca pensé que me iban a encarcelar. Yo no era ni gusana ni peligrosa. Sólo creía actuar honestamente, de acuerdo a los principios que tantas veces le escuché entonar a mi difunta madre y a mi padre militante.

Si por pensar me da, me desmando y entonces me viene el pálpito: si mamá no hubiera muerto de «un disgusto» también habría terminado presa. No se hubiera tragado tanta porquería. «Esteban» hablando basura hasta por los codos, poniendo el pellejo de los demás en peligro y el suyo a salvo.

Me acuerdo muy bien de la mayoría de aquellas mujeres, aunque mi afinidad era con Laura. Nada, misterios de la vida. Ellas tenían mucha fe religiosa y eso les daba fuerzas. Pero a mí, ¿a mí qué me han dejado? Me acuerdo clarito de la mulata grande. Yo, en secreto, decía que ella era Isa Montano, «La Capitana de la Aurora», igual que la protagonista de la novela que la abuela y yo oíamos por la radio a las siete de la noche. Ella era Isa Montano porque era valiente y no se dejaba meter miedo por nadie.

Recuerdo clarito una tarde en que la sacaron para la oficina y yo me escondí para oír. Le decían cosas muy feas, hasta malas palabras, y ella se defendía, no se quedaba callada. Yo no lo veía, pero escuchaba los ¡pommm! y pensaba ¡Coñó! Se portó mal y le están dando tremenda paliza.

Ella no se callaba por nada del mundo. Yo creo que mamá no estaba allí dentro mientras la zurraban. Mamá siempre estaba de mal humor en la casa ¿También se daba cuenta de que aquello era malo?

Debo estar tratando de justificarla. No quiero asumir esa parte esencial de mi vida. Mi madre fue carcelera mientras vivió. Mi padre es militante del Partido Comunista. Tiene medallas de combatiente internacionalista en África, lejísimo. Mis abuelos están viejos, amargados, y estoy al perder el vínculo con mis hermanos.

Me siento a punto de gritar como la mulata grande, «La Capitana de la Aurora»:

—¡Vamos, péguenme! Yo puedo aguantar más, porque hay un lugar en mí donde ustedes no pueden mandar: mi alma. Ahí quien manda es Dios.

Dios. Dios. Dios. ¿Dónde está Dios ahora? ¿Existirá también para mí, aunque yo no lo sepa?

Intuyo la existencia de algo más allá de esta asquerosa materia, que a fuerza de tanto «marxillazo» llega a ser insoportable...No sé cómo llegar a Dios, cómo llegar a la idea de Dios, cómo asimilarlo.

¡Qué rollos me armo yo sola! Bueno, por eso estoy aquí. Debo estar alerta, porque esta gente va a tratar de sacarle el mejor partido a los vivos y a los muertos de mi familia. Los van a poner a pelear contra mí, eso está clarísimo.

IV

La combatiente se para ante la reja gritando.

—¡Candelaria, Inés, Deysi, Yaremi y las otras, que se preparen! Tienen cinco minutos para estar listas.

Me mantengo expectante. ¿A dónde irán, mejor dicho, a dónde las llevarán a esta hora?

Es muy pronto para hacer conjeturas sobre la actitudes y la conducta general en la cárcel. Hasta aquí, la rutina es levantarse a las cinco de la mañana. Inspección y recuento a las seis, desayuno –un vaso de agua con azúcar prieta– a las seis y treinta. A las siete, las que van al taller deben estar formadas en el patio. A las nueve más o menos, llega la Jefa cortica, rubia artificial y todo se carga de electricidad. Anuncian otra inspección.

Debes tener buen «porte y aspecto» aun dentro de los rotosos uniformes de mezclilla desteñida. La cama bien tendida, nada fuera de lugar y no hay lugar, en Preventiva no existen taquillas individuales para guardar tus pertenencias.

Si la Jefa lo considera pertinente, sacan al sol a las que no están aisladas. Todavía sé poco de este lugar y sus integrantes. Las mujeres mantienen una línea invisible a mi alrededor y ni la seria lectora intenta conversar conmigo. Debe tener mi edad, más o menos. Las otras son mayores. Supe que la de edad intermedia se llama Candelaria Valdés porque, cuando la combatiente llamó por la lista, al oír que decía Candelaria Valdés, ella respondió:

—Valdés Soriano, porque tengo padre y madre. —Y fue a registrar sus cosas. Sacó un peine medio deportillado y acomodó su cabello entrecano de mulata china.

La hilera de siete mujeres partió. Sentí alivio ante el vacío temporal en la pequeña galera de Preventiva.

No pude con la curiosidad y, como quedamos pocas, me arriesgo a entablar conversación.

—¿A dónde las llevan?

—A ver a la monja. —Responde la negra ancianísima. De las tres que no se rieron el día de mi llegada. Sonríe pícara, socarrona— Toda, meno Candelaria, son hipócrita, no cren'na' pero provechan la mínima pa' sacá el tratte d'aquí. —Se ríe. Los frunces de su cara de ébano bajo el blanco casco de pasitas ensortijadas, dejan al descubierto, por boca, un agujero de recién nacido, donde no hay un sólo diente.

Hasta ese instante no me había percatado de su vejez ¿Por qué estará aquí? ¿Qué delito habrá cometetido esta señora, mayor que mi abuela? Quien por cierto, dice que un negro canoso debe ser más viejo que Matusalén.

—Así que a ver a la monja. —Hablo conmigo, para mí—. No sabía que permitieran la visita de monjas en la cárcel.

—¿Y'ónde tú saca que visita la cádcel, mi'jita?

—Bueno, este, usted me dijo —me enredé como una tonta— que iban a ver a la monja.

—Sí —su risita suena ji-ji-ji—, yo dije qu'iba, no que venía. A la monjita no la deja'entrá'quí.

—¿Y puede ir todo el mundo? —Tonta de remate, me atrevo a preguntar. —¿Qué cosa e'to'l mundo, mi'jita? —Implacable, la anciana negra me hace sentir idiota.

–Digo, las que estamos aquí. Por ejemplo, usted, yo, ella –apunto hacia la seria lectora. Sé que se llama Virginia porque me lo dijo Yaremi, la del arroz con peligro.

Por primera vez, saca los ojos de las páginas que absorben toda su atención, se me queda mirando y no es, como yo pensé, hostilidad lo que veo en su mirada. Lo que veo es sumamente difícil de explicar, de describir. La mirada de Virginia aunque es una mujer joven, es, cómo decirlo, bueno, es como... un banco de datos. Un archivo muy antiguo ¡qué sé yo! Podría llamarse de mil modos, la sensación de desnudez sería la misma. Te dejaría con el esqueleto por fuera. Es un equipo de Rayos X muy especializado.

–A mí no me permiten tener asistencia religiosa. –Se limita responder y vuelve a colar su mirada antigua en las páginas del libro.

No puedo creer lo que leen mis ojos. Tiene ante sí un libro que yo jamás pensé le permitirían tener a nadie en este lugar: «Así habló Zarathustra» de Federico Niezstche. No voy a hacer un análisis del contenido del libro, no es lugar ni ocasión para ello, pero sería interesante saber cómo los ejecutores del neo-marxismo interpretan las lecciones de este Zarathustra, al cual le han cargado muchas responsabilidades y a mi modesto entender, lo han sobrevalorado como propuesta filosófica. Me parece, creo entrever, que detrás de todo este lío de crear el «hombre nuevo» está, emparentado en una hibridación tropical, el «Super-hombre» niezstchniano. El neurótico Nietzsche no resulta buena ayuda para mantener la serenidad estando como estamos, en prisión. ¡Ni pensarlo es bueno! Sacudo la cabeza para alejar de ella a Zarathustra y a Niezstche.

¡Cómo me gustaría entrar en el tema con la seria lectora, la del cúmulo de conocimiento oscuro y silencioso en la mirada.

Opto por no abusar de la promesa implícita de futura comunicación y me vuelco hacia la anciana negra.

–¿Y usted, por qué no va a ver a la monja?

–Mi gracia e' Natividá, mi'jita. No me llevan'a vé a la monja podque soy *iyálocha*. ¿Sabe' lo que' sé *iyálocha*, mi'ja?

–Más o menos –contesto dudosa– creo que es ser como sacerdotisa, algo así, de algún santo yoruba ¿Me equivoco?

—No'stá má –ji-ji-ji– pero quié decí «Madre de Santo» ¿Tú también le da'la santería?
—Yo, Natividad, respeto todas las creencias religiosas que sirvan para hacer el bien. Hasta ahora no practico ninguna, pero algunas las he estudiado, aunque no creo que jamás pueda compararme con usted.
—Pero fíjate, mi'jita –advierte la anciana en tono de «por si acaso»– yo creo en Dio, pa'nojotro e' Oloffi, Oloddumare. Nuetra religió ne' mu antigua. Lo blanco la trajieron pa'cá cuando no' sacaron d'África. –Hace una pausa cargada de memorias y agrega–: son'elló lo' que no m'acedtan. El gobierno hace la «vista gorda» con nojotro podque le conviene ¡Yo sé bien pod qué!, pero lo' de l'Iglesia no quiere sabe' na'e *babálocha*, ni'e *babálawo*, ni'e *iyálocha*. Y yo sé que Dio e' uno pa'toos, pero ca' paí tiene su modo de vividlo, como ca' cua' habla su lengua.
—¿Y por qué está aquí? Si no es una pregunta indiscreta. –Agrego a tiempo para atajar la filosa lengua de Natividad–. Creía que, con su edad, ya no se permitía estar en la cárcel...
—Pod eso me tiene'n Preventiva hace cinco años. Toy aquí podque Ochosi quiere qu'así sea. Y ello, lo'del gobiedno, no saben qu'hacé conmigo. Tengo setenta año, me tiene'ncerrá dedde lo' sesentycinco. No m'an condenao en toavía, podque le dan ladga' y ladga.
La viejecita se encoje. Tristísima ahora, decide dejar a un lado su mordacidad.
—M'acusan'e habé mata'o a mi marí'o. Yo sé que e' una venganza de Ochosi, porque incumplí con é, y é eje'l dueño e la' llave' e toas' la' prisione.
¡Fíjate tú, mi'jita, qué cosa' pasa en'l mundo! Cuando'staba en la calle, iba'l iglesia, a rezá pod mi' muedto' y pod tos'los muedto. ¡Yéso que no me' metí'o con'el badbúo. Ni loca. Ése'stá bien cadga'o!
La picardía de su expresión y la mirada furtiva con que pretende amarrarnos a Virginia y a mí, me dice que Natividad también es de las que sabe más de cuatro cosas.

—¿Qué le hace pensar que yo me metí con él, Natividad?

—Muchachita, muchachita —la anciana mueve la cabeza de un lado a otro, como si dijera que no a una sombra interior–. Eto'sojo que se van'a comé la tierra ha vidto mucho. Yo no' dicho na. Yo, mira —dice, mientras va señalando los órganos según cada función– aquí soy ciega —ojos– sodda —orejas– y muda —se posa la manita plisada sobre la desdentada boca– Pero mi'jantepasao' tiene un refrá que' veddadero como e' so qu'alumbra allá'juera: «Pájaro que huye morí de noche, cae de mañana». E' má, tenlo presente, podque te va'cé falta: «El que sabe, nunca muere como el que no sabe».

Me quedo de una pieza. Tanta sabiduría heredada no puede ser por gusto, porque sí. Eso tiene que formar parte de cierta «proteína histórica».

David se reía cuando yo empleaba ese término para cualquier asunto de herencias ancestrales que escapara a mis limitados estudios sobre el tema y sus funciones.

Virginia ha dejado de leer y nos observa con curiosidad. Aprovecho la oportunidad y me lanzó a intentar comunicarme con ella.

(Les advierto que me asusta, que me crea cierto desasosiego y la desagradable sensación de estar descubierta de antemano.)

—¿Qué estás leyendo? —Mal comienzo, siento en cuanto me mira. Sonríe sin pedantería, sin agresividad, más bien con tierna ironía.

—Lo que se sabe no se pregunta, Tatiana. Te mueres de ganas por comentar lo que piensas del libro que estoy leyendo y de su autor. Eso no es tan importante. Lo estoy releyendo porque le encuentro cierta relación con el caos que vivimos los cubanos. Además —encoge los hombros– ya no me queda ningún libro nuevo...

—Tienes razón, pero a veces soy muy tonta, y las personas como tú me intimidan.

—¡Nunca me meto con nadie, casi nunca salgo de este rincón y siempre pasa lo mismo! —Debajo del sarcasmo de su protesta, leo su antiquísima soledad–. Te juro que entre las causas de mi prisión no está el que me hayan encontrado un cementerio particular, ni traficar con órganos humanos para uso gastronómico.

—¿A qué te dedicas? —Suelto a quemarropa, cansada de mis miedos.

—Ahora me dedico a ser prisionera a tiempo completo. Antes de entrar aquí, mejor dicho, antes de que me entraran —sonríe como debió sonreír el primer hombre que se puso de pie y contempló el cielo sin que el sustento fuera su única gran preocupación— era una «ama de casa, una escritora casi desconocida, que padecería de neurosis histérica y mantenía una dudosa conducta moral». Cito textual. —Concluye con dolor y burla.

—¿A quién citas textual? Esos no son delitos. —Mi bobería me saca de quicio y ella, paciente, esta vez se ríe sin trastienda.

—¿Qué más da que sean delitos o no? Es la versión oficial del número tres del gobierno. ¿Y tú, a qué te dedicabas antes de formar parte de esta cohorte de camufladas de azul? —Se lanza, decidida a cambiar el blanco de atención.

—Soy licenciada en Letras. Filología Hispánica, exactamente. Se me ocurrió hacer una investigación sobre el lenguaje como instrumento para influir y alterar la conducta humana. Era un estudio muy serio. Pero resultó más serio de lo que yo creía, porque —Virginia acaba la frase por mí.

—Tiraste del hilo y te condujo hasta aquí. Procedimientos básicos. Esquemas.

Están al tanto de todo el que esté interesado en investigar. Cuando más o menos saben de qué va el tema, empiezan a rondarle, después le ofrecen villas y castillas para que trabaje en determinado proyecto. Si acepta, le mantendrán bajo estricto control. Si da con algún asunto que pueda ponerles al descubierto y no es de su entera confianza, quién sabe a dónde vaya a desaparecer. Si no acepta, y empieza a convertirse en un peligro por sus conocimientos, le cerrarán todas las puertas. No quedan más que dos caminos: hacer cosas para reclamar la atención pública internacional y protegerse un poco al menos, o montarse en una balsa y tratar de llegar con vida a las costas de La Florida. —Lanza un resoplido de hastío— Todo parece indicar que tu optaste por lo primero ¿O me equivoco?

Me deja pensativa. Recuerdo a mi amigo Mariano Forcades, que llegó a dirigir el Instituto de Investigaciones Parasicológicas, interés muy personal del loco número uno, y las cosas que me contaba que sucedían allí. Yo no le hacía caso y decía que de tanto buscar en el más allá, en los mundos paralelos y en los fenómenos paranormales, Mariano estaba «tocado del queso». Meses después tuvo que salir huyendo con cuatro horas de ventaja, porque lo fueron a buscar a su casa con un inmenso despliegue militar. ¡De algo tenían que servirle sus conocimientos!

En torno a él armaron una campaña de desacreditación, desproporcionada pensaba yo, porque la mayor parte de la gente no sabía ni quién era ni a qué se dedicaba. Por suerte, está vivo y lejos de esta basura. Decir que está a salvo es un eufemismo. Ya aprendí la lección.

La voz de Virginia me saca de las reflexiones donde he perdido el rumbo:

—¡Eh, oye, vuelve en ti! No estás obligada a responder.

—No, si no se trata de que no quiera responder, sino de que diste en el clavo y pensaba en un amigo muy querido que hablaba un poco como tú. Yo no le hacía caso, creía que era un fanático medio loco. —Me recojo el pelo, que empieza pegársemea la nuca con el sudor y enciendo un cigarrillo—. No, no te equivocas, elegí la segunda opción, hacerme lo más visible que pude para obligarlos actuar al descaro, a cara descubierta...

—¡Ta´bueno´e cháchara, ca´hí viene la´ religiosa, ji-ji-ji. Debe sentidse mu purificá. ¡Ya verá´entro´e un rato! —Advertencia, risa y comentario jocoso de Natividad, que no intervino en la conversación, pero la bebió con todas las arrugas de su piel.

Entra el grupo de mujeres y por el jolgorio que traen, parecen llegar de una fiesta, no de una sesión religiosa. En medio de la confusión Virginia ha vuelto a sumergirse en el inmortal discurso de Zarathustra.

—¿Tú tienes creencias religiosas? —Me atrevo a preguntarle.

—Sí, tengo creencias religiosas. Creo en Dios, y en los hombres, a pesar de todo.

–¿Entonces, por qué no vas con la monja?
–Te dije que no me dejan ir, que no me lo permiten. Prueba tú misma y ya verás –su cara se torna sombría–. No creo que yo esté aquí para ver el resultado...
–¿Por qué lo dices? –Susurro.
–Sexto sentido, Tatiana, intuición femenina. –Suelta una risa franca, contenida a medias y se calla para volver a entrar en la carátula marrón que, como un parabán, sostiene entre las manos.

Me encojo de hombros y también trato de huir del bullicio de las mujeres. Del grupo, sólo Candelaria Valdés Soriano, la mulata china de cabello entrecano que además tiene padre y madre, está en su habitual rincón, junto a Natividad, que ha vuelto, con todas sus arrugas, al lado de su inseparable.

Están juntas, silenciosas y Candelaria tiene los ojos hinchados, como si hubiera estado llorando. El gesto de sus manos me remonta a escenas muy lejanas, donde otra mujer dejaba caer todos sus dedos, uno tras otro, sobre el dedo pulgar infinidad de veces.

Del otro lado, yo la miraba hacer con sus dedos, sin cansarse y sentía que, a pesar de las rejas, ella no estaba allí. Me moría de ganas de preguntarle qué hacía y por qué, pero no me atrevía. Su aspecto serio y distante me imponía respeto y hasta algo de miedo. Le temía y la admiraba. En mis juegos con las otras niñas del colegio, cuando decía: Yo quiero ser Isa Montano, «La Capitana de la Aurora», sino, no juego, pensaba en ella y quería parecérmele.

Me hace gracia y me produce una profunda tristeza este recuerdo, porque éste, querida «Capitana», es otro tiempo. No es que sea mejor o peor que el que tú viviste, pero sí le falta el brillo que tú, ustedes, lograron conservar. El germen ha calado hondo, muy hondo en nuestra lobotomizada sociedad.

Ustedes lucharon por tratar de evitarlo, nosotras luchamos ya con las secuelas del mal sobre los hombros, en las mentes, en los corazones. Trabajamos dentro de un tejido social enfermo por la maligna inteligencia que certeramente ha dirigido sus municiones hacia donde más daño podía hacernos.

V

La he mandado a llamar porque se acerca su visita y tenemos un problema...

Esta vez su tono no es más amable, sólo menos despectivo. Me ha pedido que me siente y hasta me ha ofrecido un cigarrillo. Enciende el mechero de color rojo, a tono con las flores plásticas que, dentro de un florero pequeño encima de su buró, se aburren por contraste con tanto verde. Prende su cigarrillo y, en extremo cortés, me pasa fuego directamente de su mano. Exhala una bocanada inexperta.

–Su hermano Vladimir ha renunciado a la Escuela Vocacional Lenin y al proceso para militar en la Juventud Comunista –el corazón y el estómago se me juntan en un mismo salto. –Usted no ignora lo que eso significa para el futuro de su hermano en este país, ¿verdad?

–No, por desgracia no lo ignoro. El error está en ponerlo a elegir entre su hermana, su carrera y su destino. Yo no tengo nada que ver en esa decisión...

—Lo sabemos —se le escapó, porque trata de enmendar—. Ejem, ejem: yo no la creo tan irresponsable como para aconsejarle una cosa así. Pero, es posible que usted pueda convencerlo de que desista. Hágale saber todo lo que arriesga.

—No sé si pueda, ni siquiera sé si deba, porque respeto demasiado las decisiones de los demás, aunque sea mi hermano pequeño. El es dueño de equivocarse o de acertar. Mi condición de hermana sólo admite llegar hasta la categoría de cómplice en cualquiera de sus decisiones.

Se nota que me le escapo al control que inicialmente creyó tener sobre mí. Se retuerce, cortica e incómoda dentro del uniforme de campaña verde olivo.

—Usted verá qué hace, pero le advierto —y aquí vuelve a ser la del primer día, dura, corta por fuera y por dentro, cruel— que usted será la responsable de lo que en el futuro pueda sucederle a su hermano.

El golpe enfático de la mano regordeta sobre el buró indica que está acompañando su última palabra, no obstante me atrevo. Quiero ser aséptica, neutral en el tono.

—Quería aprovechar su amabilidad para comunicarle que quiero recibir asistencia religiosa.

¡Qué va a mirarme! ¡Me fulminó con un rayo verdoso!

—Aquí consta. Usted dijo que no tiene creencias religiosas.

—Creo, si mal no recuerdo —me arriesgo a enmendar— que ahí debe constar que digo «No precisamente», y eso no es ni un sí ni un no.

Sé que no tengo las de ganar. Ella, la jefa, se enreda con el galimatías que he armado y no quiere discutir. Tajante:

—Solicítelo por escrito. Es el procedimiento indicado.

Con un movimiento de cabeza le anuncia a la combatiente que puede desaparecerme de su vista, del penal y del mundo si le viene en gana. El caso es que me saque de allí.

Salgo rumbo a la galera de Preventiva acompañada por una guardia que no es María de la C. —está de vacaciones— pero que me lleva colgada de un brazo por encima del codo y por tramos me regala un empellón.

La visita fue tan amarga como lo esperaba, no me sentí frustrada. Los abuelos se preocupan por Vladimir, que se mantiene en sus trece. Se preocupan por mí, pero no hacen ningún reproche. Pável me manda a decir que lo siente, que me quiere mucho, pero que «aquí la cuestión es escapar». Los abuelos sufren por las discusiones entre Vladimir y Pável, sufren por mí, por ellos, por la memoria de mamá. Por su vejez sin expectativas y porque, aunque no lo nombren, saben que todo ha sido una burla cruel, un rotundo fracaso cuyo final es impredecible. Yo me conformo con que no se deshagan en reproches. Bastan los que me propino día y noche yo solita.

Vladimir dice que su decisión es irrevocable y al escuchar una palabra tan grande en boca de mi hermanito, siento un cosquilleo en el cual se confunden temor, orgullo y sorpresa. Ya es un hombre. Continúa siendo el menor de los tres, pero «irrevocable», del modo en que lo pronuncia, es una decisión de adultos.

Trajeron comida. Arroz, frijoles negros, pollo asado, boniato frito... un verdadero festín que no logro pasar por mi tráquea.

–¿Y papá? –Al fin pregunto como quien camina sobre un nido de huevos.

–¡Él fue quien cocinó la comida! –Habla con orgullo el abuelo–. Pasó la noche cocinando para ti. Viene la próxima visita, porque hoy éramos muchos y no lo dejaron entrar.

Quizá fue mejor que la comida no me llegara al estómago, porque no sé qué hubiera pasado, me hubiera pasmado del susto. Es increíble. Jamás pensé escuchar aquella declaración implícita de solidaridad y apoyo por parte de mi padre.

No les permití que me dejaran la comida. Tanto insistí, que se la llevaron. Con lo que trajeron pueden comer dos días. «La cosa está que horripila y mete miedo de verdad. Vamos a ver como de hambre un ratón se morirá...» Decía una canción infantil que de niña me gustaba mucho. De buenas a primeras desapareció de las radioemisoras del país. La consideraron alusiva y, por tanto subversiva, aunque tenía más años que Liborio o el Bobo de Abela, que también desaparecieron en las caricaturas de humor político, tan cubano antes de 1959.

VI

Pasan los días y no me llaman para darme respuesta a la solicitud de asistencia religiosa. Lo comento con Virginia quien, terminado su Zarathustra, se conforma con leer «Mi vida de negro», que le presté mientras le contaba la anécdota del primer día con la jefa, Sor Juana Inés de la Cruz, Octavio Paz y Albino Luquiani. Se rió, pero no todo lo que yo esperaba. Su comentario al consumir la parte simpática del cuento me dejó confusa. Se puso seria, respiró hondo por la boca, como hacemos los que almacenamos mucha angustia.

–La pobre. No es más que una piedra verde a quien no le han dejado la inteligencia ni como concepto. Una bolita de obedecer sin cuestionar...

Lo de bolita me arranca una carcajada sonora que, al pasar, arruga mi entrecejo.

–¿De veras sientes compasión por esa mujer? Ella está aquí por su voluntad, tú y yo no. Ella podría golpearnos y hasta matarnos si se lo ordenan, no creo que ni tú ni yo seamos capaces de obedecer semejante orden. Ella tiene toda una guarnición armada, nosotras estamos indefensas, sin otra arma que nuestras cabezas y el sentido del humor. ¿De verdad le tienes lástima? No lo puedo creer...

–No lo creas, porque no es lástima lo que siento por ella, es compasión por el lamentable papel que le toca jugar en este absurdo. Todo depende del ángulo desde donde lo mires. Esto es su rutina. Nosotras saldremos de aquí mejores o peores como personas, depende de nuestra elección. Ella, cada vez será más corta y más verde. Cada vez se parecerá más a las reclusas comunes. La elección proviene del conocimiento y la bolita de piedra verde está muy lejos de rodar hasta esa categoría. Le rompieron el mecanismo y no tiene conciencia de ello. ¿No es razón suficiente para sentir pena? –Su tono denota cierto malestar.

–¿Por qué te enojas? ¿Sientes que te cuestiono? Si es así, te ofrezco mis disculpas. Sólo es curiosidad. Normalmente las personas nos movemos por pasiones extremas, no es común escuchar que alguien se exprese así desde una posición desventajosa.

Me escucha con atención y se suaviza. Su mirada no deja de impresionarme. Sentiría igual si le quitaran los vendajes a una momia egipcia en mi presencia. Es como estar en contacto con el origen del misterio. Es una mirada primigenia. ¡Bah! Tanta palabrería para no poder explicar nada.

–A veces me siento tan cansada... es como si viviera varias vidas a la vez, como si arrastrara conmigo y con mis errores desde hace cinco mil años por lo menos. –Habla consigo misma. Yo sólo soy un pretexto–. Lo peor es el cuestionamiento perenne. ¿Cuál es el sentido de todo esto? ¿Para qué todo esto? Lo mismo da aquí que en Berlín, en Yugoslavia, en Argelia, en Irán o en Irak... ¿Para qué? ¿Cuál es el motivo, la razón ultérrima que hace que nos despedacemos sin cesar unos a otros, si todos acabaremos en el mismo lugar, la duda, el agujero, el túnel, la nada... como quieran llamarle. ¿A dónde nos conduce todo esto? Por ejemplo –ahora sí me mira de frente–. La piedad o el odio que sientas por la jefa ¿pueden alterar su imbecilidad, pueden hacer que los roles se intercambien así, como por arte de magia? No, ¿verdad? ¿Y entonces? Sólo pensar que esto es para mí un accidente casi elegido y que para ella es su vida diaria, entera, su máximo nivel de aspiración en la escala de valores del sistema, me produce vértigo.

Tengo mucho que aprender, es lo único que se me ocurre pensar mientras la miro ir a su rincón con la vida del negro entre sus dedos. Ha cambiado el color de su parabán, pero ella se acurruca allí, detrás de las páginas impresas, para seguir con sus porqués y sus paraqués.

Yaremi viene hacia donde estoy, con su juventud, su desfachatez, y no me pasa por alto la mirada lasciva que Deysi y otra pelirroja doble ancho le lanzan al pasar. Un amago de náusea se me forma en la boca del estómago y una sombra, un mal presagio me cruza por la frente.

—Tía, usted debería pedir que la saquen al taller, que la llevan a ver a la monjita. Mire, están organizando una actividad cultural y todo eso son puntos que usted acumula para los «beneficios»...

—¿Ir a ver a la monja también te lo anotan como un «beneficio»?

—No, eso no, pero, como es en la parte de los hombres, una la pasa suave viendo a los papis, ¡que están de miedo!

—Espérate, espérate, no entiendo nada: ¿tú vas a ver a la monja, o a ver a los papis? ¿Cómo es la cosa? Explícame despacio.

—Si está clarito: yo voy a hablar un poco con la monjita y de paso veo a los papis. Al cuartico de la monja nos entran de una en una. Yo siempre quiero ser la última, porque estoy más tiempo afuera y veo a los papis que van y vienen.

Me gusta la monjita, pero no me gusta que siempre haya una guardia dentro. Una no puede hablar a solas con ella, dicen que es para protegerla, que lo hacen por «medidas de seguridad».

—Entonces... tú no eres creyente, no crees en Dios.

—Mire, tía, con el debido respeto, yo creo en tener la barriga llena, en ponerme la ropa que me gusta y en encontrar un yuma o un pepe que se case conmigo y me saque de este país de... —Mira su entorno. Eleva la voz, retadora—. ¡Mejor me callo, porque aquí las lenguas saltan solas. Hay algunas que si se la muerden, se envenenan!

—Déjate de alardes y explícame lo del trabajo y lo de la actividad cultural. —Atajo a tiempo una nueva trifulca, donde saldrán a relucir cuchillas entizadas, malas palabras, madres mentadas, previos a los tirones de pelo, los arañazos, las mordidas y al final, las tapiadas. Yaremi arregla con esmero los tachones de la «saya caballo» o falda pantalón del uniforme reglamentario, planchadas con espuma de jabón y las palmas de las manos hasta quedar encartonadas y filudas. Ese detalle forma parte de lo que es considerado «moral» en la ética de la presidiaria común. La pulcritud del uniforme, el abundante talco alrededor del cuello y la limpieza del aspecto son detalles por donde se miden las categorías. Hay otros pormenores preocupantes dentro de esta pseudo-ética. Los del planchado y el talco son distinciones inofensivas.

–Lo de salir al taller tiene que hablarlo con la directora o con la jefa de Destacamento –duda un instante– a lo mejor lo de participar en la actividad cultural también. ¡Usted es tan rara como la tía Virginia!

–Ni te molete´n preguntá –salta Natividad desde su agujero– po´ lo meno, lo de trabajá; no te van´a deja´i´al tallé. A ella tampoco –señala a Virginia– pero lo ´e cudtura, lo mejó si. Siempr´e lo midmo, mi´jita, me lo sé ´memoria.

–¿Y qué es lo que hacen? ¿Cada cual puede hacer lo que quiera?

–Ji-ji-ji –esta vez empezó por la risa, que se prolongó más de lo habitual. No la reproduzco porque resultaría aburrido tanto ji-ji-ji en una misma página. Cuando logró calmarse, chocó la palma de las manos en un Alabado sea Dios y me habló como si de verdad yo fuera tonta sin remedio.

–Mi´ja: ¿ónde udté se cré que´stá? ¿Toavía no le´ntra en la mollera que usté está en´l tanque, en´l presidio? Aquí naide pué hacé lo que quiera. Si no, yo mi´ba pa´mi casa –otro poquito de ji antes de continuar–. A´principio me dejé babeá con la´jactividade cudturale, ¡na´má que hadta que me dí cuenta! Dispué, le zafé´lcuedpo.

–¿Se dio cuenta de qué, Natividad?

–Yo, mi´jita, soy iyálocha ante que mucha de´sta fulana fueran pería po´su madre. Lo c´acen con lo toque y lo canto, es limpiadse´lla. Ponen a la´presa´ bailá y cantá´ lo´Santo pa´cedse limpieza; iguá cuando la jefa manda´tirá´gua pod tos´lao. Dedd´e primerito d´arriba –se toca el hombro izquierdo con los dedos índice y corazón de la mano derecha, indicativo de poderoso, de «pincho»; otro modo de referirse al Líder sin nombrarlo– toíto, lo juro pod e´ta crú –besa la cruz que forma con sus índices– etá bie´nasegurao y tié padrino y madrina. Hace la vitta godda con lo´santero. Se peleó con l´iglesia po´tra razone, pero ése n´olvida na´ni peddona na. La mayoría de´sta mujere que se viste con lo traje´lo´Santo y sale´na tocá, a cantá y bailá, lo hace pa´él y no lo saben. Si no, fíjate´n la guaddia se´día, sobre to´en´esa María de la C., que´s la midmitica pata´el diablo –se persigna– y no po´la santería, éso no e´malo pa´naide, pordque se revira. ¡Cómo recoge pa´cé lo suyo dispué!

Yo pienso: Nativida, tu´ta mu vieja ya pa´que ninguna de´sta, que naciero ayé te coja pa suja´sunto, di que yas´tá mu mayó pa´cel ridículo.

—¡Pues a mí me encanta bailar Ochún! –salta Yaremi con su característica displicencia.

—¡Claro, te tié que gudtá Ochún, unque no´ntienda ni papa´e lo que sinifica!– Rezonga Natividad–. ¡Edta «culicagá» no ha ladga´o la tripa e´lombligo, y ya lo quié sabé to...!

Yo sé por qué lo dice. Algo sé de la Regla de Ocha y sus estrictos mandamientos, pero, en honor a la verdad, ¡de ahí a practicarla o a tener conocimiento de sus bailes, toque y cantos...!

—A mí me gustaría, pero no sé ningún canto, ningún baile, y tampoco creo que me permitan participar.

—Si quieres oír consejo –interviene Virginia desde la distancia– te recomiendo que no te metas en nada de eso. Ellos lo utilizarán en tu contra en todos los sentidos imaginables. Aunque te hagas la tonta, sabes a qué me refiero.

Sí, Virginia tiene razón. La práctica me iría enseñando el resto.

VII

Todas las tardes, después que regresan del trabajo, las mujeres se ponen a ensayar en el patio cuadrado. De los nuevos ingresos, algunas no saben cantos ni bailes, pero se esfuerzan por marcar la cadencia, la sensualidad de cada ritual.

La negra que canta tiene una voz privilegiada y los colmillos sobresalientes sin ninguna otra compañía. El riesgo está en que, de continuar a ese ritmo, el día de la actividad la negra seguirá con los colmillos solitarios, pero no tendrá voz.

Detrás de la reja observo, aprehendo, aprendo, no dejo escapar detalle. La música me estremece con su intensidad. La coordinación de tambores, voces y movimientos me despiertan en la sangre un no sé qué antiguo, salvaje y lleno de misterio.

Algo de mis raíces debe aflorar por esa vena, a pesar de la blancura rosada y pecosa de mi piel, del castaño claro de mi pelo y de mis ojos de gata barcina, como dice mi hermano Pável.

La tarde de la actividad nos sacan a todas al patio, cercado de alambres de púas y fuertemente custodiado por centinelas, hombres y «hombras». El sol, implacable, nos aplasta contra el suelo cementado. ¿Por qué no lo hacen por la mañanita, o por la noche? Caramba, más parece un castigo que una celebración.

Empiezan los tambores. Los colmillos solitarios y sonoros cantan. Han hecho un círculo y, en el centro, vestido de rojo y negro, Elegguá, el dueño de los caminos, niño travieso, empieza a moverse, a danzar al compás de los tambores y el coro de voces:

—¡Elegguá ohhh! Elegguá oh ñañá, Azoquere mazoquío, ¡Elegguá oh ñañá!

Termina el canto, Elegguá se marcha haciendo travesuras, dando volteretas. Cambia el ritmo de la percusión y entra en escena Oggún, el Guerrero, señor de los montes y del hierro, vestido de negro y verde, con un machete en la diestra levantada.

—¡Oggún guerrero me llamo yo! ¡Yo me llamo Yaoquenque!

Baila, despliega su fuerza, su sensualidad, no parece una mujer disfrazada.

Ahora, un silencio extraño que no entiendo. A mi lado, Natividad explica.

—E' que' hora entr' Ochosi, e' Cazadó, con su pájaro. Ochosi eje'l dueño e' la prisione y la mujere est' nasustá.

Llega vestido de azul oscuro y oro, trae un arco y una flecha en la mano y baila en círculos, tensando el arco, persiguiendo y apuntando al pájaro, que mueve los brazos, aletea hasta que cae, alcanzado por la flecha del Cazador:

—¡Ochosi, oí-oá, a la moddancé! Ochosi, oí-oá, a la moddancé...!

En la sucesión de Santos, voces y ritmos le corresponde por turno a Obbatalá, Señor de todas las cabezas, impecablemente de blanco, que se presenta como un anciano, doblado, con la mano apoyada en la cintura. Sin apenas poder moverse, se balancea.

Después Oyá, la dueña de los cementerios y del aire, vestida de marrón y con falda de listas de muchos colorines. Salta, azota con una especie de plumero-látigo.

El ambiente se distiende desde los primeros compases. Vestida de amarillo, con un abanico del mismo color, el cabello negrísimo suelto, la sonrisa provocadora; sacudiendo la mano derecha, donde exhibe cinco aros dorados va, contoneándose, moviendo las caderas, el abanico, las manillas, todo a la vez, Ochún.

–Yeyé, Yeyé Maru... con sus manillas de oro... Yeyé, Yeyé Maru, con sus manillas de oro...

Hace como si se untara miel y de paso, la unta también a las presentes.

Yaremi lo logra, lo hace muy bien. Siguiendo su danza en círculo alrededor del «respetable», tropiezo con tres pares de ojos que me hielan las tripas. Pentenecen a Deysi, a la pelirroja doble ancho que siempre la acompaña y... a María de la C. Otra vez, un susto, un no sé qué de angustia me recorre.

Se va Ochún, con sus manillas de oro, riéndose a carcajadas, y azul, vaporosa, elegante, distante y distinguida, entra la dueña y señora de los mares y de la buena fortuna: Yemayá.

Baila con el torso erguido, pero logra reproducir, con el amplio ruedo de su falda azul y blanca, el movimiento de las olas del mar.

–¡Corre el agua, corre el agua, corre el agua, Yemayá...! –De un balde que le alcanzan del público, empieza a salpicar a todos los que están cerca. ¡Natividad se las sabe todas! Las guardias se acercan sin ningún disimulo a recoger el agua que Yemayá va salpicando sin dejar de bailar.

Empiezan a imitar sonidos de truenos, de rayos. Poderoso, rojo y blanco; en la mano alzada un hacha dispuesta a descargar el golpe en cualquier instante, entra Changó. Para los cubanos, el símbolo del varón por excelencia.

Su danza es guerrera, fuerte, ostentosa. Un pie delante del otro, da vueltas en círculos blandiendo el hacha.

–Hora viene lo´ ibeyi, lo´ mellizo, que le´ gudta bailá con Changó. Dicen que´l que mat´un mellizo, tá condenao, podque Changó no lo peddona. –Natividad me instruye sin cesar y yo estoy fascinada. No es lo mismo en los libros, en las conferencias de estudiosos y folcloristas.

Entran dos reclusas pequeñitas, casi del mismo tamaño, y empiezan impunemente a meterse con todo el mundo, visten como niños. Algo nota Natividad en mi cara, porque me da un codazo.

—És´en´l que tú piensa, mat´un mellizo y la va´pagá, pero ése´stá bien preparao, no´s tan fáci, podque´l se vA´frica a hacé lo suyo. ¡Y cierra la boca, parece boba! Edto e´ un´imitació, si no ha´stao n´un toque e veddá, hate l´idea e que no ha´ vidto na.

Terminó la «actividad cultural» con algunas reclusas que cantaron, no del todo mal y después, con la radio conectada a una bocina, pusieron música popular. Algunas empezaron a bailar entre sí.

Al rato, dieron la orden de formación y recuento y cada cual para su galera después de ser contadas y recontadas porque, me enteré, en más de una fiesta se han producido fugas aprovechando disfraces, movimientos y confusión.

VIII

*T*atiana *es inteligente, pero ingenua. Están al sacarme de aquí, porque en estos momentos no les conviene que estemos juntas. Tendrá que aprender a defenderse sola. Están preparando algo. Está al llegar, de esta semana no pasa y estas fieras pueden cebarse en ella y en la otra, la Yaremi, pobrecita. ¡Mejor ni pensarlo!*

Por suerte ha hecho buenas migas con Tatiana, que será ingenua, pero no le faltan ovarios. Lo de Natividad y Candelaria no tiene remedio, se pudrirán aquí. Plancho mi falda a la usanza del presidio. Tirada en el suelo, con un pedazo de jabón amarillo y una latica de agua, hago una espuma gorda. Con un trocito de trapo, de los recortes que traen del taller para limpiarnos el trasero y para la menstruación, empapo bien los tachones de la falda. Cuando la espuma se condensa, paso la palma de la mano muchas veces, hasta dejarla lisa. La pongo a secar. De tan rígida, se puede sostener sola y me quema las corvas; las mangas de las blusas me queman los codos, los hombros y alrededor del cuello. Están diseñados para la incomodidad, para no olvidar ni un segundo dónde estás.

–¿Quiere que se la planche yo, tía Virginia? –Yaremi está de pie a su lado.

–No, Yaremi, gracias. Candelaria también se me ofreció, pero esto debe hacerlo cada una, a no ser que esté enferma, eso ya es otra cosa. Acuérdate de que aquí debes ser independiente, no debes andar por ahí ni pidiendo, ni ofreciendo, ni aceptando favores...

–¡Tía Virginia, cualquiera que la oiga pensaría...¡ñooo! Yo se lo ofrezco a usted porque es usted. Otra, ¡que se las arregle como pueda!

–¿Y a Tatiana? ¿Le ofrecerías plancharle el uniforme a Tatiana?

–Bueno –duda–, a ella también. Parece buena. No es como la Deysi ni como la Marlén esa... ¡Me caen más mal! Cualquier día me voy a desgraciar por su culpa.

–Marlén es la gorda pelirroja ¿no?

–Si, la que parece un escaparate –pausa de asco–. Siempre anda babeándose arriba de mí.

–Hija –se le escapa y el vientre le da un vuelco. Tiene dos años menos que su hija mayor–. Cuídate mucho. Eres demasiado joven, crees que lo sabes todo. También eres muy bonita, y eso en la calle está bien, pero aquí es un peligro.

–Tía Virginia, aquí hay muchachas más bonitas que yo, y no lo pasan mal. Se buscan sus «compromisos» y resuelven un montón.

–Si estás aquí, trata de aprender lo que puedas, no te dejes llevar por lo de «resolver», que eso no es todo. Intenta hacer las cosas si te nacen de verdad. ¿Qué es eso de «compromisos para resolver un montón»? ¿No piensas aprender nada? –Está enojada, muy enojada.

–¡Ay, tía, qué va! ¡Usted hoy está atravesada y yo no sirvo para que me anden sermoneando ni nada de eso! Mire –señala hacia el pasillo–. Ahí viene Tatiana, mejor cambiamos el tema.

–¿A usted le toca visita esta semana, tía Tatiana?

–No. No me permiten visita los mismos días que a las demás, ¿Por qué lo preguntas?

–¡Ah! Entonces usted es C. R., como la tía Virginia.

–¿C. R.? ¿Qué es eso? –Se despista de nuevo.

—¿Como que qué es eso? Eso quiere decir Contra Revolucionaria. Así le dicen las combatientes. Las C. R. tienen régimen de mayor severidad.

Un giro para cambiar de tema.

—¿Y tú qué régimen tienes?

—No, yo estoy aquí por Peligro, eso es menor severidad. Tengo visitas cada quince días. Me toca mañana.

—¿Quienes vienen a verte? ¿Tus padres?

Se pone seria. Empieza a jugar con los pies, pisándose la punta de uno con el otro, balanceándose.

—Seguro vienen mi mamá, mi abuelo y mi tía.

—¿Y tu papá no viene, o alguno de tus hermanos?

—¿Y de dónde usted saca que yo tenga hermanos? —Se enoja— Yo soy hija única y... a mi papá lo mataron en la guerra de Angola. Casi ni lo conocí. —Cambia el tono—. ¡Nada más nos queda la cajita que trajeron con pedazos de gente adentro! No sabíamos de quién eran los restos. La abuela tiene un retrato de papá colgado en la sala y las medallas puestas en la vitrina ¡Ese es mi papá desde que era así de chiquitica! —El espacio marcado entre la palma de su mano y el suelo, no rebasa los cincuenta centímetros.

—¡Así que tu papá es un mártir internacionalista! ¿Qué diría si estuviera vivo y te viera aquí?

—¿Y a mí qué me importa? —Encoje los hombros, resentida—. ¿Quién lo mandó a irse por ahí, a pelear en guerras que no eran suyas y dejarnos solas a mamá y a mí?

Enfado y dolor en las palabras de esta muchacha, de esta casi niña, presa en este antro por ejercer la prostitución con turistas, con extraños de otros países, en cualquier idioma, con cualquier credo o religión.

—Sí, pero los yumas no vienen aquí a morirse ni a matar a nadie.

—Como si me leyera el pensamiento—. Gracias a ellos yo llevaba la «jama» y los trapos a mi casa y las medicinas de los abuelos cuando se enferman...

—¿«Jama»? ¿Qué manera de hablar es ésa? —La reprende Virginia.

—El condumio, la comida, lo mismo da... Está bueno de andar regañándome como si yo fuera una recién nacida ¿no? —Más que enojada, parece herida en su amor propio.
—Discúlpame. Me equivoco con bastante frecuencia. —Se repliega Virginia.
Están las tres en un recodo del pasillo cuando sienten la voz de firme a la entrada de la galera. Desde ese lugar no ven la reja. Se ponen de pie. Yaremi, que no había llegado a sentarse, deja de jugar con la punta de sus zapatos. Permanecen expectantes.
Virginia trata de poner a Tatiana sobre aviso. Sus ojos de búho antiguo es todo cuanto logra captar antes de que aparezca la figura cortica dentro del traje de campaña verde olivo y las manos detrás de la espalda. Se dirige hacia ellas, enfila rumbo a Virginia y mira hacia arriba para poder verle la cara.
—Tiene veinte minutos para recoger todas sus pertenencias.
—¿Todo, todo...?
—Le dije que todas. ¿O es que ya no oye bien?
La Jefa saca las manos de detrás de la espalda y le entrega un bulto de ropa civil.
—Pónganse su ropa. —Ordena, mientras le da la espalda con las manos en cruceta sobre sus nalgas gordas y chatas. Al andar medio camino, se da la vuelta—. Ya lo sabe, veinte minutos para tenerlo todo listo. —Se marcha.
Virginia, absorta, contempla la ropa arrugada, con vetas de moho verdoso. La sacude para estirarla. El olor es feo, a ropa usada, mal guardada durante mucho tiempo en un lugar húmedo. La ropa también huele a encierro.
—¡Te vas de la libertad, tía Virginia! —Yaremi, entusiasmada y llorosa. Natividad y Candelaria se acercan. Las otras mantienen una distancia prudencial.
—¡Qué libertad ni libertad! Es una estratagema. Hace rato lo estoy esperando. —Virginia mira su ropa. Un pantalón azul claro ancho, y una camisola amarilla de algodón de la India.
—¿Por qué no preguntaste a dónde te llevan?

—Porque no les voy a dar ese gusto —responde a secas—. Recuerda esto, pase lo que pase, digan lo que digan, nunca muestres ni sorpresa ni recelo, aunque revientes.

A los quince minutos tiene sus cosas acomodadas en bolsitas plásticas y se ha despedido de nosotras. «Cuídense. No sé si me devolverán o no. Cuida de Yaremi, por favor —se dirige a Tatiana—. Si es que puedes hacer algo por ella».

Vuelve la espalda y llega hasta la reja. Allí se detiene y lo último que escucha antes de salir es:

—¡Fuá! Pallá, pallá! ¡Solabaya! ¡Que buen viento se la lleve!

—Sin disimular su alegría, a dúo Deysi y Marlen, la pelirroja doble ancho, sueltan campanas al ver marcharse a Virginia.

Yo lo sabía. Sabía que no me quedaba mucho en este lugar. Durante estos años, siempre me llevan y me traen de un lado a otro. No dejan que me adapte a ningún sitio. Me consideran la enemiga pública número uno y están dispuestos a desintegrarme.

El coche al que me conducen es un Lada 1300 mitad color beige claro y mitad oscuro, tirando a marrón. Delante está el chófer militar. A su lado, un oficial con arma larga. Me hacen subir detrás. Al poner el pie sobre la alfombrilla de goma veo, y el horror me paraliza, manchas de sangre fresca. Dentro, en el asiento de la izquierda, otro oficial, con el cañón de su fusil ametralladora asomando por la ventanilla, me mira con expresión divertida.

—¡Vamos, vamos! Acabe de sentarse. —Apremia otro armado de largo todavía fuera del coche.

La suela de goma de mi zapato no sabe cómo despegarse de la mancha de sangre. «Esto, pienso mientras logro ocupar el centro del asiento trasero, es una broma macabra. Me están presionando desde ya. ¿De quién o de qué será esta sangre?»

Con el temido distintivo del G-2 estampado en las puertas, el coche café con leche claro y oscuro se pone en marcha seguido por otro, donde sólo viajan oficiales. Las armas que asoman son fusiles ametralladora. Enfilan rumbo a la autopista. Ya sé que el viaje será largo y en absoluto silencio.

IX

El silencio forzado, el asiento trasero del Lada 1300 con el cuño del G-2 en las puertas, los guardias largamente armados, avanzando raudo por la autopista. En la cantidad de escoltas está mi desamparo.

Con la fragmentación de la sociedad, llega la fragmentación del amor, la comunicación fragmentada, la información a retazos y la desinformación en bloque. La lucha encarnizada por la primitiva sobrevivencia y el brutal individualismo, nacido del experimento de disolución de la individualidad.

Al pensar «Esto sólo Dios puede arreglarlo», no estoy fabricando un lugar común, no estoy negociando ni complaciéndome con metáforas. Pensar en metáforas es un lujo que no te puedes permitir si eres la única mujer dentro de un coche lleno de hombres armados hasta las uñas. No sabes, sólo intuyes a hacia dónde te trasladan como una mercancía. Con el pie derecho posado sobre una mancha de sangre que comienza a secarse y la rodilla obligada al promiscuo roce con una rodilla de varón, de carne y hueso aunque envuelta en gruesa tela de camuflaje. Esto sólo Dios sabe por qué sucede. Esto sólo Dios podrá arreglarlo y, como no podemos hablar –está prohibida la comunicación entre la presa y los militares–, rezo.

Rezo a la manera en que, descubrí, las prisioneras tenemos licencia para rezarle a Dios.

Convencida de que ya no había nada en qué creer, tropecé con Dios, di con Él cara a cara en lo profundo de mi corazón, de mi agotado cerebro. Me demostró que, estés donde estés no importan las eventualidades, la vida siempre empieza mañana, con cada amanecer, con cada mano que se extiende para brindarte un pedazo de pan a la hora del hambre compartida. Agradezco con humildad que me haya mostrado el camino en el preciso instante en que sentí no tener más elección que la maldad o la vida.

La disyuntiva de «Socialismo o muerte» hizo que emprendiera el viaje de retorno para encontrarme un día frente a la simple revelación de que Dios es vida, es la vida. Cualquier otro argumento es una falsificación, un irracional deseo de competencia. Por mucho esfuerzo teórico que realicen para desviarnos del núcleo de la vida, la muerte no es una consigna alternativa, bajo ningún concepto. Quien la utilice indiscriminadamente, está preparando su fracaso como ser humano. Se enfrenta directamente a Dios.

Durante décadas, Dios fue un presentimiento que no tenía con quién compartir. Los que continuaron creyendo en Dios escondieron su fe por escapar a los campos de concentración, eufemísticamente llamados Unidades Militares de Apoyo a la Producción (UMAP), a donde enviaban a los religiosos confesos, los homosexuales, los trovadores, escritores, poetas, o simples melenudos con pantalones ajustados. Los «aquellos» y las «aquellas» que podían convertirse en un peligro potencial por su independencia de criterio. El largo de los cabellos también representaba una amenaza para el absolutismo.

Otros quisieron ir a la universidad y hacer carrera para esperar tiempos mejores y allí llevaron a Dios, escondido en lo profundo del hipotálamo, incómodamente sentado en la silla turca.

Las «masas» se deshicieron de la idea de Dios como de un testigo demasiado molesto. Se lanzaron a las calles en comparsa para divertirse con ese nuevo Nerón, especialista en crear circos de variopintas especies y en repartir menos pan cada vez. ¿Hipnosis colectiva? ¿Revanchismo clasista? No lo sé.

No entendía qué pasaba a mi alrededor cuando era apenas una niña y todo giraba tan, tan rápido, que en mi casa y en todas partes tenía la sensación de que mañana nada sería igual que hoy. Siempre aparecía o desaparecía alguien. Hasta los nombres de las cosas y las formas de tratarnos unos a otros desaparecieron.

El circo fue cada vez mayor, más grotesco, y el pan se redujo. Mucho después supe que nada sucedió «como por encanto», sino por todo lo contrario.

No hay enfermedad sin secuelas. —Divago mientras el coche, sorteando las interminables garitas de control, penetra en los sótanos de Villa Marista.

Tres días después me correspondía la visita en la cárcel. Mi familia se lanzará hasta allí por gusto. Otra vez la angustia de la búsqueda. ¿A dónde se la han llevado ahora? Otra vez le mentirán a mi madre sobre mi nuevo paradero. Te darán largas, y tú, mi buena Lázara, irás de puerta en puerta reclamando por el destino y la seguridad de tu hija.

Irás hasta la Nunciatura si es preciso. La diferencia está en que sí serás recibida por el obispo de La Habana.

Se habla mucho de G-2, Seguridad del Estado, Villa Maristas, ya saben, es la misma cosa.

Entrar esposada a Villa Marista, obligada a mirar hacia arriba, ponerte de cara a la pared en las esquinas de los lóbregos —nunca palabra alguna fue mejor empleada— corredores, donde sólo vislumbras rectángulos verticales, grandes orejas con siniestros candados colgando de imaginarios lóbulos. Tú, con las manos tras la espalda, escoltada por un «conduce», mirando hacia el techo, a lo largo, ancho, doblado, angosto, pendiente, ascendente, infinitos pasadizos y escaleras, sientes que transitas por las múltiples caras de un monstruo amorfo. Sólo orejas, unas mejillas llenas de accidentes y voces cavernosas dando órdenes.

–¡Párese! ¡Póngase de cara a la pared! ¡Pegue la frente a la pared le he dicho! Cientos de veces las mismas palabras huecas, carentes de emoción.

Las denigrantes requisas. Las fotos de frente, de costado, con el listín del número bajo la barbilla. Y ya no tengo nombre. 228086 me llamarán mientras esté en los intestinos de este cuerpo, donde se digiere la política represiva del régimen, perfeccionado el rápido exterminio psicológico. La lenta y casi indemostrable eliminación física y emocional de sus adversarios.

¿Por qué me han vuelto a traer aquí? Pregunta tonta que me hago repetidamente.

La primera vez que me trajeron, nunca podré olvidarlo, venía rota por fuera y por dentro. Los labios, los costados, las piernas, la ropa, destrozados por la golpiza que tres días antes las turbas me habían propinado. Me mantuvieron acorralada durante setenta y dos horas en un «proceso de ablandamiento» con amenazas de muerte incluidas.

Llena de hematomas, y en el alma, miedo y vacío. La presencia de un enorme teniente coronel me hace sentir aplastada, disminuida. Un hombrón mayor, canoso, impecable en el lustre de botas y uniforme; recién rasurado, con aspecto de acabado de salir del baño de su casa. Me toqué el rostro dolorido, señalando moretones y roturas.

–Mire, mire cómo me han puesto y han sido ustedes. Fueron sus agentes.

Su respuesta quedó inscrita como la marca del hierro en el lomo de la res, porque no me mintió.

Con aire paternal pasó su brazo sobre mis hombros. La sonrisa dulce, de abuelo bueno. Habló sin levantar la voz ni un milímetro.

–No te preocupes. Eso no es nada. Aquí damos golpes de los que no se ven.

El cinismo del otro siempre duele, pero si estás en su poder, en franca desventaja, el cinismo del otro es la necesidad de una ventana desde donde lanzar tu cuerpo hasta que tu cabeza, dispersa y destrozada contra el suelo, deje de pensar y de sentir. Las escaleras allí no permiten que te lances hacia ninguna parte.

Esta es la «sala del reloj». Un espacio cuadrado muy grande, donde lo único vivo visible es un reloj que compite en tamaño con el Carrillón del Kremlin. Las paredes están recubiertas de listones de madera y hay sólo dos ocupadas por unos bancos largos forrados de nylon gris ratón. Al fondo, frente al banco gris donde me han hecho sentar, una pared de cristal negro que se adivina grueso y habitado. Si el diablo se dedica a criar peces, sabrá Dios qué extrañas formas están nadando ahí detrás, dentro de esa pecera. –Imagino figuras escamosas, ojos saltones que me miran con atención; aletas dorsales, dientes de cualquier talla dentro de fauces que se abren y se cierran exhalando burbujas. Peces monstruosos, forrados en escamas verde olivo, nadando en un líquido color laguna sucia, espeso y callado.

La pared forrada de listones de madera se abre para dejar al descubierto una puerta enmascarada, no me sorprendo, sé, por mis anteriores visitas, que son falsas paredes que ocultan muchas celdas «provisionales». Me asombra ver salir, sin fuerzas para sostenerse en pie, pálida sombra de sí misma, a Beneranda Curbelo Santamaría. No sabía de ella desde dos años atrás, en la última visita que le hice en su casa.

Nos quedamos mirando. Ella, tan delgada que me dolió en el alma, se sorprendió tanto como yo. No es común que dejen a los presos verse entre sí. Esto no es casualidad ni descuido, responde a un diseño, busca una determinada reacción. Por si acaso, ni nos saludamos. Hicimos como si no nos hubiéramos visto. El oficial le ordenó sentarse a mi lado. La osamenta de lo que una vez fue Beneranda Curbelo Santamaría se dejó caer junto a mí con un breve lamento de huesos. Nos mantuvimos calladas, sin mirarnos. Por una de las paredes-puertas, salieron tres oficiales. Nos ordenaron (no encuentro sinónimos) marchar una detrás de la otra y las dos detrás de ellos. Nos llevan a otro aparcamiento y nos hacen subir a otro coche Lada 1300 disfrazado de civil. La alfombrilla esta vez no tiene sangre.

Nunca dicen a dónde te llevan. Tampoco permiten mirar hacia afuera por las ventanillas del coche. Nos mueven por la ciudad como a obedientes estatuas de sal, tiesas de antemano.

Pasamos unas postas militares, bordeamos un edificio viejo y, al abrirse un enorme portón de hierro, llegamos a un patio mediano, con árboles de mango, rosales polvorientos y raquíticos que aportan a la atmósfera una fracasada imitación de jardín familiar. Nos esperan varios militares y una enfermera. A ambos lados del pasillo, rejas altísimas, tapadas hasta la mitad con parabanes de loneta azul. Sólo se ven techos detrás de los parabanes. Un militar viejo separa el parabán de la cuarta reja, abre el candado con el típico manojo de llaves y nos indica pasar adelante. Beneranda apenas puede caminar y se aguanta de lo que encuentra en su camino.

Tres clásicas camas de hospital, con sus respectivas mesitas y, encima de la que señalan como mi cama, dos lámparas cuelgan exageradamente del altísimo techo. A menos de un metro de distancia por sobre mi cabeza, ocho bombillas de luz fría, tubos largos, gruesos, inusitados por el tamaño y la rabiosa brillantez de su iluminación. Trescientos veinte watios estarán día y noche directamente sobre mis ojos. Es una luz especial. Los efectos de la temida «tortura blanca» no tardarán en aparecer.

Beneranda delgadísima ocupa la cama de al lado, pero encima de su cabeza no hay bombillas. A la media hora el calor empieza a hacerse insoportable. Lo que allí sucederá quizá sea el mejor de los temas para el olvido.

Allí nos llevaron a enfermarnos con la anuencia, el apoyo y la colaboración de médicos y enfermeras, incondicionales del régimen que han perdido toda noción de la ética médica. Si no me creen, pregúntenle al doctor Miguel Sarduy, de la clínica CIMEC del Ministerio del Interior; especialista en destrozar mi útero. Él sabe bien de qué hablo.

La pobre Beneranda iba de mal en peor. De pronto empezaba a sangrar y el charco rojo atravesaba pijama, sábanas, colchón, hasta llegar al suelo. Yo la miraba irse en aguas rojas y no sabía qué hacer.

Mi cerebro sufría los efectos de la tortura blanca; mi vientre, hinchado a más no poder, soportaba una biopsia tras otra, a sangre fría, sin justificación. La doctora chilena encargada del pase de visita fue quien único se atrevió a protestar por el trato que me estaban dando y desapareció de la sala, nunca más apareció con su bata blanca, su estetoscopio y la tablilla de medir tensión arterial y temperatura. No sé su nombre. No podré ni maldecirla ni agradecerle. Todo está demasiado cerca todavía. Sólo sé que rezaba, rezaba mucho y le imploraba a Dios.

–Tú, Todopoderoso, que has sabido guiarme hasta aquí, quítame la vida cuando me sientas flaquear. Ayúdame a morir cuando ya no tenga fuerzas para soportar.

Tenía tanta luz dentro de la cabeza, que ni tapándome los ojos conseguía un poco de opacidad. Permanecía noches enteras sin dormir, temiendo el amanecer con la habitual presencia del teniente coronel grandísimo con su cara de abuelito bueno recién rasurada que dedicaba hasta ocho horas diarias a macerarme los sesos. Interrogándome desde ambos roles: el poli bueno y el poli malo de la película.

¿El poli malo?:

–La calle está terrible con los accidentes de bicicletas. Los muchachos andan como locos, no se quieren la vida. Ahora, cuando venía, vi un accidente que me dejó loco: un muchacho tirado en la esquina con la cabeza abierta. Por cierto, tu hermano anda mucho en bicicleta. A cada rato lo veo por ahí, con su melena. Dile que se cuide, que cualquiera puede tener un accidente.

¿El poli bueno?:

–Tu madre anda diciendo que aquí te torturamos. Nosotros somos incapaces de torturarte, ¿verdad? Vamos a tener que tomar medidas con ella, lo malo es que eso empeoraría tu situación. Ella es mayor y a lo mejor no resiste.

Los dos polis a la vez:

–Nosotros lo que queremos es que te pongas de nuestra parte, que pongas tu valor y tu inteligencia en función de los oprimidos. No dejes que te utilice la «gusanera». (Pausa con comentarios banales).

¿Sabes quién acaba de morir en la cárcel de un ataque al corazón? El general José Abrahantes, el que era ministro del Interior. Ya ves: aquí nadie está a salvo.

Respuesta de la otra yo:

–¿Me está diciendo que murió de un ataque «castríaco», o de un derrame de información?

Todos los días lo mismo durante seis y ocho horas. Después de dieciseis biopsias ya me duele hasta orinar. ¡Oh, Dios, si pudiera dormir. Sólo dormir!

Más de una vez vigilé los turnos de guardia que de noche se largaban o se escondían a dormir. Más de una vez medí y planifiqué la altura de la reja blanca tapada por el parabán azul, calculando la cantidad de tiras de sábanas que harían falta para colgarme antes de que acabaran convirtiéndome en un pelele.

Al mes y medio de tanta luz, aún débil, delgadísima y sangrante, llamaron a Beneranda Curbelo Santamaría. Le ordenaron recoger sus pertenencias.

–¿Me irán a dar la libertad?

–Yo en tu lugar, no me haría muchas ilusiones.

Nos abrazamos.

–Cuídate mucho Virginia, aunque eso no depende de ti.

–Cuídate tú también en lo que puedas, Beneranda.– Contesté, convencida de que se iba a morir en los próximos meses.

X

*H*oy le ha tocado tomar el sol a las mujeres de Preventiva. Estamos dispersas dentro de la pequeña área. Como siempre, trato de sentarme lejos de los grupitos y de espaldas al portón de entrada. Prefiero, en estos ratos, estar sola con mis recuerdos y con mis descubrimientos espirituales. ¿Qué sentido tiene todo esto? ¿Cómo hemos llegado hasta aquí? ¿Quiénes y cómo somos en realidad los cubanos? ¿Qué cuota de responsabilidad nos corresponde a cada uno en el drama? ¿Y Dios?

En circunstancias extremas Dios, primero como idea, después como probable consuelo y al final, como evidencia rotunda, se manifiesta de un modo irrefutable. No es que caigas en trance o en éxtasis. Es como si alguien invisible te dejara llegar a un punto del cual sientes que no hay retorno, y de buenas a primeras, en medio de la más absoluta oscuridad, encendiera una linterna y, paso a paso, te fuera iluminando pedazos de un retablo que no imaginabas existiendo paralelamente a tu propia vida. ¡Somos tan homocéntricos!

Las piezas dispersas comienzan a encajar. Es necesario agudizar la percepción y la capacidad de conectar hechos y circunstancias entre sí. La linterna continuará iluminado zonas que permanecen ocultas hasta que decides ver, sentir más allá de tu propio ombligo.

Te dan ganas de gritar tu nueva verdad a los cuatro vientos. Tenue, pertinaz, la sensación liberadora hace que tu mente crezca, se ensanche. Por eso quiero estar sola y silenciosa, para poder ahondar y seguir descifrando los contornos del retablo. Despacio, muy despacio. A veces es sólo el efecto de un flash, la linterna, guiada por la mano invisible, revela las claves del criptograma.

A partir de esa primera luz, el sentido de parábolas como «El que tenga ojos para ver, que vea; el que tenga oídos para oír, que oiga» se aclaran, y es inmensa la alegría, porque empiezas a ver, a oír. Obtienes una nueva, distinta y mejor capacidad de resistencia. No me malinterpreten, no se trata del estoicismo irracional que muchos pretenden darle a las actitudes llamadas «heroicas». Es –con perdón– conocimiento. La luz de un conocimiento anterior a ti misma se manifiesta y con ese conocimiento no llega el conformismo, sino la serenidad. «Apropiación de conciencia» lo llamaría yo, que según David, padezco el vicio de nombrarlo todo. «Francotiradora de palabras», solía decirme antes, tan antes, que no logro reconstruir su cara ni aunque apriete duro los párpados para exprimirles algún rasgo.

Desvío la atención hacia el área de sol, donde las mujeres se ocupan en matar el ocio como pueden.

Candelaria y la arrugada Natividad se entretienen en despiojar a una negra bellísima, muy joven, que entró ayer por Peligro. Con paciencia asiática destejen las trencitas postizas, parte sustancial del atuendo en las jineteras. La mitad de su cabeza vuelve al estado natural, con la hermosa pelambre grifa pegada al cráneo.

–La´ «pasa», mi´jita –dice Natividad, acomodando con la punta de sus dedos el colchón de pelo duro y ensortijado de la negra bellísima– no so´nuna vedgüenza. De´de que lo´ negro´ essitimo, ese'l techo que Dio' no' puso en la cabeza. ¿Pa'qué tapadlo con pelo'e blanca? Ji-Ji-Ji.

La negra ríe con el pliegue de su boca desdentada y la negrita bellísima da un respingo, se encoge de hombros.

—¡Ay, abuela! Déjese de'so, que usté tiene má'saño que'l Morro y no entiende ná de cómo están las cosa'en la calle...

María de la C., tan turbia como antes de irse de vacaciones, enfundada en su traje verde olivo de campaña, habla con Deysi y Marlén, la doble ancho. Por instinto busco a Yaremi. Está cerca de la entrada. Conversa, gesticula, se ríe.

Golpean el portón desde afuera, María de la C. coge el manojo de llaves y va a abrir. Yaremi, más cercana, es quien da la voz de ¡firme! y todas, como ordena el reglamento, nos ponemos de pie en atención, con las manos detrás de las espaldas.

Entran dos mujeres. No hablo con propiedad, entran una oficial —a quien María de la C., se le cuadra por ser de mayor graduación— y una reclusa en muy, muy mal estado físico. Nunca en mi vida vi a nadie tan pálido, tan deslavazado.

Doblada sobre sí misma, sin poder con su cuerpo ni con la colchoneta que malamente arrastra, un espectro hembra entra a formar parte del monótono paisaje azul de la prisión.

La oficial de mayor graduación da la orden de continuar, pero todas permanecemos como estamos. De pie, con las manos a la espalda, hipnotizadas, contemplamos los esfuerzos del espectro para llegar a la oficina de la jefa.

María de la C. nos ordena formar y nos hace entrar en nuestra galera de Preventiva.

—¿Vio como trajeron a ésa, tía Tatiana? —Yaremi pone los ojos como dos huevos estrellados— ¡Ñooo! La sacaron de la funeraria y ahora seguro la cuelan aquí. ¡Está más muerta que viva!

Y así fue. Abrieron la reja, lanzaron la colchoneta desde fuera y, apoyándose como podía, el espectro entró a nuestro ya abigarrado cubículo. Yaremi es la primera en lanzarse a socorrerla. La única litera vacía está en un segundo piso, encima de la que duerme Deysi y al lado de Marlén. Yaremi duerme en los bajos, junto a mi camastro. Sin pensarlo dos veces, saca la colchoneta de su cama y coloca en ella la del espectro después de aplanarle algunos bultos. No se tiene en pie. La sostenemos entre Candelaria y yo. Con urgencia la jovencita estira al sábana percudida sobre los nudos de la cochoneta y las tres ayudamos al fantasma a reclinarse en la litera.

–Gracias. –Apenas logra balbucir.

–Deje eso para después, tía –corta Yaremi–. Antes de desmayarse, díganos cómo se llama, por si acaso...

La mujer no abre los ojos, muy despacio, haciendo un gran esfuerzo, separa las palabras en sílabas.

–Be...ne...ran..da....Cur..be..lo...San....ta..maría. –Se desploma. No volvió en sí hasta muchas horas después.

Yaremi tomó sus bultos y armó su cama en el segundo piso, encima de Deysi.

Nos turnamos para vigilarle la respiración al espectro Beneranda. No sabíamos si estaba dormida o se había desmayado. Pero respiraba.

A la hora de sacarnos a comer no se preocuparon por el espectro. Ninguna de las guardias preguntó si estaba viva o muerta. No querían asumir responsabilidades en caso de que falleciera allí.

En la madrugada, Beneranda volvió en sí y preguntó dónde estaba el baño. Para no molestar a las demás la fui levantando poco a poco. A la pobre luz de la bombilla se veía un redondel oscuro sobre la cama. La conduje al baño. Trabajosamente se quitó todo lo que tenía puesto y un chorro de sangre brotó incontenible. Había un dique roto entre sus piernas. Comencé a gritar, porque se me iba de entre las manos. Perdió la conciencia y la deposité allí mismo, en el frío suelo del baño. La galera se alborotó y llegaron las guardias, cargando con ella rumbo a la enfermería.

–¡Esta mujer se está muriendo y ustedes serán responsables de lo que le ocurra! –Me atreví a gritar.

María de la C. se detuvo en seco, ordenó a las otras dos que continuaran con su fardo.

–¿Responsable de qué dijiste? –Se plantó en jarras y me fulminó con una mirada de asco–. ¡Tenía que ser la intelectual! Fíjate, te tengo aquí –se coloca el índice entre ceja y ceja– atravesá desde que llegaste. Procura no cruzarte en mi camino, y si quieres saber por qué, pregunta por aquí quién es María de la C. ¿Me estás oyendo bien?

—Oiga, oficiá ella no´hecho na´. –Natividad debe saber bien «quién es María de la C.»–. Ta´sudtá pod la flaquita...

—Usté se calla, vieja, que nadie le ha dado vela en este entierro. La oficial se vuelve hacia mi, quiere armarla allí mismo, y no. No le voy a dar ese gusto.

—Usted es responsable del lugar donde me tenga, oficial. Me da lo mismo, pero yo sé en qué lugar estoy y por qué. Cualquier duda, mañana hablaremos con la directora.

No está acostumbrada a recibir tantas palabras juntas y se enreda en ellas. Siente que la estoy fastidiando, pero no logra saber en qué. La mención de la directora la impresiona y antes de desaparecer, aún se atreve a sentenciar un «te lo advierto», pero sólo con el dedo índice acusativo.

—Ji-ji-ji: La blanquita parece tonta, pero no lo´é. –Se divierte Natividad y Candelaria, que nunca habla, sólo ayuda, despioja, va a ver a la monja, reza (ya sé que eso es lo que hace cuando parece andar por ahí, perdida) suelta una carcajada estentórea y un comentario nada ususal, al menos, en la mulata entrecana y bondadosa.

—Haces muy bien en no dejarte montar por estas engreídas hijita, pero ten cuidado, trata de estar con la espalda bien pegada a la pared. Ella no se va a quedar así –hace una pausa y se mira la palma y el dorso de ambas manos–. Dios lo ve todo y lo oye todo, pero aquí dentro, manda el demonio, y tiene mucha gente a su servicio.

Desde sus respectivas literas Deysi y Marlén no pierden detalle. Un susto conocido me sube a la boca del estómago y miro hacia donde Yaremi se ha vuelto a acostar. Me dirijo a donde se haya tendida. Al ver mis intenciones, Deysi salta como un bólido de su litera y se atraviesa en el estrecho pasillo.

—¿Se puede saber a dónde va la profesora?

No quiero bronca. Tampoco me siento capaz de enfrentarme a esa mole, que seguro será respaldada por su compinche, su «consorte de causa», como se llaman entre sí las condenadas por complicidad en un delito. Si me amilano, no me las quitaré de encima nunca, terminaré siendo su «trapo de culo». Decido echar pa'lante, me encomiendo a Dios.

—Voy hasta donde está Yaremi. ¿Debo pagar peaje para pasar por aquí?

Primer golpe oral. Abre la boca como un pez fuera del agua. Boquea.

—¿Pagar pe...qué? A mi no me vengas a marear con palabritas, Te pregunté a dónde vas. Y punto.

—Te dije que voy a ver a Yaremi. ¿Para pasar debo pagarte algo? Dime cuánto es, que tengo prisa.

—Tú no tienes ná' que decirle a la niña esa, así que coge pa' tu cama antes de que se me caliente el brazo.

Se frota el puño derecho contra la palma de la mano izquierda, dando ligeros y convincentes golpecitos.

Con el vozarrón de la «dulce patita» Yaremi, adormilada, se sienta en el borde de su litera con las piernas colgando, se restrega los ojos preguntando qué pasa. Aprovecho para ganar tiempo.

—Deysi, yo no creo en la guapería de gente como tú. Si las mujeres tenemos algo que resolver, no gritamos, lo resolvemos como sea. La que grita es para llamar la atención y que los demás intervengan. Si de verdad quieres pelear conmigo, vamos tu y yo solas para el baño y allí, a lo que sea, a ver a cuánto tocamos, pero no grites para que las guardias vengan corriendo. —En tremendo alarde, doy la vuelta, encaminándome a la zona de los baños.

Segundo golpe bajo. Atontada, sacude la cabeza, pero no avanza, guapea.

—Blanquita, no me joda, tú no me aguanta ni medio trompón a mí...

Yaremi, totalmente despierta, salta como una gata y sacando su cuchilla entizada se la pone en la cara a Deysi.

—Tú me vas a salar la vida, pero si la tocas, te van a tener que poner una cara nueva, a lo mejor sales ganando. ¿Quién coño te has creído que eres? Yo estaré aquí por puta, pero tengo más vergüenza que tú, soplona de mierda.

La cosa está caliente y lejos de mejorar, empeora. Deysi me toma por asalto lanzándome un contundente gancho al estómago, doblada, sin aire, decido actuar rápido para evitar males mayores. Agarro el cenicero que está en el borde de la cama de la derecha y, sin pensarlo dos veces, tratando de no darle la espalda a Marlén, tomo a Deysi por el pelo, le descargo varios golpes con el macizo cenicero de calamina. El golpe definitivo le da en la boca, de donde empieza a manar sangre en abundancia. Estoy aterrada pero no doy marcha atrás.

La arrastro como puedo hasta el baño, seguida por Yaremi. Las otras, asombradas, se quedan cuidando la retaguardia. No, no le vuelvo a pegar, agarrándola del pelo le meto la cabeza bajo el chorro de agua y la enjuago. Cojo la toalla que alguien me alcanza, le seco la cara y se la dejo en la boca, oprimiéndola para contener la sangre. Está sentada en el frío cemento del suelo. No me atrevo a decir que ella tenga miedo, pero está estupefacta. Jamás esperó mi reacción. Yo tampoco. Le comprimo la herida con la toalla y, sin soltarle el pelo, la obligo a mirarme a los ojos.

—Nunca —le digo con convicción—, en el tiempo que estemos aquí, ni tu amiga ni tú se vuelvan a meter conmigo. Esto es sólo el comienzo. No te imagines que me vas a coger la baja así como así. ¡Entendido! —¡Contrá! Pienso mientras me oigo, me salió igualito que a María de la C.

En otro alarde, salgo del baño sacudiéndome las manos como si «ya está, se acabó».

—Este es sólo el principio, blanquita. Tú tiene razón, no se va a quedar así. Desde su litera, fumándose un cigarro como si nada, Marlén, la doble ancho, remeda mis palabras. Habla sin mirarme siquiera.

—Ji-ji-ji-ji— ¡Claro que no se quea´sí, se le va´hinchá la bemba, y mucho! —Natividad ríe sin ocultar su satisfacción —¡Sabrá Dios las humillaciones que habrá soportado con su carga de años indefensos!

Pienso en Beneranda y en Virginia, y una depresión brutal comienza a ablandarme las rodillas.

Estoy muy exaltada. Nunca me creí capaz de pegarle a nadie, pero sí. Por primera vez en mi vida le pego a otro ser humano y no me siento triunfadora, ni satisfecha. Sencillamente, el medio me está pudiendo, me está convirtiendo en otro animal. En un último esfuerzo, dictado por el decoro, le ordeno a Yaremi que recoja sus cosas y se cambie para mi cama.

–Nos mudamos. Desde hoy yo dormiré aquí arriba y tú allá, en el otro lado.

–Tía Tatiana, yo no le tengo miedo a ese par de... –se contiene–. Usted no tiene por qué andar subiendo y bajando literas.

–Yaremi, ¡no me jorobes! Estarás aquí presa como adulta, pero eres una niña y debías estar yendo a la escuela por lo menos. ¡Se acabó!

Bajó la cabeza y se encargó de todo. Armó su cama y la mía. Subí al segundo piso de la litera y no pegué ojo en toda la noche, esperando el desquite. En la primera oportunidad, me mudaría, pero no podía permitir que la muchachita continuara durmiendo allí. Deysi no apareció. Al rato, Marlén se fue con ella al baño y allí permanecieron en conciliábulo hasta el amanecer.

Esa noche lloré mucho. Lloré por mis hermanos. Por mi mamá muerta. Por el recuerdo de Laura, mi amiguita presa de cuando yo era niña y la cárcel era una aventura. Por Virginia y la amistad que no llegó a cuajar. Por el espectro llamado Beneranda. Por Yaremi. Por la boca desdentada de Natividad. Porque fui capaz de reventarle el rostro a otra mujer.

Era mi prójimo, mi prójima. Había empezado algo que no sabía cómo iba a terminar. Dios. Dios. Dios. Repetí sin cesar toda la noche.

XI

Desde que la sacaron de la Seguridad del Estado, hasta que volvió en sí en la sala del hospital, con la barriga llena de puntos y venoclises en ambos brazos, Beneranda sólo tiene recuerdos borrosos. Un lugar donde una muchacha la llevó al baño y allí se cayó, perdió el conocimiento y lo que después le sucedió fue muy, muy raro.

Iba por un camino. Un camino estrechito, tranquilo, con árboles a ambos lados. Había sombra, fresco y paz, mucha paz. Quería sentarme y una voz me hablaba. «Si te sientas, pierdes. No te puedes sentar. Ven. Ven. Camina». Decía. Yo estaba cansada, pero me sentía bien, feliz, sólo quería sentarme en aquella paz, con aquel fresco, pero la voz no me dejaba. Repetía lo mismo: «No. No te sientes. Ven. Camina». Llegué hasta un valle. Era como si las nubes estuvieran muy bajas, no podía ver claro lo que había en el valle, sólo veía contornos. La voz seguía pidiéndome que caminara. Yo tenía miedo porque no veía nada, pero caminé hasta que, delante de mí, apareció una figura toda blanca, vestida de blanco, rodeada de luz, pero no le podía ver la cara, sé que era un hombre, por la voz.

Me dijo: «No tengas miedo, no te vas a caer, acércate». Me acerqué, el valle era como una pendiente y ahí mismo empezaba el agua. Me arrodillé. Él cogió agua con su mano, me la echó en la cabeza y dijo: «A partir de este momento, yo voy a estar contigo. No tengas miedo, que yo te voy a proteger».

Beneranda Curbelo Santamaría piensa que si lo cuenta, creeremos que lograron enloquecerla. Repasa su vida anterior y actual. No recuerda haber sentido jamás tanta paz, tanta serenidad. Este es el «sueño» más bonito de toda su vida.

—Esa gente me enfermó –dice en voz baja–. Yo no tenía, hasta que me detuvieron, ninguno de estos síntomas ni estos trastornos. Empezaron después, cuando me encerraron en las tapiadas de Villa Marista.

Ingenua, pensó que por estar tan mal iban a ponerla en libertad. Virginia se lo dijo clarito.

—Yo que tú, no me hacía muchas ilusiones. A la vez que caes en manos de esta gente, lo que menos puedes pensar es que te dejarán ir así como así.

La mandarán a prisión otra vez. Lo está esperando desde que recobró el conocimiento. Si lo que tuvo fue un sueño o una aparición es lo de menos. Jura por Dios que no ha vuelto a sentir miedo, ni se a sentirse sola. Aguantará lo que sea, hasta que Dios quiera.

XII

Trato de concentrarme en la lectura. Con la espalda pegada a la pared, siguiendo el sabio consejo de Candelaria, repaso una y otra vez el mismo párrafo. No logro asimilar el contenido, no obstante, idiotizada, tampoco separo los ojos de las páginas.

Desde la bronca con Deysi algo se ha roto en mi interior, ya no soy la misma. Me cuestiono si hice bien o mal, si debí tener paciencia, ser más diplomática. Me justifico diciéndome que no podía permitir que Yaremi le «rajara» la cara a Deysi. Sonrío al percatarme de cómo voy asimilando la jerga presidiaria. Ella todavía tiene oportunidad de enderezar su vida pero ¿dónde? ¿Cómo? ¿Con quién? ¿Se puede pasar por aquí con su edad y por su causa, y volver a ser una persona medianamente normal, con una mínima ilusión de futuro en una isla que ya no le deja esa proyección ni a los que están en la calle?

Por la última visita de Candelaria me entero de que la gente está utilizando las iglesias como único espacio donde reflejar sus expectativas inmediatas, y allá se van.

–Poco a poco están regresando a Dios, hija. No puede ser de otra manera. –Se emociona la mulata china de pelo entrecano que rara vez abre su boca para hacer ningún comentario–. Los que renegaron de Dios por ponerse a la moda tienen que regresar a Él para que, poco a poco, todo vuelva a la normalidad, si no, la cosa irá de peor a peor. Yo sé bien lo que digo. Dios no castiga. Sólo espera a que las ovejas descarriadas regresen al rebaño. Él es Dueño y Señor del tiempo. Puede esperar la eternidad. En esta isla los Hijos Pródigos son millones, no pueden volver todos juntos a la Casa del Padre. ¡Hay que tener fe en la Justicia Divina!

El día de La Caridad del Cobre y el día de La Virgen de las Mercedes, se meten en la Iglesia a cantar –continúa emocionada su relato–. Se lanzan por cientos de miles hasta El Rincón el día de San Lázaro. Caminan kilómetros y kilómetros arrastrando piedras enormes, cadenas; van de rodillas hasta desollarse, se flagelan; van a rastras o descalzos. Avanzan sentados de espaldas y, al pasar frente al «sidatorio» de Los Cocos, los jóvenes enfermos que están allí prisioneros, les gritan: «Pidan salud y libertad para nosotros».

Dicen que en la misa de media noche la gente grita ¡Libertad, Libertad!, y que la policía hace ola, pero no se atreve a cargar contra la multitud.

El asunto empeora los 24 de septiembre, día de La Santísima Virgen de las Mercedes, Patrona de los Reclusos. Me dice mi hermana que se arma tremendo pugilato porque el pueblo desborda las iglesias y quiere sacar a la Virgen en procesión a la calle ¡Imagínate tú! ¡Con los años que hace que no permiten otra manifestación que no sea en la plaza de la Revolución para aplaudir al Caballero de la Barba!

–Me echo a reír y ella me mira entre recelosa y ofuscada.

–¿Y a ti qué te causa tanta risa, se puede saber?

–Lo del «Caballero de la Barba» me suena a loco, como decir el Caballero de París. –Explico entre risas. En el fondo existe una conexión precisa.

–¡Ah, bueno! Pero tampoco hay que andar ofendiendo al Caballero de París, que estaba loco, pero no le hacía daño a nadie

—refunfuña–. Este año la cosa terminó con golpes de ambos bandos. Dicen que los «segurosos» empujaban la puerta de la Iglesia desde afuera para que la gente no pudiera salir, y la gente gritando ¡Libertad!, desde adentro, empujando para salir con la Virgencita en hombros. Hubo cabezas partidas y detuvieron a varios, pero los soltaron enseguida. También el día de la Virgen de Regla la gente sale a manifestarse. No creas –acentúa– el juego se le está poniendo feo al Caballero de la Barba.

—Pues, ¿sabes qué haré? Volveré a solicitar asistencia religiosa. Hay que tener confianza en la Revolución –bromeo–. Después de todo, acaban de declarar a Cuba como un Estado laico, ¿no? Un gran avance en treinta y tres años...

—Hija, tú no aprendes. Nosotras no estamos en la calle. No somos personas, somos presas, y las que están como tú, por meterse con el Caballero de la Barba, no tendrán respiro hasta que –su pausa me asusta– hasta que Dios quiera. Lo del Estado laico ese, no te confíes, eso es del noticiero para afuera. Para los de adentro, lo mismo con lo mismo...

Yaremi, que está cerca de la reja con Natividad, entretenida en peinarla llenándole la cabeza de trencitas, sale disparada hacia donde estamos Candelaria y yo.

—¡Tía Tatiana, tía Tatiana! ¡Ahí traen a Beneranda otra vez! ¿Se acuerda de ella?

—¿A quién tú dices?

—A Beneranda. ¿No se acuerda? La que se iba en sangre...

—¡Vaya! Tú dirás Beneranda Curbelo Santamaría...

—¡Jesús! ¡Qué clase de memoria tiene usted! Sí, esa misma, la que parecía sacada de la funeraria cuando la trajeron... ahí está. ¡Ojalá la traigan para nuestra galera, pobrecita!

La trajeron a Preventiva. Venía recién operada, con veintidós puntos recorriéndole el vientre sin que le hubieran quitado ni uno solo. Estaba débil todavía, sólo un poco más centrada. Candelaria y Natividad se acercaron.

—Esta mujer está decidida a vivir a toda costa —comentó Candelaria— pero, me temo que si no la ayudamos, no podrá cumplir su propósito.
—¿Por qué dice eso, tía Candelaria?
—Porque trabajé durante veinte años como enfermera, niña, y aquí no hay condiciones para tener a esta mujer con la barriga abierta en canal.
Beneranda sonríe por primera vez en las dos veces que nos hemos visto.
—Molestará, pero sé que no me voy a morir. No se vive hasta aquí por gusto. Ya estuve en varios hospitales y no han logrado matarme. ¿A dónde me han traído ahora?
—Pero cómo: ¿no sabe dónde está? —Yaremi no sale de un asombro para entrar en otro.
—¿Desde cuándo a las presas nos informan a dónde nos llevan o nos traen? Sobre todo, si eres una causa política.
—¡Ah! Usted también es C. R. pues está ni más ni menos que en «La perrera». En el Combinado del Sur, la prisión de mujeres de la provincia de Matanzas.
—¡Contrá! ¡Me han soltado en Matanzas! He oído hablar de esta prisión. Virginia, la muchacha que estaba conmigo en el hospital de Villa estuvo aquí y al parecer, esta es una cárcel de «mayor rigor» ¿No?
—¡No me diga que usted ha estado con Virginia, que la conoce!
—La conozco de la calle, antes de que pasara todo, y estuvimos juntas en la misma sala del hospital de la Seguridad. Allí la dejé, aguantando como un conejillo de indias...
—Virginia pasó mucho tiempo aquí con nosotras y de verdad que la extrañamos mucho...
—Tía Beneranda, pero ya usted estuvo en esta prisión ¿O es que no se acuerda?
—Entonces, fue aquí donde...
—Si, aquí fue. La tía Tatiana la cuidó hasta que a usted se la llevaron. —Los jóvenes suelen ser implacables, y Yaremi no es la excepción—. Tía, no se ofenda, pero estaba más muerta que viva.

Cuando la vi tirada en el suelo del baño pensé: ahora sí que «guindó el piojo».

Beneranda sonríe.

—«Bicho malo nunca muere, niña». A lo mejor no me creen si les cuento lo que me pasó esa noche...

Nos cuenta su experiencia. El sueño –o revelación– que tuvo mientras nosotras gritábamos a las guardias para que vinieran a buscarla.

La historia de esta mujer es muy compleja. Beneranda Curbelo Santamaría, antes de ser la moribunda que llegó a nuestra galera de Preventiva desangrándose; antes de compartir con Virginia la misma sala de penados de Villa Marista en el Hospital Militar Camilo Cienfuegos, había sido, durante diecisiete años, oficial de la Seguridad del Estado. Conocía bien los entresijos del complejo aparato represivo. Los pasillos por los que todas transitamos alguna vez llenas de miedos y fuertemente custodiadas, habían sido, durante casi dos décadas, su «centro de trabajo». «A mí –dice– quienes me hicieron abrir los ojos y sublevarme fueron ellos. No pueden venirme con cuentos de diversionismo ideológico ni de 'penetración' del enemigo».

XIII

Al entrar las más jovencitas, las que vienen como «balseras» o por ejercer la prostitución con turistas, ni soñarlo, no han pisado la iglesia en su vida, han visto curas o monjas en pocas películas. En los cines y en la televisión la mayoría de los filmes que se proyectan son soviéticos. Tratan de la Segunda Guerra Mundial y del heroísmo de la madrecita Unión Soviética. Ella solita acabó con el facismo hitleriano. Los aliados, sobre todo los aborrecidos norteamericanos, se quisieron apropiar de la victoria y llevarse los honores que le correspondían a Stalin y al gran pueblo de los Soviets. Hasta ahí llega el conocimiento de la realidad en Europa del Este de la mayoría de los cubanos.

Se comieron la historia nacional y devoran la internacional también. Quieren borrar el pasado de nuestro país y en las escuelas enseñan de tal modo, que para los escolares Cuba sólo existe a partir de 1959.

Lo demás son postales. Martí, el pretexto para que el Loco de la Barba hiciera su revolución. EL «autor intelectual del asalto al cuartel Moncada», le llaman. ¡Puaf! No puedo evitar un salivazo de asco. (Perdonen, pero una se va endureciendo.)

El otro día trajeron a una mujer que, en la confianza de su hogar protestó en presencia de sus hijos pequeños por lo mala que estaba la situación en general y el problema de la comida en particular. Se desbocó –dice ella– porque andaba histérica con lo de inventar qué darle de comer a los muchachos.

La semana siguiente, la maestra del más chiquito pidió a sus alumnos que hicieran una narración oral con el tema «Cuando llego a mi casa». El niño no encontró nada mejor y eligió ni más ni menos que ese infortunado día, contando, con pelos y señales, lo que había escuchado decir a su madre, y cómo su papá le respondía.

–¡Por favor, mujer, cállate. Mira que alguien nos puede oír y entonces sí que «se va a armar la gorda»!

Tenía razón el padre. En menos de cuarenta y ocho horas oficiales del G-2 estaban golpeando a la puerta y llevándose a la pobre mujer. Está aquí sin que le hayan celebrado juicio y no sabe de qué la van a acusar.

Los casos de las balseras parten el corazón. Tan jóvenes la mayoría. Las amontonan por racimos, de cinco en cinco o de diez en diez. Sin excepción, llegan rotas por dentro. Las cosas que cuentan son espeluznantes.

Hubo un grupo muy especial porque nos causó una conmoción muy fuerte. Ya habían devuelto a Virginia al penal. La tuvieron en el hospital de Villa seis meses y nueve días. Sé que ese día era 18 de octubre porque el anterior se encargaron de hacernos saber que el Premio Nobel de la Paz había fallado en favor de la guatemalteca Rigoberta Menchú. Virginia venía por sus propios pies, pero se notaba débil, hinchada de pies a cabeza y cuando ya estaba en el catre, notamos que volaba en fiebre. Apenas habló en las primeras horas. Nos dijo que buscáramos trapitos o compresas, que estaba drenando pus por la vagina y que no nos acercáramos porque olía muy mal. Era verdad.

Cuando trajeron al grupo de balseras, de las cuales tres fueron a dar junto a nosotras, su situación era tan terrible que, por primera vez, Virginia salió del agujero negro dentro del cual había escondido su mirada. Parecía estar emboscada detrás de sí.

De las recién llegadas dos eran hermanas con una diferencia de tres años de edad. El estado en que se encontraba la mayor era lamentable. La segunda hermana se veía asustada, pero tranquila. La tercera muchacha era mucho más joven, no tenía ningún parentesco con las otras dos y se veía debilucha físicamente. La ira le brotaba hasta por los poros.

Cuando comenzaron a narrar, las mandíbulas se nos desencajaron. El dolor nos hizo cerrar la boca y apretar los labios para no dejar escapar el ataque de rabia que, como un reptil, empezaba a subirnos por el pecho.

Se iban del país. Vendieron todo lo que tenían para preparar el viaje. Una de las hermanas, la mayor, se iba llevándose a su niñita de dos años y medio en brazos. Es la que no habla. La débil iracunda tenía casi siete meses de embarazo.

—No quería que mi hijo naciera en esta porquería de país. —Dice furiosa.

Iban repartidos en tres balsas y en total, entre hombres, mujeres y niños, eran unos veinticinco balseros. Faltando pocas millas para llegar a aguas internacionales, donde empiezan a sobrevivir con la esperanza de ser hallados por los guardacostas americanos, los sorprendió una patrulla de guardacostas cubanos.

Les llamó la atención que desde la lancha no les ordenaran detenerse. Se limitaran a dar vueltas en círculos alrededor de las balsas, impidiéndoles avanzar. Aparecieron unos helicópteros encima de las balsas y empezaron a lanzarles fardos. Al principio no sabían qué contenían, hasta que uno hizo diana en la balsa de al lado: eran sacos de arena. ¡Lanzaban sacos de arena para hundir las balsas con sus ocupantes indefensos!

Otra de las bombas de arena cayó sobre la balsa donde iban las hermanas. La mayor, con su hijita apretada en los brazos. Se fueron a pique y ella no ve ni oye nada más que su lucha en medio de los remolinos de agua salada por no dejar que la niña se le escapara de las manos. Inútil, vio con impotencia cómo se hundía ante sus ojos. Su desesperación no puede ser descrita.

Desde que llegó, con la vista extraviada y no sabemos cuánto tiempo sin peinarse, mantiene los brazos cruzados con fuerza sobre el pecho y se acuna. Se acuna sin parar.

—Cuando se cansaron de divertirse lanzándonos bolsas de arena —continúa la tía de la niñita ahogada— los de la lancha decidieron recoger a los que quedábamos flotando en el mar, pero no se conformaron, y en la cubierta del guardacostas, nos atacaron con las mangueras, lanzándonos chorros de agua a presión. A ella —apunta a la muchacha iracunda— la hicieron abortar allí mismo, le dispararon los chorros directo sobre la barriga.

—¡Yo que no quería que mi hijo naciera en esta porquería de país! —La amargura y la rabia que hay en su voz nos deja en suspenso—. No sabía ni la cuarta parte de lo que son capaces de hacer. Mi hijo no nació en ningún país, me lo mataron ellos delante de todos los que quedábamos allí. ¡Malditos sean! —Suelta, llena de odio, rompiendo a llorar palpándose el vientre vacío.

La del silencio continúa ausente, abrazando la nada y moviéndose de atrás hacia adelante. La del hijo que «no nació en esta porquería de país» llora. Entre sollozos e hipos empuña su carga de odio con filo. De tener la cabeza de los guardafronteras cerca, caerían cercenadas por la hoja filosa de su odio. La muchacha del vientre vacío destila necesidad de venganza.

—No, esto no se va a quedar así. Tengo sus caras retratadas aquí. —Coloca el dedo índice en el centro de su frente—. Yo soy joven, de la cárcel se sale. Esta mierda de gobierno se va a caer. El loco ese se va a morir y los muy hijos de puta no van a tener un lugar bajo el cielo donde esconderse. Esos que nos hundieron, los que mataron a mi hijo y a los demás, van a pagar bien caro lo que han hecho...

—Hija, sí, hija, porque tengo edad suficiente para ser tu madre, y además, tengo hijos. —Habla Virginia impregnada de ternura en contraste con el odio de la joven—. No permita Dios que te hagas semejante daño a ti misma.

–¿Cómo es eso de daño a mí misma? ¿No está oyendo lo que me han hecho esos hijos de malamadre? –Furiosa, la muchacha se desespera, ataca–. Con el mayor respeto, señora, ¡ya quisiera yo verla en mi lugar! Entonces podríamos hablar de daño...

–Yo no puedo estar en tu lugar, hija, porque llevo demasiados años en el mío –Candelaria aporta su paciencia y su fe–. Tampoco tú has estado en mi lugar todos estos años. No creas que soy incapaz de, por lo menos, imaginar qué está pasando dentro de ti y dentro de ellas –señala rumbo a la silenciosa que no deja de acunarse, y hacia su hermana, que le habla al oído buscando sacarla del estado catatónico–. Cada una ha vivido lo que le tocaba vivir en su momento, y en materia de dolores no valen las comparaciones. Cada dolor es único, irrepetible hasta en una misma persona. Nunca llegas a saber si al de al lado le duelen las muelas menos o más que a ti. Sólo sabes que las muelas duelen, y el punto de referencia es tu dolor, con lo cual, no puedes pretender que el dolor del otro tenga menos valor respecto al tuyo.

–Todo eso suena muy bonito, –riposta la joven. En su furor, ha dejado de llorar–. Pero un hijo es un hijo y una muela es una muela. Alguien pagará por lo que nos han hecho y no voy a descansar hasta que se haya vengado la muerte de tantos inocentes.

Virginia se calla, comprensiva y Natividad asume el riesgo de enfrentarse a la madre-fiera, a su derecho a rugir por la pérdida de su cachorro.

–Yo, peddona que meta la cuchareta'n la convedsació, sé que'l tiempo pasa, n'impodta ónde'sté, iguá pasa, se'ncadga e poné la' cosa en su lugá. Yo m'atrevo a decí qu'entro d'un tiempo, t'irá serenando, y no e'qu'el doló se cure, o se t'olvide, si no que podrá dadte cuenta que pa'ná te sidve odiá de'sa manera.

–Es cierto lo que ella te dice –intervengo– los deseos de venganza son la prolongación del horror y no te devolverán a tu hijo ni a tus amigos muertos. Si lo miras de ese modo, seguro te corroerá menos. Lo que ellos hicieron con ustedes no fue más que un acto de venganza. Sí, no me mires con esa cara, un acto de venganza. Aparentemente, ustedes huían de ellos sin hacerles ningún daño y en inferioridad de condiciones. Son circunstancias ideales para una venganza...

—¡Ahora sí «me la pusieron en China»! No entiendo nada. —Estupefacta, la joven hace gestos con la cara, con las manos, como si de verdad estuviera intentando comunicarse con un interlocutor asiático—. ¿Cómo es eso de que se vengaban de nosotros?

—Mira, muchacha —sigo— yo estoy aquí hace un tiempo. He visto pasar de todo, y todo lo que he visto pasar, en el fondo son venganzas consecuencias de venganzas. Ellos se vengan porque no pueden aceptar, no les entra en la cabeza la búsqueda de libertad individual. Quienes se les reviran o tratan de escapar, como quisieron hacer ustedes, son la negación de su «paraíso». Ellos, inconscientemente quizá, se sienten esclavos de la idea que han creado y odian a todo el que haga un ejercicio de libertad, por eso arremeten con tanto odio, con tanta furia.

La muchacha está boquiabierta. Aprovecho su desconcierto.

—Odiar es lo peor para marcar la distancia entre ellos y tú, porque es en el odio donde se emparejan. Ellos actúan por odio, tú respondes por odio, y esta guerra sólo la ganará quien primero deje de odiar. Aunque no olvidemos.

Virginia, medio cegata por el exceso de luz al que la sometieron durante medio año, ensimismada, más lejana que nunca, nos mira. Viene «de todo el mal, de transitar a tientas por todos los senderos tortuosos del infierno». —Versos de su poetisa preferida—. Se deja llevar por la atmósfera emotiva y su voz recupera el antiguo brillo. Nosotras cerramos fila a su alrededor.

—Mientras tú estás aquí, herida con todas las razones del mundo, ellos están allá afuera, y en su miseria se sienten héroes. No se enteran de que tú, encerrada, esperando un juicio en el cual encima de haber perdido a tu hijo, te condenarán a la cantidad de años que al fiscal se le ocurra, los estás odiando a muerte. Y ¿sabes otra cosa? Para lo único que de seguir así estarás trabajando, será para tu propia destrucción.

—¿Cómo que la mía? —El interés por lo que escucha ha suavizado la ferocidad de su semblante.

—Sí, la tuya, porque para fabricar un gramo de odio, tu organismo debe desplegar tal cantidad de toxinas y venenos que, al no encontrar salida adecuada, terminarán emponzoñándote el espíritu. Tu cuerpo se empezará a romper por algún lado. Niña... ¿Te ofende que te diga niña? ¡Es que eres tan joven, y me siento tan vieja!

—No, no me ofende, pero no soy una niña ¿sabe? Tengo diecinueve años, un marido, y ya iba a tener un hijo. Usted tampoco es vieja, pero —se ha dulcificado, torpe, adolescente— si no le molesta, me puede llamar por mi nombre. Me llamo Idania.

—Disculpen, yo me llamo Caridad —dice la tía de la niñita ahogada y, abrazando a la hermana ausente acunando sus brazos vacíos, nos la presenta—. Ella se llama Marcia.

Hacemos las presentaciones por edades y antigüedad en los predios. Terminados los «protocolos», Virginia retoma el hilo.

—Idania, has visto cómo morían tus amigos en el agua; te han hecho malparir a tu hijo a manguerazos en la cubierta de un guardacostas y estás aquí, encerrada. Nada de eso tiene solución externa, sólo Dios será quien ponga las cosas en su lugar, aunque te rebeles y te niegues a aceptarlo. La única opción que podemos brindarte con nuestra experiencia, es la de no abrigar sentimientos que vayan contra ti misma.

—¿Perdonar. Perdonar a esas bestias? Lo dudo —Recalcitrante, Idania se retrae.

Mira a Virginia directamente a la cara. Siente la presión de sus pensamientos y, como si los leyera, pregunta a quemarropa:

—¿Usted me puede jurar por lo más sagrado que no odia al tipo ése. —Curvando el pulgar y el índice de la mano derecha hacia adentro, imita la muela de un cangrejo. Se lleva la pinza hasta el mentón, subiéndola y bajándola varias veces creando el espacio de una barba imaginaria.

—Al tipo ése. ¿Te refieres al Loco de la Barba? —La manera de aludir al Máximo Líder resulta graciosa, su mano de niña ha aprendido el recorrido de la barba para no mencionarlo. Vaya —pienso— si todos nos decidiéramos a no nombrarle jamás, es probable que sucumba de un ataque de olvido.

Idania se queda mirándola, retadora. A lo mejor cree que está evadiendo la respuesta.

—Vamos, hable, ¿usted... ¿cómo me dijo que se llama?, me puede jurar por su madrecita que no lo odia?

—Virginia, me llamo Virginia, y no tendría que jurarte nada, ni por mi madrecita ni por nadie, porque mi propio existir prueba que he sido capaz de sobrevivir hasta aquí. Pero —y aquí trato de no dejarme llevar por sensaciones y sentimientos contradictorios— no se trata de si odio o no al Loco de la Barba. Se trata, en primer lugar, de que me respeto demasiado a mí misma como para invertir energías en odiar a nadie, ni siquiera a ese loco que ha creado su Babel particular con los cubanos. Si te voy a ser del todo sincera, te diré que no, que no lo odio, simplemente lo desprecio, y ese sentimiento tampoco llega a ser de mi agrado. He odiado por rachas. Por épocas he creído que ya toqué el fondo, que de ahí no hay nada más abajo, pero ya ves, el tiempo va poniendo orden y Dios, sólo Dios controla el tiempo y su orden.

—¿Tendré que esperar mucho? No sé si a mí también me llegue el tiempo de ordenar las cosas en mi cabeza. —Dice pensativa la muchacha de diecinueve años.

—Ya lo dijiste tú misma, eres joven y de aquí se sale. Esa es una de tus ventajas.

Mientras enlazo estas palabras, la crudeza de su realidad me va llenando de una tristeza honda, el mal de fondo que llevo sobre la espalda. Es mi cruz. Tanto me han trasteado el útero y los ovarios durante estos meses en el hospital... tanta sangre y tanto pus me han provocado, que ya no seré capaz de volver a llevar un hijo en el vientre.

Poco después de esta conversación, se llevaron a Marcia, la madre de la niñita ahogada, sin rebasar su estado catatónico. Caridad e Idania fueron a juicio y las condenaron a cinco años de cárcel por «Salida ilegal del país, desacato y resistencia a la autoridad».

Idania resultó más receptiva de lo que se mostró al principio, y aunque nunca antes se había interesado por asuntos de religión, en el tiempo que nos tocó permanecer juntas fue cambiando su percepción y modificando sus criterios de odio y venganza. Caridad llegó, a pesar de la escasa diferencia de edad entre ambas, a ser una especie de madre-hermana sustituta y todo quedó, como siempre, en las manos de Dios. En la primera visita que tuvieron se supo que a la infeliz Marcia, sancionada y todo, la habían llevado a la sala Carbó-Serviá, reservada para los «desafectos al régimen» en el temido Hospital Psiquiátrico de Rancho Boyeros, convertido por obra y gracia de su director histórico, el doctor Bernabé Ordaz, en lugar obligado para las visitas dirigidas de turistas y representantes de gobiernos extranjeros. Como es lógico, por la sala Carbó-Serviá no pasa ningún ilustre visitante del Zoo-hospital.

XIV

Confusiones, dudas, expectación, luces y sombras. Entradas y salidas de más mujeres por causas tremendas o estériles. Asesinatos, riñas, golpizas. La línea que divide a reclusas de carceleras es débil y curioso el proceso de osmosis producto de la interacción. Dentro de los muros y alambres electrificados la lucha por el poder en su estado más puro, monstruosamente refinado y primitivo, transcurre bajo la apariencia de un orden que se manifiesta sólo en apariencias.

Ojalá la memoria no nos traicionara tan a menudo y pudiéramos detenernos en cada vivencia particular. Nunca llegaríamos al final, como todavía no vislumbramos el fin de la «circunstancia» que durante cuatro décadas mantiene escindido nuestro país en esas formas de violencia que son el éxodo obligatorio, la desconfianza y la exaltación de las más bajas pasiones. Somos cartas en manos de jugadores cuyos rostros permanecen ocultos bajo capuchas negras y blancas. Negro y blanco. Luz y sombra entre los dedos del azar concurrente.

Cada vida es una historia y en ella cabe la eternidad. El tiempo, detenido, más pesado y más lento que en cualquier otra situación, triplica la fuerza de las experiencias. Aquí, como dice Natividad arrugada y sin dientes, todo es posible menos la libertad. Salir del presidio no significa ser libre, porque nunca serás igual al resto de tus semejantes. El umbral que separa el infierno privado del infierno público marca las diferencias en la especie. Una vez traspasado ese umbral, serás un animal sin manada, sin pertenencia. Eso explica el porqué de las reincidencias. Niñas que entran por prostitución, cumplen dos años, salen alegrísimas y en menos de un mes ya están en el «talego», tan campantes como si nada. Parece que este lugar es el único donde se realizan, un medio hábitat en el cual un delito puede superar al anterior. Van a la calle sólo a buscar pretextos que las hagan regresar y «enchironarse». Escuchar las competencias orales sobre causas, sanciones y crímenes horrendos es algo a lo que no logro acostumbrarme. Los méritos y valores llegan a medirse por la magnitud del «crimen», por la mayor cantidad de años de condena y las veces que has «caído en el tanque». Ser primeriza es una desventaja.

Algunas confiesan que el ambiente les gusta. Coincidí con chicas que venían arrastrando el presidio desde las cárceles de menores, a donde fueron llevadas con seis u ocho años. A los dieciséis fueron trasladadas a la prisión de adultas. Las atrocidades que cuentan sobre sus experiencias en «menores» sólo podrían ser superadas por un argumento de película norteamericana. Se forman un *modus vivendi* que les permite ir sobreviviendo en medio de la jungla compuesta por delincuentes y carceleros. Son fuertes, retadoras, no admiten que las guardias las miren atravesado o se propasen con ellas. Otras, se alían a carceleras con mentalidad de presidiarias, como María de la C. que, con su mirada torva y su traje verde oliva ajustado hasta el espasmo, se encuentra como pez en el agua nadando en las turbulencias de lo peor del presidio común. Como dicen ellas mismas, «Están cumplidas y lo mismo le da con Dios que con el diablo».

En el turno de María de la C. se «alborota el panal», dice Natividad. Se forman las grandes broncas, hay más navajazos, más bombillas rotas y mujeres que se tragan los cristales; se fugan reclusas, como Josefina, que canta el tema de «El guardaespaldas», de Witney Huston, con voz de ángel y en inglés. Yosy, como se hace llamar Josefina, se entretuvo en zafar una ventana para largarse y la agarraron a los tres días. Dice que sentía placer al sentirse perseguida, que la excitaba el ladrido de los perros. Tenía ganas de una aventurilla, pero quería volver a la cárcel.

Otro caso curioso es el de Berenís. Está condenada a veinte años por haber matado a su hija de un mes y medio de nacida. El día de su cumpleaños, a la hora del recuento, saltó la cerca a la vista de casi todos. Logró llegar a casa de su madre, para «comer helado de chocolate».

La persecución de las guardias sobre las que supuestamente mantienen relaciones lésbicas, aunque sea a distancia es, más que rigor o preocupación por la disciplina, una aberración con rasgos marcadamente patológicos.

—Virginia, por qué tú crees que estas mujeres, aparte de vigilar a las políticas, lo que más les interesa es descubrir cartas de las «enamoradas»?

—No sé, Tatiana, pero creo que es morbo, proyección, o ambas cosas. No lo entiendo bien, pero me parece una bajeza semejante ensañamiento. De todas formas, en los sistemas totalitarios es frecuente que se confunda moral con sexualidad.

No me pude contener. Estábamos al mediodía en el área de sol, nos hicieron una requisa a fondo en nuestras pertenencias, lo revolcaron todo. ¡Qué espectáculo tan deprimente! Cuando creímos que ya había pasado lo peor, ordenaron formación y recuento.

A una mujer de la Galera 2 le encontraron una carta «comprometedora» dirigida a otra mujer de la Galera 1. Las formaciones siempre son por orden de tamaño, salvo en circunstancias excepcionales. Normalmente me corresponde la tercera fila y logro esquivar las miradas de la Jefa de Destacamento. Cuando me ordenan pasar a la punta de la primera hilera, ya sabemos que han preparado algún numerito especial. Permanezco en posición de «firme», rodeada por mujeres de más de cincuenta años, madres de familia presas por delitos económicos y otras menudencias que no corresponden a la mentalidad típica de la delincuente común.

La jefa de Destacamento, el «Caballo Negro» como le dicen por su estatura y el color del pelo, abre la boca, retorciéndola en las comisuras como la peor de las chusmas vivientes. Grita desaforada. Nos llama «tortilleras»; dice que tenemos «picazón en el bollo», así como suena, moliendo las palabras con su boca grande rebosante de desprecio.

La viejita que está a mi derecha y Natividad, arrugada y sin dientes a mi izquierda, bajan la cabeza. No pude contenerme y empecé a llorar, por mí y por ellas, no porque ser «tortillera» sea nada del otro mundo, ni una inmoralidad, ni nada de lo que éstas quieren meternos en la cabeza, sino por la indefensión, la ausencia de derecho a réplica, por la impotencia de no poder protestar. Lo mismo da qué nos griten, tener que callarse es lo peor, a no ser que no te importe que los antimotines entren en acción y a causa de tu sentido de la dignidad salgan más de cuatro cabezas partidas.

Cierro los ojos y veo la bocaza del «Caballo Negro» triturando la dignidad de ciento veinte mujeres, hacinadas en un patio cuadrado con guardias apuntando con armas largas desde las garitas, por si acaso un motín.

El festival no termina ahí. La culminación llega el día de la visita. Las mujeres que fueron «descubiertas» no pueden ver a sus familiares ni recibir jabas de alimentos. La jefa de Unidad y la de Destacamento agrupan a todos las familias en el área. Sin el mínimo respeto a la individualidad o al decoro, les informan en voz alta, delante de todos los demás visitantes y presas, que Fulana y Mengana son «tortilleras». Familias enteras han quedado destrozadas, quizá no porque Fulana y Mengana se hayan pasado a una tercera opción, si no por lo difícil que es asumir la descarga en público. A la que esté casada le suspenden la visita a solas con el marido, «pabellón conyugal» le llaman. No le permiten al marido de la excluida volver a visitarla: «Ya ella no lo necesita, se pasó al otro bando». Esta práctica ha provocado más de un suicidio. Se dan casos en que a la prisionera, si es madre, le retiran la *Patria potestad* sobre los hijos, a quienes tampoco se les permite visitar a su madre, porque su nueva conducta «atenta contra el normal desarrollo del menor».

Estas inquisiciones sexuales son muy difíciles de soportar en silencio.

XV

*E*l frío es insoportable. Se cuela por la ventana y la puerta enrejada; al no tener salida, permanece encajonado y se filtra en mi vientre maltratado, en mis huesos. Me condena la sangre a un estupor sombrío. Más que sangre, por mis venas circula un lento caudal de malos presagios. No logro dormir. Creo que no soy la única, la respiración agitada de Tatiana me hace pensar que ella tampoco duerme y deben ser casi las tres de la madrugada. ¡Dios, qué frío, qué miedo!

Sé que Virginia tampoco duerme. Natividad y Candelaria se revuelven en sus camastros; están desveladas o sufren pesadillas a dúo. A lo mejor es el frío. Esta zona tiene un microclima especial, las temperaturas pueden llegar a un grado y el patio, los barrotes y las escasas plantas amanecen gratinadas de escarcha. Si logramos apoderarnos de las colchonetas de las literas vacías, aliviamos un poco los temblores y el castañeteo de los dientes.

María de la C. está de guardia esta noche. Me hace gracia la manera en que nos mira a Tatiana y a mí cuando nos ve conversan-

do, sentadas una junto a la otra. Ayer por la tarde nos dejó caer un comentario viperino.

–Vaya –dijo al pasar– aquí se encuentra consuelo rápido. Parecen «yunta». Vista larga y pasos cortos, «intelectuales», que no les pierdo pie ni pisada.

Tatiana se levantó para enfrentársele, pero le di un halón en la pata de la falda-caballo y logré que se sentara antes de caer en la provocación. Ella, María de la C., está enferma, mal hechecita por dentro, es más retorcida que el tronco de un jagüey.

Para mí pocas cosas son peores que el insomnio estéril, sin poder leer, o ponerme a escribir hasta que el sueño me tumbe. Estar boca arriba en este camastro lleno de gibas, helada hasta el tuétano, me hace sentir como Oliver Twist en sus peores aventuras.

Siento pasos dentro de la galera y el corazón me da un vuelco en el pecho, pasos duros, de calzado sólido. Candelaria y Natividad carraspean; Beneranda se incorpora a medias. Busco en la oscuridad el sitio donde queda la cama de Tatiana y veo su cabeza incorporada. Deysy y Marlén saltan sigilosas de sus camas. Estoy consciente de no haber oído el ruido del candado al ser abierto. Deisy y Marlén doble ancho permanecen agazapadas hasta que una sombra, con un manto echado por sobre la cabeza, se les une. Todo sucede de manera vertiginosa, antes de que podamos reaccionar, entre las tres sombras lanzan algo pesado sobre la cama de Yaremi. Puede ser una manta u otra colchoneta. Agarran el bulto y salen.

Nos lanzamos al suelo con la certeza de lo peor. La cama de Yaremi está vacía. Permanecemos unos segundos en silencio y ...

¡Dios! esto es difícil de soportar. Empezamos a escuchar sus gritos desesperados: «No, no, no me hagan esto. ¿Por qué me hacen esto?» Gritaba. Sonó un golpe sordo y la voz calló. Debieron pegarle en la cabeza.

Nos amotinamos. Tiramos todo lo que encontramos; rompimos las bombillas, golpeamos la reja; chillamos hasta quedar sin voz en vano intento por detener lo que estaba sucediendo. Queríamos llamar la atención de las otras guardias. ¡Ilusas! ¿Qué podía suceder allí que no fuera en contubernio? En menos de lo que canta un gallo todo el penal se había sublevado y las guardias no aparecieron.

Ahora lo sabemos, la sombra era María de la C.; había secuestrado a Yaremi con la ayuda de sus cúmbilas, Deisy y Marlén doble ancho. Las tres participan de un festín diabólico aprovechándose de la jovencita.

Todas gritábamos. ¿El resultado? María de La C. volvió al rato, metió a Deisy y a Marlén en la galera, a Yaremi no. Sabía bien lo que hacía, la muy... Como fieras les caímos encima entre todas, hasta Natividad, llorosa y desdentada la emprendió a golpes contra las dos moles que se defendían bastante bien. En el Combinado se había generalizado la trifulca. En ese momento hicieron sonar la sirena de alarma. Un minuto y ya la guarnición masculina estaba repartiendo patadas en nuestra galera y en todo el penal. Labios, cabezas, brazos, costillas, piernas de mujeres, rotas por la destreza de los «avispas negras» que, bayoneta en ristre, arremetían sin miramientos. Hasta Deisy y Marlén fueron golpeadas. Estaba claro que María de la C. no iba a salvarles el pellejo a sus cómplices, ése debió ser parte del «acuerdo». ¿Conclusiones? Beneranda Curbelo Santamaría recibió un bayonetazo en el vientre, todavía delicado por la reciente operación. Todas fuimos salvajemente golpeadas. No perdonaron ni a Natividad, con su friolera de años. Cuando el ambiente se hubo sosegado, se llevaron a Beneranda para la enfermería. Muchas tuvieron que ponerse en manos de la enfermera, una reclusa cruel donde las haya. Íntima de María de la C., goza de incontables privilegios.

A primera hora de la mañana apareció la Jefa, enfundada en traje de campaña, con todos los atributos colgados para imponer autoridad. Se pasea delante de la galera donde nos tienen amontonadas, lleva las manitas cruzadas tras la espalda y se esfuerza porque su paso sea marcial. No nos dirige una sola mirada, pero es evidente que espera el momento oportuno.

XVI

Por la tarde traen a Beneranda de la enfermería. Ella, Tatiana y yo nos pusimos de acuerdo para declararnos en huelga de hambre y las represalias no se hicieron esperar. ¿Somos idiotas? No, no somos idiotas, somos prisioneras políticas, el único reducto de dignidad que nos queda es nuestro cuerpo. Es el pequeño y delicado espacio de rebeldía al que podemos acudir para demostrar que existimos y que no vamos a pactar con semejante monstruosidad.

Cambiaron a Yaremi de galera y se corrió el rumor de que iban a juzgarla por «intento de fuga». No nos quedó más remedio que llevar nuestra protesta hasta las penúltimas consecuencias. Sacar la información a la calle es la tarea que le corresponde a Natividad y a Candelaria, sus visitas no son tan vigiladas como las nuestras, suspendidas al saberse que nos declarábamos en rebeldía.

La jefa del penal nos hizo llamar una a una y trató de convencernos de que era una estupidez lo de la huelga, porque nadie nos haría caso. Cada una trató de explicarle lo que había pasado con Yaremi y ella, impasible, nos mostró una declaración al parecer firmada por la propia niña, explicando que la habían golpeado al resistirse a ser reconducida a la cárcel después de un intento de fuga. Declaraba que se había fugado, resistido a la detención y agredido a María de la C. Adjuntaba un «compromiso» de no reincidir y acogerse a las «ventajas que le proporcionaba la revolución».

Nos juntaron al cuarto día de huelga. Todavía no sentíamos los estragos porque el organismo estaba acostumbrado al ayuno y la subalimentación permanente. No podíamos dar crédito a lo que habíamos visto. ¿Cómo habían obligado a Yaremi, rebelde por naturaleza, a mentir de aquel modo? Sólo Dios sabía con qué métodos le habían arrancado ese *mea culpa*. A pesar de todo, decidimos que nuestra dignidad no era negociable y, aunque dudáramos de la efectividad de la protesta, optamos por continuar con la huelga. El único reducto no podían quitárnoslo y mucho menos con mentiras y apaños.

A la semana empezamos a sentir los efectos. Calambres en las piernas y las manos, mareos, náuseas, y somnolencia. Trajeron a Pável y a Vladimir, los hermanos de Tatiana, con instrucciones de aconsejarla. Pável –dice Tatiana– lloró mucho. No se habían vuelto a ver desde la primera visita. Vladimir sólo se limitó a acariciarla y a apretarle las manos.

Por turno, fueron pasando los familiares de Beneranda Curbelo Santamaría y los míos, mis hijos Mariana y Aníbal. Mariana me dijo que se iba de Cuba, que ya no podía más con las presiones, Aníbal, con sus trece años, no comprendía qué estaba pasando, se limitaba a mirarme con cara de pozo, abrazándome. Siempre estaré en deuda con ellos por todo lo que me apoyaron, aún sin comprender.

Cuando agotaron todas las posibilidades de persuasión, nos aislaron por separado en los calabozos. Ya habían trasladado a Yaremi a la prisión de Camagüey, versión femenina de la famosa «Se me perdió la llave».

Empiezo a tener alucinaciones. El cuerpo, enteramente dormido y dolorido a la vez, está dejando de pertenecerme. Primero empieza la obsesión con la comida. Platos nunca vistos ni probados se aparecen uno tras otro, provocando retortijones en las tripas. Después fue real.

Traen a una desconocida, la alojan a mi lado y en el desayuno, el almuerzo y la comida le sirven un menú soñado sólo para los banquetes oficiales. Los dorados muslos de pollo me golpean la sien. Las ensaladas, las frutas, el arroz blanquísimo, desgranado y brillante por el buen aceite; los filetes de ternera con ruedas de cebolla y patatas fritas... Café con leche, mantequilla, tostadas, mermelada, de fresa o de naranja, no sé, lo digo por el color. Tres veces al día, la desconocida se sienta a comer frente a mi camastro, amable, me ofrece bocados de su plato, que yo no acepto.

–¿Por qué no comes un poco? Nadie se va a enterar. Yo no puedo con tanta comida. Anda, no seas boba, no te dejes morir por gusto, nadie se lo merece. Come anda, que yo no diré nada...

La lucha es grande. La peor de las batallas, la que libras contra ti misma, contra los más elementales instintos de conservación. Muchas veces me siento tentada a claudicar. «Esto es una locura. No vale la pena dejarse morir de esta forma. La gente en la calle vive como puede. A nadie le importa que me esté muriendo aquí...» Estos argumentos, todos válidos, me venían a la cabeza.

Mientras pude, confieso que en las madrugadas me levanté varias veces en busca de restos de comida. Desesperada, hurgo entre las pertenencias de mi compañera desconocida y provocadora, que se hace la dormida. No encuentro nada.

Después ya se hizo la oscuridad. Empiezo a dialogar con mis fantasmas. Mi vida, desde los primeros años, hasta la brutalidad de los actuales, pasa la factura en medio de la total oscuridad en que me hallo.

XVII

Siempre me llamó la atención, cuando me tocó estudiar «La divina comedia» que Dante Alighieri no se atreviera a recorrer solo los círculos del infierno. Eligió la compañía de un poeta, Virgilio, y de su mano, escribió una de las obras maestras de la literatura. Donde otros han visto complacencia, o un homenaje producto de la admiración, yo veo al poeta como censor benéfico; un talismán que salvaría a Dante de cualquier desviación de sus intenciones. El poeta como metáfora. La poesía como guía, luz, faro, mapa, hoja de ruta y otros tópicos imprescindibles para seguir la senda de los «elegidos». «No se puede descender al infierno si no es de la mano de un poeta», solía decirle a David cuando me acusaba de tremendista. Él, siempre flexible, como su cuerpo, me abrazaba con calma, devolviéndome a mi estatura, pequeña al lado de su metro ochenta y dos. Apretaba con suavidad mi cráneo entre sus dedos, los más inteligentes que conozco.

–Tampoco se puede ascender al paraíso si no es de la mano de un poeta. El poeta es el mensajero de Dios entre los hombres.

No sé si lo decía en serio, o si se burlaba con ternura de mis pasiones, extremas y contradictorias. Ahora sé en carne propia por qué Dante eligió a Virgilio para su excursión a las entrañas del averno. Sólo es posible soportarlo si le añades una pizca de belleza, de búsqueda filosófica, a los peores trances que se atraviesen en tu camino desde A hasta Z, cuando el telón se corre y quedas del otro lado, con todas las respuestas que no encuentras en esta parte del escenario y que tampoco podrás transmitirle a los que dejas en el «mundo de los vivos».

De ahí vengo, de «transitar a tientas por todos los senderos tortuosos del infierno». Cualquier otra anotación sería reiterativa. Claro que Virginia no se llama Virginia, ni Tatiana, ni Beneranda, ni Yaremi, ni ninguna otra, usan aquí sus nombres propios ¿Para qué tanta vanidad, digo, si un cuerpo es un cuerpo, y el nombre un marbete para diferenciarlo en las listas electorales? ¿Cambiaría algo que Virginia se llamara Xiomara? No.

En la infancia, sin saberlo, me condicioné para este presente inacabable. Cuando admiraba a Ana, la «Capitana de la Aurora»; cuando me arriesgaba, con la inocencia de mi edad, por ayudar a Laura y a las otras mujeres que estaban donde después nos encontramos nosotras con una diferencia sustancial de veinte años, preparaba mi propio sendero. No sé dónde ni cómo podrá acabar este capítulo de nuestra historia nacional. El individual, intuyo que será como el de nuestras antecesoras: el exilio, el cambio de una sanción por otra. Doble castigo en la única opción: marcharnos del país. Pena que puede durar toda tu vida. Nos condenarán a la incertidumbre y el desarraigo.

Desde que nos separaron no he vuelto a saber de Virginia ni de Beneranda. Espero que algún día volvamos a vernos, pero no sé en qué circunstancias.

Mientras me recupero poco a poco, dejo estas páginas y mi futuro en manos de Dios, única zona de luz que irradió en mi tránsito particular por el infierno de sombras que son las cárceles en Cuba.